故人，故园，故土

池墨 著

天津出版传媒集团
百花文艺出版社

图书在版编目（CIP）数据

故人，故园，故土 / 池墨著. -- 天津：百花文艺出版社，2024.3
ISBN 978-7-5306-8758-1

Ⅰ. ①故… Ⅱ. ①池… Ⅲ. ①散文集-中国-当代 Ⅳ. ①I267

中国国家版本馆 CIP 数据核字（2024）第 052167 号

故人，故园，故土
GUREN GUYUAN GUTU
池墨 著

出 版 人：薛印胜
选题策划：胡晓童 **责任编辑**：宋春悦
出版发行：百花文艺出版社
地址：天津市和平区西康路 35 号 **邮编**：300051
电话传真：+86-22-23332651（发行部）
+86-22-23332656（总编室）
+86-22-23332478（邮购部）
网址：http://www.baihuawenyi.com
印刷：四川科德彩色数码科技有限公司
开本：880 毫米×1230 毫米 1/32
字数：195 千字
印张：8.875
版次：2024 年 3 月第 1 版
印次：2024 年 3 月第 1 次印刷
定价：58.00 元

如有印装质量问题，请与四川科德彩色数码科技有限公司联系调换
地址：成都市郫都区成都现代工业港北片区港北二路 551 号
电话：（028）86965202 邮编：611700

自序：故园，故土

当一个人降生到这个世界上，他的落脚点就成为他的出生地；他生活成长的地方，就成为他的家园；当他离开这个生他养他的地方后，这个曾经叫家园的地方，就成为他的故园，他脚下的那片土地，就是他的故土。

家园也叫家乡，故园也叫故乡或者故土，那里的人们，就叫故人。

故园，这是一个让多少游子无限思念无限牵挂的地方；故土，这是一个让多少游子魂牵梦萦毕生依恋的地方；而故人，则那么让人熟悉那么让人亲切那么让人难以忘记。

我的家乡沭阳位于江苏北部，历史上备受水患侵扰。因为连年遭遇水灾，造成土地贫瘠，民不聊生。而沭阳，在历史上也就有了“洪水走廊”之称。

沭阳的水患发生根本性的改变，应该归功于新沂河的修成。

为了根治沭阳的水患，当时的江苏省政府——苏北行署决定于1949年冬开始修筑新沂河，经过当地干群数年的奋战，一条宽阔的新沂河终于横卧在苏北大地上。从此，沭阳摆脱了“逢雨必涝，逢水必淹”的窘境。新沂河修成以后，沭阳再也没有发生重大水灾。新沂河虽然历经多次高流量行洪，但是均能够安然度汛，虽然有时候也险象环生，但是大堤最终安然无恙，保证了两岸人民群众的生命和财产安全。

历史的车轮滚滚向前，社会发展的进程无人能够阻挡，昔年的洪水走廊变成了今天的花木之乡。沭阳也由过去的贫困县一跃成为全国经济百强县，板材之乡、花木之乡、花木村、花木城、电商镇、电商村……这些经济符号，意味着沭阳的经济发展进入了快车道，迈上了新的里程碑，沭阳人民终于由过去的食不果腹过上了扬眉吐气的好日子。

经济的发展，也促使了文化的繁荣。在抓经济的同时，挖掘历史文化也成为地方政府的首要任务，虞姬生态园、梦溪植物园、虞姬纪念馆、吴印咸故居等成为一张张历史文化名片。这些历史文化符号，增加了沭阳的历史文化底蕴。那些生活在沭阳大地上的先人，在自己生活的土地上留下了自己的印迹。时至今日，他们的故事虽然已经模糊，但是，他们的名字却越发清晰。正是因为他们的存在，沭阳才多了几分历史的底蕴和文化的厚重。

故人，无法忘记；故园，刻骨铭心；故土，魂牵梦绕。将他们的足迹记录下来，将家园之美展示在世人的眼前，成为我的夙愿。所以，也就有了这本《故人，故园，故土》。这本书的地域痕迹比较明显，地域文化比较浓厚，地域感情色彩比较突出，所以，它的可读性和阅读范围，也就有了一定的局限性，这是遗憾之处。不过，这本书还是给了读者了解沭阳这座城市的机会，对于想走近沭阳、了解沭阳的读者，提供了一种帮助。

无论你喜欢，或者不喜欢，在我们的人生中，故人，故园，故土，总会给你留下点什么，让你魂牵梦绕，无法释怀。这是一种故乡情结，在对家乡的热爱中，往往也透露着一种淡淡的乡愁。

让人遗憾的是，还有很多历史人物值得书写，还有很多历史典故值得分享，还有很多历史遗迹值得发掘，但是却没能为它们留下文字，不过这也让我有了继续写作的动力。

本书简介

《故人，故园，故土》作者以生他养他的故乡为创作背景，以故乡的历史人文和地理风物为依托，对故乡历史上的文化名人以及历史文化遗存进行挖掘，用文字勾勒了苏北乡村的历史风貌，作品充满了浓浓的乡情、乡恋和乡愁。作者以古喻今，借物言志，在书写的历史人物中，既有西楚霸王项羽“力拔山兮气盖世”的雄伟气势，也有一代美人虞姬“大王意气尽，贱妾何聊生”的百转柔肠；既有一代烈女胡仿兰为放足而献身的悲壮历史，又有左联作家王洁予追求革命的红色步伐。在对家乡的文化遗迹挖掘中，既有流经千年的悠悠古沭河，又有因一代军神韩信而得名的韩山；既有一代文豪袁枚的手植紫藤，又有新建的沂河淌油菜花海；既有“一门三进士”的胡家花园，又有重建的南城门迎薰门。作者用文字反映了家乡之变，歌颂了家乡之美，抒发了对家乡之爱。在故人、故园、故土的赞美之中，体现了作者对故人、故园、故土的深厚感情。本书分为故人、故园、故土三辑。

目录

CONTENTS

第一辑

故人

千年一叹说项羽 / 002

千年一叹说虞姬 / 021

科学泰斗沈括 / 038

文学大师袁枚 / 045

官场浮沉胡简敬 / 071

民国才女刘清韵 / 092

一代烈女胡仿兰 / 107

左联作家王浩予 / 122

摄影大师吴印咸 / 138

第二辑

故园

百年古栗林 / 160

百年袁公藤 / 174

百年教育世庄 / 188

油菜花海 / 202

第三辑

故土

赢得青山老姓韩 / 212

悠悠新沂河 / 230

沧桑古沭河 / 248

沭阳的城门 / 262

故人

GU REN

第一辑

故人，

故园，

故土

千年一叹说项羽

“生当作人杰，死亦为鬼雄。至今思项羽，不肯过江东。”

宋朝女词人李清照的这首《夏日绝句》诗，让项羽的光辉形象一直屹立到今天。在楚汉相争中，勇猛有余谋略严重不足的莽夫项羽，最终被诡计多端善于用人的刘邦打败，在韩信设计的十面埋伏和四面楚歌声中，项羽走投无路，只能在乌江这个地方拔剑自刎。项羽的鲜血，染红了大地，染红了天边的晚霞，也染红了历史的天空。

项羽虽然兵败自刎，但人们惊叹于项羽的威武勇猛和宁死不屈，项羽的风骨和气节，一直为后人所称颂。关于项羽，后人也留下了一篇篇赞美的诗篇。

项羽，虽败犹荣！有这样的评价，项羽，死也应该无憾了！

一

项羽，泗水郡下相县（今江苏省宿迁市）人。出生于公元前232年，死于公元前202年。项羽名籍，字羽。据唐宋典籍记载，其为周王族诸侯国项国后代，是楚国名将项燕的孙子。由此看来，项羽也是名门之后，并非草莽英雄。

当年，陷入十面埋伏和四面楚歌的项羽，虽然损兵折将，手下所剩无几，但在绝境中的项羽起码有两次逃生的机会，但是，很遗憾，项羽都错过了。

项羽逃生的机会，一次是迷途问路。项羽在陷入四面楚歌后，带领残兵败将撤退至安徽灵璧。因为迷路，项羽向当地一位农夫问路。因为项羽的残暴，所以，这位农夫并没有怜悯这位面临绝境的西楚霸王，没有拯救霸王走出困境，而是为项羽指了一条断头路。项羽听信了农夫的话，沿着农夫手指的方向撤退，结果发现前面是沼泽，无路可走。无奈之下，项羽只得带领人马原路返回，结果被刘邦的军队追上。一阵厮杀之后，项羽变成了孤家寡人。此事历史学家司马迁在《史记·项羽本纪》中记载："项王渡淮，骑能属者百余人耳。项王至阴陵，迷失道，问一田父，田父绐曰：'左。'左，乃陷大泽中，以故汉追及之。"

这名田父为什么要欺骗项羽，陷项羽于绝境？这值得玩味。这与项羽的残暴不得人心恐怕有莫大的关系，残暴成性的项羽，其实早就失去了民心。

在推翻秦王朝的暴政后，项羽带兵进驻咸阳，一把大火烧了阿房宫，然后搜刮城内珍宝美女，导致民怨沸腾。秦王朝被推翻，人们并没有迎来自己希望的明君和幸福生活，反而遭受项羽这位大军阀的杀戮，可谓是生灵涂炭。而项羽本来是可以很好地保护阿房宫，很好地保护城内的民众的，并可以在咸阳安营扎寨，打造属于自己的江山。而其手下有个叫韩生的人也建议，关中土地肥沃，人口众多，可以称霸立业。然而，鼠目寸光的项羽并没有看到关中的优势，而是思乡心切，想带兵返回自己的根据地楚境。见建议未被采纳，韩生扼腕叹息，说项羽像戴了帽子的猴子，项羽闻言大怒，命人将韩生扔进了滚烫的沸水中。可怜这名谏言者，死于项羽的残暴之下。

还有一例也可以佐证项羽的残暴。项羽带兵攻打秦军队，俘获秦朝降卒二十余万人。项羽开始将这些降卒编进自己的队伍，但后来又担心这些降卒暴动，于是命手下“夜击坑秦卒二十余万人新安城南”。将二十余万人屠杀活埋，足可见项羽的心狠手辣，如此残暴，项羽如何能够赢得民心？难怪当项羽陷入绝境时，那位田父不但没有拉一把，反而落井下石，将其指向绝路，这也算是对项羽残暴的报复吧？

《史记·项羽本纪》记载，“遂北烧夷齐城郭室屋，皆坑田荣降卒，系虏其老弱妇女。徇齐至北海，多所残灭。齐人相聚而叛之。”项羽烧光了齐国的城市房屋，全部活埋了田荣手下投降的士兵，掳掠了齐国的老弱妇女。因为项羽杀死了许多人，毁灭了许多地方，所以齐国人就聚集起来，一起造项羽的反。由此看来，项羽不仅不善于纳谏，而且也非常凶残，失去民心也就成为必然。而与之相比，刘邦则显得仁义得多。刘邦带兵进驻咸阳后，命令手下士兵不得骚扰百姓，不得搜刮民财。刘邦一反贪财好色的本性，引起了项羽手下谋士范增的警觉，范增对项羽说：“沛公居山东时，贪于财货，好美姬。今入关，财物无所取，妇女无所幸，此其志不在小。吾令人望其气，皆为龙虎，成五采，此天子气也。急击勿失。”一向贪财好色的刘邦一反常态，进入关中以后，却视财色如同无物，刘邦如此“忍辱负重”，这让范增看出了刘邦的野心，其志在天下江山，而非眼前的蝇头小利。若是夺得江山，天下的美色珍宝都是自己的，到那时再慢慢享用不迟。刘邦打的正是这个如意算盘。与之相比，项羽进入咸阳后掠财掠色，看到的只是眼前的利益。项羽这个莽夫俗子，安知刘邦的鸿鹄之志？眼看刘邦一步步逼近自己的目标，辅佐项羽的范增岂能不急？两军对决，江山失意味着生命失，范增怎能不知道其中的利害？因此，范增竭力劝说项羽乘胜带兵攻打刘邦，以免让刘邦投机钻营，得了天下江山。可惜项羽刚愎自用，认为自己武功天下第一，并未将范增的劝谏放在心上，也未将对手刘邦放在眼里，最终错失了缴杀刘邦的良机。

项羽还有一次逃生机会是独渡乌江。根据司马迁《史记·项羽本纪》记载：“于是项王乃欲东渡乌江。乌江亭长舣船待，谓项王曰：‘江东虽小，地方千里，众数十万人，亦足王也。愿大王急渡。今独臣有船，汉军至，无以渡。’项王笑曰：‘天之亡我，我何渡为！且籍与江东子弟八千人渡江而西，今无一人还，纵江东父兄怜而王我，我何面目见之？纵彼不言，籍独不愧于心乎？’”

项羽退至乌江口，本可以乘船渡过乌江，而汉军没有渡江的船只，只要项羽渡过乌江，那么，就可以摆脱汉兵的追击，到江东重新招兵买马，东山再起也未可知。然而，血性的项羽因为无颜见江东父老，谢绝了乌江亭长助其渡江的好意，转而与汉兵背水一战。项羽虽然勇冠三军，亦杀敌无数，但怎奈人单力薄，最终，面对重重包围上来的汉兵，项羽选择了自刎。临死前，项羽还将自己的头颅送与曾经的老部下、后来投降刘邦的吕马童，虽然是万般无奈，但项羽也算是个有情有义的男儿了。

乌江渡口是项羽最后的一次逃生的机会。然而，血性男儿项羽却放弃了，因为他无颜面见江东父老。田父故意指错道路，陷项羽于绝境，乃他人所为，但是，这次是项羽自己主动放弃了逃生的机会。也许，这就是人们所说的命中注定吧？

二

对于项羽的乌江渡与不渡，宋朝女词人李清照有诗云："霸气震神州，凌云志未酬。乌江夜若渡，两汉不姓刘。"在李清照看来，当年项羽若是能够忍辱负重，听信乌江亭长渡江的规劝，那么，项羽重新招兵买马，重整旗鼓，再与刘邦一决雌雄，也许会夺得江山，那么，历史也许就会改写，天下就不会姓刘，而是改姓项了。可惜，历史没有假设，历史是无情的，得民心者得天下，武功盖世固然可喜可贺，但善用谋略方能成就霸业。当年项羽与刘邦对垒时，项羽拥有四十万的军队，而刘邦只有十万人，在如此力量悬殊的情况下，刘邦以弱敌强，以少胜多，最终除掉了项羽这个强大的对手。这并非刘邦有多厉害，而是因为其善于用人，善于笼络人心，所谓天时地利人和。但刘邦初期所占的只有人和，天时地利都谈不上。面对项羽大兵压境，刘邦胆战心惊，虽然也与项羽分庭抗礼，但却总是大败而归。然而，刘邦比项羽高明的是善于用人，手下吸纳了萧何、陈平、张良等谋士，也招降了韩信、英布等勇士，众星捧月，最终将刘邦捧上了皇帝的宝座。而韩信、英布等勇士，曾经是项羽的下属。就连刘邦的谋士陈平，开始也是为项羽出谋划策的，怎奈项羽目中无人，最后将这些将相良才拱手送给了刘邦，也将天下江山拱手送给了刘邦。

其实，不仅是李清照对项羽充满了期待，唐代诗人杜牧同样对项羽充满了期待。当年，大诗人杜牧在游览乌江时，想起了当年项羽不肯过江东的事，心中无限感慨，于是就写下了一首《题乌江亭》诗："胜败兵家事不期，包羞忍耻是男儿。江东子弟多才俊，卷土重来未可知。"在诗人杜牧看来，当年项羽若是忍辱负重，渡过乌江，也许多年以后还可以卷土重来。

假如当初项羽要是真的渡过乌江，又会是什么样的情形？历史会不会因此改写？北宋著名政治家、思想家、文学家王安石对此则另有一番见解。王安石在游览乌江时，看见了杜牧的题诗，也写了一首诗，因为有杜牧的《题乌江亭》在前，因此，王安石的诗题就叫《叠题乌江亭》，也算是对杜牧假设项羽渡过乌江卷土重来的一种回复："百战疲劳壮士哀，中原一败势难回。江东子弟今虽在，肯与君王卷土来？"

王安石认为，项羽率领的军士经过多场战斗，早已出现了疲态，那些整天在战场上打打杀杀的男儿，早已对战争充满了厌倦，心生悔意。而经过与刘邦的多次战斗，项羽损兵折将不说，还把自己弄成了孤家寡人。这一局势已经无法改写。因此，即便那些江东男儿没有在战场上牺牲，他们还愿意再追随项羽为他拼命吗？

王安石作为一名政治家、思想家，自然有其独到的眼光，战略高度也肯定高于作为诗人的杜牧和李清照。杜牧与李清照只是用文人的眼光，站在同情项羽的角度，为项羽重新翻盘做了假设。只是，这种假设终究不过是杜牧与李清照的美好愿望而已。现实是残酷的，历史也没有假设，项羽最终战败而自刎于乌江，也许就是他的宿命。

如果当年项羽渡过乌江，能不能卷土重来呢？我想，即便当年项羽逃过乌江，即便他能够厚颜面对江东父老，我想，他最终也无法重整旗鼓，更无法夺得江山。因为他的优柔寡断以及刚愎自用，直接决定了项羽只能是一个悲剧式人物，他的命运只能是功败垂成。王安石用一个政治家、思想家的眼光，从现实的角度出发，指出了有勇无谋的项羽，最终只能落得个众叛亲离凄凉失败的下场。

项羽的功败垂成，看起来是因为他缺乏雄才大略而痛失江山，是老天与项羽开的一个天大的玩笑，但是，根本原因还是项羽失去了民心。古人云，得民心者得天下，失去了民心的项羽还能夺得天下吗？

项羽初时起兵一呼百应，是因为“天下苦秦久矣”，老百姓苦于秦朝的暴政，早已对秦朝失去了信心与希望，所以纷纷跟随项羽、刘邦起来造反。但随着项羽势力的不断壮大，项羽残暴的一面也暴露了出来。因为担心秦军降卒会造反，项羽就坑杀了二十余万秦军；攻占咸阳后，又选择了屠城。沾满人民鲜血的项羽，从此失去了民心。所以当他被刘邦军队追杀走投无路的时候，田父将他指向了绝路，说明他早已失去了民心，人们是巴不得项羽赶紧死掉。

而相比之下，刘邦占领咸阳后，约法三章，做到对百姓秋毫无犯，并且废除秦国苛政，推行休养生息的政策，这为刘邦赢得了人心，也为刘邦夺得天下打下了民意的基础。当时的百姓已经“唯恐刘邦将来不为秦王”，可见民意的天平早已向刘邦倾斜，而项羽除了掳掠了大量的美女珠宝以外，早已是众叛亲离，最终，项羽因为不得人心而导致了灭亡。

三

胸无谋略的项羽，最终错失良机，将江山拱手让给他人，而项羽的错误选择，也直接断送了自己的性命。项羽口口声声不止一次说是“天之亡我”，但其实，灭亡项羽的，正是项羽自己！

一代枭雄项羽，本可以有两次一统江山的机会，但是，有勇无谋的项羽只看到眼前和局部利益。因为看不到大局，所以，变得刚愎自用和独断专行，结果人心背离，一个个谋士良将离他而去。比如，韩信当初是在项羽手下的，但是，因为没有得到重用，不得志的韩信最终选择了背离项羽。背叛项羽的还有谋士陈平，猛将英布、黥布和彭越，这些人本来都是辅佐项羽的，是可以帮助项羽一统江山的能人异士，但是，却一个个离他而去。应该说，项羽做人是失败的，作为三军统帅，项羽也是失败的。就连被他称为是一条胳膊的马童吕马童，最后也背叛他投靠了刘邦，项羽可以说是众叛亲离。

项羽一统江山的机会，一次是鸿门设宴，项羽本可以将刘邦瓮中捉鳖。倘若项羽依自己的谋士范增之计而行，江山便唾手可得。也就没有了后来的楚河汉界分界而治，也就没有了后面的十面埋伏之虞，更没有后面的四面楚歌之忧，霸王别姬和乌江自刎也就不会上演。

当年，接到项羽的邀请，刘邦在惶惶不安中奔赴鸿门宴，这让项羽的谋士范增大喜，以为天下江山可归项王。在席间，“范增数目项王，举所佩玉玦以示之者三，项王默然不应。范增起，出召项庄，谓曰：‘君王为人不忍，若入前为寿，寿毕，请以剑舞，因击沛公于坐，杀之。不者，若属皆且为所虏。’”

因为项羽的犹豫不决，万般无奈的范增只得召见项庄，指示项庄借着舞剑的机会刺杀刘邦。但是，早被刘邦收买的项羽的叔父项伯亦拔剑起舞，并“常以身翼蔽沛公，庄不得击”。如此情形之下，刘邦手下的谋士张良起身出去召见刘邦手下大将樊哙，樊哙不顾侍卫的阻拦，怒气冲冲地闯进帐篷，直斥项羽，称刘邦“劳苦而功高”，项羽“欲诛有功之人，此亡秦之续耳，窃为大王不取也”。面对樊哙的斥责，项羽竟然语塞，没有话语来应对樊哙。后来刘邦借着上厕所之机逃离了项羽的营帐，这无异于放虎归山，项羽从此为自己设置了一个强大的对手。

项羽一统江山的机会还有一次，就是项羽带兵进入咸阳之后，本可以坐镇咸阳，就地称王。但是，项羽却一不做二不休，火烧阿房宫，将富庶的咸阳城化为灰烬。项羽手下有人建议，关中土地肥沃，人口众多，可以称霸立业。然而，鼠目寸光的项羽并没有看到关中的优势，而是思乡心切，称“富贵不归故乡，如衣绣夜行，谁知之者！”项羽一心想返回自己的根据地楚地炫耀自己，这种短视直接暴露了项羽胸无大志，也让项羽失去了夺取江山的机会。

项羽本来就根基不稳，加上千里行军，给了刘邦乘虚而入的机会。刘邦邀请各路诸侯，许诺加官晋爵，对项羽形成了合围追杀。俗话说重赏之下必有勇夫，得到了好处承诺的各路诸侯蠢蠢欲动，配合刘邦对项羽进行围追堵截。

项羽开始的时候拥兵四十万，而刘邦只有十万人马，但是，刘邦善于用人，善于采用谋士的计策，让战场形势发生了逆转，由敌强我弱变成了敌弱我强，由敌进我退变成了敌退我进，最终一步一步将项羽逼上了绝境。

更重要的是，刘邦胸怀大略，并不像项羽那样鼠目寸光。刘邦带兵攻入咸阳后，面对金银财宝，佳人美色，并没有图一时之快，而是能够忍一时之诱惑而无动于衷，因为其志在整个天下江山。只要天下江山都是自己的，还有什么不是自己的呢？那时候再享受这人间珠宝、佳人美色也不迟。事实上，刘邦一时的隐忍，确实也成就了自己的霸业，除掉项羽之后，天下江山从此就跟了刘姓。

项羽两次错失一统江山的机会，就注定了自己惨死的命运结局。

四

项羽在中了韩信的十面埋伏，损兵折将之后，已经看到了自己的穷途末路。他惨败的结局，是因为刚愎自用、不善用人导致的众叛亲离，然而，兵败中的项羽一直没有认识到自己的错误，没有总结自己因何而失败，而是将责任推卸给老天，称“此天之亡我”，刚愎自用的性格以及独断专行的行事风格，注定项羽只能怨天尤人。

《史记·项羽本纪》载，项王自度不得脱，谓其骑曰：“吾起兵至今八岁矣，身七十余战，所当者破，所击者服，未尝败北，遂霸有天下。然今卒困于此，此天之亡我，非战之罪也。今日固决死，愿为诸君决战，必三胜之，为诸君溃围，斩将，刈旗，令诸君知天亡我，非战之罪也。”项羽在兵败后，自知已无回天之力，对部下三番五次地说“此天之亡我，非战之罪也”，称是天亡自己而不是自己的战术问题。项羽的执迷不悟令人摇头扼腕，叹息其真是一个有勇无谋的莽夫。

“争帝图王势已倾，八千兵散楚歌声。乌江不是无船渡，耻向东吴再起兵。”唐朝诗人胡曾的《咏史诗·乌江》，形象地描述了项羽彼时的心境。只剩下孤家寡人的项羽，本可以听从乌江亭长的建议，渡过乌江，摆脱汉军的追击。但是，项羽却碍于脸面，觉得无颜去见江东父老，因此，谢绝了乌江亭长的好意。项羽的选择，最后决定了自己的命运，不上渡船，项羽踏上的就是一条不归路。因为即使他“力拔山兮气盖世”，也敌不过多如牛毛的汉军。最终，虽然斩杀了数百个汉兵，但是，他自己也身受重伤。大势所趋下的项羽要么束手就擒，要么自刎了断。心高气傲的项羽，又怎么可能束手就擒，受刘邦的羞辱呢？

项羽自刎后，汉将为了争夺功劳，竟然竞相争夺项羽的尸体而互相残杀。最后，项羽的尸体被汉将分为五块，五名汉将各执一块争相向刘邦邀功。诚如所料，分得项羽尸体的五名汉将，最后都被刘邦封侯。而其中，就有项羽的老部下、曾被项羽称为是自己的一条胳膊的吕马童。项羽在自刎前，称卖个人情给吕马童，将自己的头颅赐予吕马童。在死亡面前，项羽能够如此谈笑，也算是一个视死如归、有情有义的真男儿了。

失去了项羽这个重量级对手，刘邦轻松夺得了天下。

自古成者为王败者为寇，然而，虽然项羽兵败，但是却并没有像其他的王权争夺者那样遭到人们的诋毁，死去的项羽依然是西楚霸王。反而，项羽的形象却因为拒渡乌江而变得顶天立地起来。历史上，恐怕没有哪一位失败者的形象能够像项羽这样光辉灿然，能够受到后人如此褒誉了。而项羽的对手刘邦，即使夺得了天下，贵为天子，但千百年来却仍然未能洗白自己曾经是地痞无赖的形象。一提起刘邦，人们首先想到的不是他皇帝的头衔，而是想到他当初只是一个“小混混”而已。人们对项羽与刘邦的评价，并没有落入“成者为王败者为寇”的思维窠臼，这对项羽来说，也算是一种安慰了。

五

项羽无疑是一个有抱负的青年，在秦始皇游会稽，渡浙江时，项羽看到了威风凛凛的秦始皇，就称“彼可取而代也”，可见项羽还是有一颗“帝王之心”的。然而，项羽虽然有这个贼心和贼胆，但是却没有这个命，最终夺得江山的是刘邦而不是他项羽。当年项羽一句“彼可取而代也”，吓得身边的叔叔项梁脸色蜡黄，一把捂住了项羽的嘴。要知道这可是灭九族之罪，别说被官方听到，就是有人举报，项羽也是死罪一条。

虽然彼时项羽是“图一时嘴快”，但是项羽后来用实际行动，证明了自己“彼可取而代也”的野心。骁勇善战的项羽，带领部下对秦军发起了一次又一次的正面进攻，项羽的军事才华锋芒毕露，秦军节节败退。项羽如摧枯拉朽一般，击溃了秦军的主力，一举将秦王朝送向了坟墓。

项羽的一生，经历了大大小小无数场战役，最得意的当然是巨鹿之战。

秦二世二年（公元前208年）九月，秦军上将军章邯打败并杀死楚地反秦义军首领项梁，后渡过黄河，会合前来增援的王离二十万军队一起攻打赵国，并大败赵军。章邯命令王离、涉间包围了巨鹿，自己的军队驻扎在巨鹿南边，并筑起两边有墙的甬道给他们输送粮草。无奈之下赵王派使者向楚怀王以及各诸侯求援。

秦二世三年十二月，项羽率楚军到达巨鹿县南的黄河，立刻派遣英布和蒲彻两位将军率两万义军渡过黄河，并援救巨鹿。接着，项羽也率领军队渡过黄河，命令全军破釜沉舟，烧掉房屋帐篷，只带三日粮草，以示不胜则死的决心。项羽以迅雷不及掩耳之势直奔巨鹿，击败章邯部保护甬道的秦军，断绝王离部的粮道，包围了王离军队。项羽破釜沉舟的决心和勇气，对将士起了很大的鼓舞作用。经过九次激烈战斗终于打退了章邯，活捉了王离，杀死了秦将苏角，秦将涉间举火自焚，其他的秦军将士有被杀的，也有逃走的，围困巨鹿的秦军就这样被瓦解了。

巨鹿之战是秦末农民战争所取得的一场巨大胜利，它基本上摧毁了秦军的主力，扭转了整个战局，奠定了反秦斗争胜利的基础。经此一战，秦朝已名存实亡，而项羽破釜沉舟，在各诸侯军龟缩于壁垒中时带头以楚军猛攻秦军，带动诸侯联军歼灭秦军主力的巨鹿之战凸显了项羽的军事指挥才能，也奠定了项羽的威望与地位。从此，战场上敌军对项羽是闻之色变，只要项羽出现的地方，敌军纷纷败退。

如果项羽善于谋略，善于用人，江山本唾手可得，然而，项羽却一次次错失良机，最后众叛亲离，变成了孤家寡人，走向死亡也就是必然的。项羽的失败，并非老天的意思，正是项羽自己造成的。可惜的是，项羽至死也没能明白这个道理。

看看刘邦手下的谋士和大将，就可以知道项羽失去了多少人才，张良、陈平、韩信、英布、彭越……这些可都是安邦定国之才啊，此前都是项羽的麾下，只是，项羽有眼不识泰山，目中无人，一意孤行，最后白白地将自己的手下猛将贤才拱手让给了刘邦。而这些良将谋士，在项羽、刘邦争夺天下的过程中，起到了关键作用，结果导致了战局发生了决定性的逆转，导致战争的天平从项羽一侧倒向了刘邦一端，直至项羽的全军覆没。

项羽之所以目中无人，无疑是因为自己勇武过人，一句“力拔山兮气盖世”，绝不是项羽的自吹自擂，而是项羽对自己的客观评价。不过，夺取江山固然需要武力，但更重要的则是谋略，只有那些善于用人、善于谋略的人，才能面对乱世付诸笑谈，运筹帷幄指点江山，鲁夫莽汉注定夺取不了天下。项羽就是典型的鲁夫莽汉，空有拔山之力，虚有盖世之威，最终由真老虎变成了色厉内荏的假老虎。虎落平阳被犬欺，困兽犹斗的项羽，注定其结局是悲惨的。

六

自古英雄出少年。

我们可以想见，两千多年前的某一天，步入青年的项羽风华正茂，踌躇满志。项羽年轻英俊、孔武有力。威武刚强的项羽，意气风发，精神抖擞地站在古楚大地上。眼前的村庄、树木、小河，以及四周忙碌的乡亲，这些，都是项羽再熟悉不过的了。与众人相比，项羽无疑是孤独的，因为没有人知道他的雄心霸业。在练武之余，项羽经常目光坚定地看着远方。远方，有他的梦想，远方，是他的战场。不善言辞的项羽喜欢独自一人舞枪弄剑，项羽最喜欢的兵器是戟，他的兵器被人们称为天龙破城戟，又称“霸王枪”。项羽正是靠着这柄拿手的兵器，所向无敌，敌人闻风丧胆。

项羽天生臂力过人，在项羽的老家宿迁，建有一座霸王举鼎雕像，用以纪念项羽。举鼎时的霸王威猛勇武，两手高高举起千斤巨鼎，无不显露项羽的霸气，其英雄气概令观者无不叹服。

关于霸王举鼎，在宿迁一带流传着这样一个传说：少年时代的项羽一次路过沭阳颜集虞姬沟，看到一群采摘菱角的女孩在沟边打闹嬉戏。突然，其中一个女孩不小心落入水中。项羽见了，毫不犹豫地纵身跳入水中，将落水的姑娘救了起来，这个姑娘就是虞姬。项羽走后，虞姬的心里一直挂念着这位不知姓名的救命恩人，她请求哥哥虞子期去打听。有一天，虞子期去赶宿迁的庙会，庙里有个千斤铜鼎，好多人上前去试，都没搬动半分。有一个青年竟然能将铜鼎举过头顶。虞子期见这位举鼎人很像妹妹描述的救命恩人，就向别人打听。后来，虞子期到梧桐巷找到了项羽，二人一见如故，相见恨晚。再后来，他邀请项羽到家中做客，虞姬发现哥哥领来的小伙子正是自己日思夜想的恩人，四目相对，惊喜万分。而虞姬的父母见他俩郎才女貌，天生的一对，心下也就喜欢，于是就将虞姬许配给项羽为妻。

胸怀大志的项羽，渴望有一天像秦始皇一样成为众人之王。正是在这个目标的激励下，项羽苦练武功，并学有所成，在后来的战场上锋芒毕露，大显身手。项羽勇猛无比，所向披靡，引得很多人投靠他，一时间项羽手下聚集了大量的谋才猛将。后来战功卓著、赫赫有名的韩信，在项羽手下也不过是一名搜粟都尉，掌管生产军粮等事，并未得到项羽的重用。项羽有眼不识泰山，没有重用韩信，一方面是因为自己英勇无比，小小的韩信自然不在项羽的眼里，另一方面则是项羽手下人才济济，韩信并未显露自己的军事才华，项羽没有发现韩信的过人之处，没有重用韩信也就可以理解。还有最重要的一方面是，项羽虽然有统治天下之心，但却无统治天下之才。缺乏谋略，刚愎自用，不善用人，最终导致本来追随自己的人才纷纷倒戈，被刘邦尽数搜罗于帐下。

手下人才济济，藏龙卧虎，可惜项羽没有发现，没能唯才是用，这是项羽最大的失败之处。

刘邦评价韩信是“战必胜，攻必取”，最后得出“吾不如韩信”的结论。倘若项羽也能如刘邦一般善于发现自己的短处，然后取长补短；倘若项羽也能如刘邦一般善于发现人才，善于使用人才，我想，项羽也就能够夺得江山。如果项羽能够重用韩信，有了韩信的帮助，相信项羽在战场上会掌握更多的战机与主动权，也许战场形势就会发生变化。而刘邦若没有韩信这个安邦定国之才的相助，估计很难在战场上夺得主动权，那么，江山最终落得谁手，估计还要打个问号。

项羽的刚愎自用以及悲惨的结局让后人唏嘘不已。“力拔山兮气盖世，时不利兮骓不逝。骓不逝兮可奈何，虞兮虞兮奈若何!”这段悲怆吟唱，道出了项羽的多少无奈，也道出了项羽的绝望！我仿佛看到两千多年前的那个夜晚，项羽内心的无限愁闷、悔恨与绝望。

七

历史的烟云早已飘远，金戈铁马也早已远去。但是，两千多年后的今天，我们仿佛仍然可以依稀听见当年金戈撞击的声音，以及看到战场上风起云涌、铁马奔跑的一幕幕。天空下的人们在拼命厮杀，血流成河，战士们用鲜血染红了疆场。人们互相杀戮到底是为了什么，他们最后又得到了什么？没有人去思索，也没有人能给出答案。

有人说项羽对虞姬不离不弃，是一位对爱情忠贞不贰的好男儿，而霸王别姬更是凸显了项羽对虞姬的深情。然而，让人惊诧的是，项羽在进入咸阳后，却表现出了贪财好色的一面，入城后掳走了咸阳城里的珠宝美女，而一直伴随在项羽身边的却又是虞姬这样一个绝色女子。如果说项羽好色，为什么却独宠虞姬一人？如果说项羽专情，那么他掠走那么多美女又想干什么？这一直是我百思不得其解的地方。有人说，虞姬是虚构出来的人物，是英雄配美女的套路。但是，历史学家司马迁的《史记》记载了“有美人名虞”，虽然是寥寥数字，作为历史的忠实记载者，司马迁是严谨的，他不会为了粉饰和衬托项羽而加入与项羽无关的“作料”，更何况项羽还是一个败军之将。

“有美人名虞”应该是真实的，证实了虞姬这个历史人物的存在。而且，在虞姬的家乡沭阳，长期流传着关于虞姬与项羽的种种传说，比如虞姬沟、虞姬庙、胭脂井、霸王桥、九龙口、点将台、项宅等史迹。而宿迁与沭阳民间百姓，也习惯以“老表”相称，就是源于项羽与虞姬的这层关系。清代著名文学家、诗人袁枚曾任沭阳知县，离任四十三年后重游沭阳时，特地到颜集乡凭吊虞姬，写有《过虞沟游虞姬庙》诗：“为欠虞姬一首诗，白头重到古灵祠。三军已散佳人在，六国空亡烈女谁？死竟成神重桑梓，魂犹舞草湿胭脂。座旁合塑乌骓像，好访君王月下骑。”另外，沭阳历史上本地文人为虞姬写下的诗词也有很多。种种传说和文献记载，说明历史上确实有虞姬这个人，虞姬应该并非文学家和史学家虚构出来的人物。

自古英雄儿女情长，当陷入四面楚歌后，项羽自知大势已去，面对朝夕相伴的爱妾虞姬，悲伤地唱起了《垓下歌》：“力拔山兮气盖世，时不利兮骓不逝。骓不逝兮可奈何，虞兮虞兮奈若何！”

纵使项羽英雄盖世，面对穷途末路，也只能发出“虞兮虞兮奈若何”的哀叹。由此可见项羽对虞姬的爱恋以及不舍。

可叹项羽一世英雄，也有陷入绝望的时候。而对于英雄项羽的无奈与绝望，作为柔弱女子的虞姬也是无可奈何。与项羽朝夕相伴的虞姬，一心深爱着眼前这个男人，看到心爱的男人愁眉不展，虞姬是肝肠欲断，她凄然起舞，为项羽唱下了绝命曲《和垓下歌》："汉兵已略地，四方楚歌声。大王意气尽，贱妾何聊生。"唱罢，虞姬拔剑自刎。这首《和垓下歌》在史籍《楚汉春秋》里有文字记载。

就这样，贞烈的虞姬，带着对项羽的一腔爱意与对生命的无限留恋而香消玉殒。

我常常在想，假如历史可以重来，项羽会汲取教训，改正自己的缺点吗？假如项羽夺得天下，历史无疑会改写，那么，社会又会如何发展？可惜，历史没有假设，历史上，无论悲剧还是喜剧，都成为定数。而即使是定数，最终也都会曲终人散，留给人们的是无限的感慨和喟叹！

千年一叹说虞姬

一

在苏北平原上，散布着三三两两的村落，不时有鸡鸣与犬吠声从村庄传出，叫声穿透村庄，穿透田野，鸡鸣犬吠告诉我们，这里是一片古老的土地，就在这片古老的土地上，生活着一群安逸的人们，他们繁衍生息，从古至今，不曾停息。

苏北的田野上，青青的麦子已经拔节，向人们展示着亭亭的身姿，露珠点缀在小麦的叶片上，晶莹透亮。除了麦子，苏北的田头沟边，还生长着很多植物，有荠菜、婆婆纳、苜蓿草、蒲公英、蛇莓、小蓟、繁缕，也有莲花竹、三色堇、木槿花、满天星、郁金香、蔷薇、君子兰等。

在江苏省宿迁、沭阳等地农村的田野上，还生长着一种叫虞美人的草本植物。仅听虞美人的名字，就知道它是一种美丽、高贵的植物。它虽然只是一株植物，但却被赋予了人的灵性，美如少女，艳如贵妇，古朴典雅而又美丽妖娆的虞美人，装扮着苏北大地，让苏北大地变得繁花似锦，美丽迷人。虞美人别名丽春花、赛牡丹、小种罂粟花、蝴蝶满园春等，属罂粟科罂粟属，是一年生草本植物。每年四五月间，是虞美人盛开的季节，遍布原野的虞美人，开出紫、白、粉红或红色的花朵，它们一朵朵艳丽无比，娇艳欲滴。一阵暖风拂过，它们在阳光下翩翩起舞，宛若一个个美丽的女子，在舞动自己的长袖，向人们展示自己婀娜的身姿。

关于虞美人，在宿迁、沭阳一带有一个美丽的传说，这个传说与楚霸王及其爱妾虞姬有关。

公元前 202 年，西楚霸王项羽与汉高祖刘邦争夺天下，在楚汉相争中，项羽兵败，被围在安徽垓下，在四面楚歌声中，项羽感到大势已去。为了避免成为项羽的累赘，项羽的随军夫人虞姬拔剑自刎，鲜血染红了脚下的土地，后来，在虞姬自刎的地方，生长出一簇簇美丽的花儿，人们将其取名为虞美人。据《情史·情贞类》记载："姬遂自刎。姬葬处，生草能舞，人呼为虞美人草。"这是有记载的关于虞美人的传说。

再后来，虞美人在辽阔的土地上广为传播，遍布神州大地，成为一种常见的花卉植物。尤其项羽和虞姬的老家宿迁和沭阳，虞美人更是随处可见。

单看虞美人的名字，就知道虞美人花是美丽的，清代有诗人赞美虞美人是"碧血化为江上草，花开更比杜鹃红"，既赞美了虞美人花的美丽，也歌颂了虞姬这名烈女子，虽死犹生，其气节丝毫不输于男儿。虞美人的传说，则让虞姬这名忠烈女子，流芳百世，名垂青史。

清朝诗人何溥也写诗赞美历史上的《虞美人》：

遗恨江东应未消，芳魂零乱任风飘。

八千子弟同归汉，不负君恩是楚腰。

虞姬走了，但虞美人留下了，同时留下的还有虞姬的忠贞不渝以及关于虞姬的各种美好的传说。

二

虞家有女过江东，玉洁冰清气若虹。

不羡嫦娥奔皓月，偏随竖子傲长空。

青萍三尺为君舞，珠泪一帘因尔笼。

勿叹势如墙上草，妾魂化剑斩奸雄！

清代诗人朱德蓉的一首《虞姬》，概括了虞姬短暂而光辉的一生。但虞姬对于后人来说，一直是非常神秘的一个人物。她的身世，她的出生，史书并无记载，只知道在公元前 202 年，虞姬随楚霸王项羽征战，项羽兵败，在垓下走投无路，项羽觉得大势已去，心里又悔又恨，面对一直伴随自己左右的虞姬，项羽这个顶天立地的男儿，不禁也流出了两行热泪。项羽舍不得离开温柔美丽的虞姬，更担心自己死后，虞姬会受到侮辱，于是项羽愁眉不展，忧心忡忡。善解人意的虞姬，又怎么不知道楚霸王的心思？在万般无奈之下，虞姬拔剑自刎，上演了一场霸王别姬的千古绝唱！可怜堂堂楚霸王，虽有一身绝世武功，却保护不了自己心爱的女人。项羽的无奈与绝望，即使在千年后的今天，我们仿佛依然能够感受到。

在《资治通鉴》中，并没有虞姬的记述，但在《史记·项羽本纪》中有这样的记载："项王军壁垓下，兵少粮尽，汉军及诸侯兵围之数重。夜闻汉军四面皆楚歌，项王乃大惊曰：'汉皆已得楚乎？是何楚人之多也？'项王则夜起，饮帐中。有美人名虞，常幸从，骏马名骓，常骑之。于是项王乃悲歌慷慨，自为诗曰：'力拔山兮气盖世，时不利兮骓不逝。骓不逝兮可奈何，虞兮虞兮奈若何！'歌数阙，美人和之。项王泣数行下，左右皆泣，莫能仰视。"这是史书对虞姬的简要记载。《史记》记载了虞姬和歌的细节，但是，并没有记载虞姬和歌的内容，虞姬对项羽的和歌，据《楚汉春秋》记载是："汉兵已略地，四方楚歌声。大王意气尽，贱妾何聊生。"

虞姬是哪里人？据1997年版《沭阳县志》记载："虞姬，项羽随征夫人。相传为邑人。"项羽出生于宿迁，沭阳与宿迁相邻，特别是虞姬的出生地颜集与宿迁地界相连，从地域来看，虞姬与项羽相爱的可能性比较大，虞姬为沭阳颜集人的可信度也比较高。而直到今日，宿迁人与沭阳人，也习惯互称为"老表"，就是因为项羽与虞姬的关系。宿迁和沭阳人以表亲相认，以表亲相称。人们将姑舅关系称为表亲，宿迁与沭阳人以"老表"互称，民间口口相传的这种称谓，也间接印证了虞姬是沭阳人的可信度。而据查阅资料考证，虞姬是沭阳人，在唐朝以后的《沭阳县志》均有记载。由历朝《沭阳县志》记载可以得知，虞姬是沭阳人，并非现代人提出的新说，也非沭阳人借虞姬来炒作，而是有据可查的。

三

还是让我们将历史的年轮倒回到公元前。

公元前209年，秦二世暴政引发了陈胜、吴广发动的农民起义，各地的百姓纷纷响应起义，没有多久，农民起义的风暴就席卷了大半个中国，让秦王朝陷入了人民战争的泥潭。陈胜、吴广发动的农民起义虽然没有直接推翻秦朝，但是，却从根本上动摇了秦王朝的统治。俗话说“乱世出英雄”，陈胜、吴广起义，再次让诸侯割据，中华大地风起云涌，群雄逐鹿，造就了一个个时势英雄，项羽、刘邦就居其中。

陈胜、吴广起义失败后，项羽、刘邦率领的起义军，经多次重大战役，锋芒渐露，渐渐显示出了二人的军事指挥才能。彼时，项羽在函谷关以东地区聚歼秦军主力，而刘邦却趁隙攻入了秦王朝都城所在地咸阳。面对来势汹汹的农民起义军，公元前206年十月，秦王子婴奉皇帝符玺投降，至此，残暴的秦王朝宣告从此灭亡。

而据《史记·高祖本纪》记载，怀王“与诸将约，先入定关中者王之”。《汉书·高帝记》也记载：“初，怀王与诸将约，先入定关中者王之。”依据楚怀王“先入定关中者王之”的约定，刘邦应该被封为秦王。虽然项羽在前线痛击秦军，消灭了秦朝军队的有生力量，但刘邦却近水楼台先得月，率先攻进了秦首都咸阳，成为契约上的王。然而，此时实力雄厚的项羽岂能将天下拱手让给刘邦？再说，在战场上，无人能与其争锋，项羽怎么可能向刘邦俯首称臣？项羽闻讯后大怒，率诸侯军四十万、秦军降卒二十万直奔关中讨伐刘邦。于是，项羽与刘邦进行了一场旷日持久的战争，史称“楚汉相争”。

楚汉相争初期，项羽率领的楚军连连攻城略地，战争的天平偏向项羽一侧，而刘邦则接连吃了几场败仗，军队损失惨重。论勇猛，刘邦确实不是项羽的对手，岂止是刘邦，可以说群雄无一是项羽的对手。然而，在战争中，拼的不仅仅是武力，还有智谋。刘邦的军队惨遭项羽缴杀，军员不足十万，在这种敌我力量悬殊的情况下，刘邦有自知之明，他自料力量不敌项羽，于是就使用起了计谋。刘邦竭力拉拢项羽的叔父项伯，请其调解，并亲赴鸿门，表示诚意。本来，鸿门宴是一次很好的缴杀刘邦的机会，然而，项羽却顾及与刘邦的结义之情，不忍对这个兄弟下毒手，由此看来，项羽虽然残暴，但也算是一个有情有义之人了。与项羽相比，刘邦就猥琐多了。刘邦不仅背信弃义，违背诺言向项羽发起攻击，在项羽以烹其父要挟的时候，刘邦不但“不为所动”，而且还希望项羽能分一杯羹给他。刘邦无赖的嘴脸，由此一览无余。

项羽在优柔寡断中，终究没有听从谋士范增的意见，结果放走了刘邦。后来的情况急转直下，刘邦在各路诸侯的帮助下，让项羽腹背受敌。而更为重要的是，因为缺乏后援，项羽的军队人困马乏，粮草匮乏。俗话说，人不可一日无饭，军不可一日无粮。缺少粮草的项羽军队人心不稳，战斗力锐减。项羽看在眼里，急在心上，无奈之下，被迫与刘邦签订了“中分天下”的和约，划鸿沟（古运河，位于今河南荥阳以东）为界，东归楚、西属汉。这就是著名的“楚河汉界”。楚汉两军在荥阳、成皋一线相持两年零五个月后，在一纸和约下休兵罢战。

划定楚河汉界以后，项羽依约东撤，刘邦也欲撤兵。但是，刘邦帐下的谋士张良和陈平认为，“汉有天下太（大）半，而诸侯皆附之。楚兵罢（疲）食尽，此天亡楚之时也”，建议“不如因其机而遂取之”（《史记·项羽本纪》）。在张良和陈平的鼓动下，刘邦撕毁和约，突然向楚军发起了战略追击，粮草匮乏的项羽只能边战边退。

公元前202年，项羽中了刘邦手下大将韩信的十面埋伏，项羽损兵折将损失惨重，后来被围于垓下（今安徽灵璧）。项羽兵少粮尽，而韩信又出一计谋，安排会楚语的士兵夜里唱楚歌，夜闻楚歌四起，项羽的军心瓦解。彼时的项羽，一定是悔恨交加的。在四面楚歌声中，项羽起来饮酒解闷。而一直伴随在项羽左右的虞姬，眼看大王如此意气消沉，只能好言安慰。但虞姬是何等的聪慧，她岂能不知项羽的命运？为了解除项羽的后顾之忧，虞姬拔剑为项羽舞了一曲，虞姬边舞边唱，“汉兵已略地，四方楚歌声。大王意气尽，贱妾何聊生。”边歌边舞中，虞姬肝肠欲断，泪如雨下。一曲唱罢，虞姬横剑自刎，鲜血洒了一地，也染红了项羽的军帐。眼看着爱妾在自己的面前自刎，项羽悲痛欲绝。英雄也儿女情长，项羽流下了悲痛而绝望的泪水。为避免虞姬的尸体遭到汉军的侮辱，在无限悲痛中，项羽安排手下将虞姬草草埋葬于战场乱草丛中。后来，当地百姓找到了埋葬虞姬的坟墓，将虞姬的尸体进行重新安葬，埋葬于安徽灵璧县。至今，安徽灵璧保存有完好的虞姬墓。而为了纪念虞姬，安徽很多地方也都为虞姬立墓。虞姬到底葬在哪里，至今还是个谜。

后来，项羽率八百骑突围南逃至乌江（今安徽和县东北苏皖界上的乌江镇），想想自己带领江东八千少年子弟，统领数十万大军，打败了秦朝数百万大军，但因为自己的刚愎自用、独断专行而众叛亲离，最终只剩下区区几百人的项羽，哪里还有脸面去见江东父老？绝望中的项羽因为无颜见江东父老而自刎于乌江岸边。项羽不知道，这一刎，虽然让自己失去了生命，但却也让自己因此而留名青史。

俗话说“胜者为王败者为寇”，兵败自刎的项羽，后人并没有将其视为草寇，而赞他为忠肝义胆的大英雄。“生当作人杰，死亦为鬼雄。至今思项羽，不肯过江东。”宋朝女词人李清照的一首诗，让项羽的形象顶天立地。历史上，没有哪一位失败者的形象像项羽这样光辉灿然，能够受到后人如此褒誉。

四

在江苏省沭阳县颜集镇境内，一条小河静静地缠绕在大地上，就像一条玉带，蜿蜒飘逸。河水缓缓地流淌着，河岸边长满了野草与芦苇。一阵风吹过，河面上泛起了朵朵浪花，芦苇如波浪一样一排一排向前倾倒随之又复归原位，如此循环摇曳。这条叫虞姬沟的小河，记载了历史的变迁。这里曾经留下过少女虞姬的足迹。

虞姬沟畔，长满了虞美人，每年的春夏之际，虞美人盛开的季节，鲜艳美丽的虞美人将虞姬沟装扮得更加美丽、妖娆。

虞姬沟发源于踢球山，踢球山位于徐州市新沂市时集乡东南部，虞姬沟全长一百多公里，流经沭阳县颜集、庙头、贤官、桑墟等乡镇，接蔷薇河入海。千百年来，沿河两岸土地肥沃，人口众多。虞姬沟的河水滋养了两岸的土地和人民，人们记住了虞姬沟，也就记住了虞姬这位美丽的烈女子。

从颜集街沿着虞姬沟西行三里许，在虞姬沟畔，有一个村庄叫虞溪村。据《沭阳县志》记载："虞溪村为虞姬故乡。虞姬庙，北有虞姬沟，南有霸王桥，相传虞姬生长地。"借此我们可知，虞姬出生在虞姬沟畔的虞溪村，而这条虞姬沟原来不叫虞姬沟，而叫玉鸡沟，它后来改名虞姬沟，是因为与虞姬有关。

在当地流传着这样一个传说，虞姬的父亲叫虞侃，是楚国大将项燕的副将，一天，因为夫人要分娩生产，虞侃就从军队回到老家。虞侃一路风尘，来到村庄前，看到玉鸡沟清澈的河水，虞侃十分高兴，于是就到河里去洗个澡，结果，洗澡时在水中摸到了一块鸡形的玉。虞侃心中大喜，小心翼翼地将得来的玉鸡揣入怀中，向家里走去，还没进家门，仆人看到他十分惊喜，连喊老爷回来了，并向他报喜：恭喜老爷，夫人生了一位千金。虞侃闻听心中大喜，三步并作两步进得屋来，将玉鸡交给夫人挂在小虞姬的脖子上，希望玉鸡能保佑虞姬一生平安。虞侃夫妇取玉鸡的谐音，为孩子起名叫虞姬。后来，人们就把虞侃捡到玉鸡的玉鸡沟叫作虞姬沟，虞姬沟从此成为苏北一条具有历史人文气息的知名的小河，引来了无数文人前来膜拜。

小时候的虞姬，经常与小伙伴到虞姬沟畔嬉戏玩耍。虞姬渐渐长大，出落成一个亭亭玉立的大姑娘。此时，项羽借居在离虞溪村五里远的一个村庄里，一次，在虞姬沟畔，年轻漂亮的虞姬与英俊潇洒的项羽相遇了，一个青春貌美，一个英俊少年，二人一见钟情，互生爱意，两颗年轻的心燃烧起来。在虞溪村前面，有一条小河，河上有一座小木桥。但是一年发大水，河上的小木桥被大水冲塌了，行人来往非常不便。那时候项羽与虞姬正处于热恋之中，经常约会，于是项羽急中生智，就搬来大石头，用石头在这条小河上垒了一座石头桥，后来，人们就将这座石头桥称为“霸王桥”。清朝诗人吴少槎在到霸王桥时，曾经写下了咏颂霸王桥的诗句：

楚歌四面起中宵，盖世重瞳惨不骄。
毕竟英风流不断，虞姬沟畔霸王桥。

再后来，项羽起兵伐秦，虞姬就跟随着项羽，开始了她短暂而悲壮的从军生活。

俗话说男怕入错行，女怕嫁错郎。跟随项羽的虞姬当然不能说嫁错了，但是，从跟随项羽的那一天起，就注定了她的命运。戎马生涯注定了打打杀杀，注定了刀光剑影，注定了险象环生，注定了杀戮与死亡。跟随项羽东征西杀的虞姬，时刻经历着凶险和死亡。而楚霸王项羽纵使英雄盖世，力拔山兮，纵使在千军万马中可以取敌将首级且易如反掌，但是，深陷十面埋伏后，面对四面楚歌的项羽却乱了方寸，只能眼睁睁地看着自己心爱的女人拔剑自刎，而又无法阻拦。可怜项羽英雄盖世，却保护不了虞姬这样的一个弱女子，保护不了自己心爱的女人。可以说，虞姬自刎的那一刻，其实也暗喻了项羽死亡的命运。后来，在乌江边，面对蜂拥而至的汉军，项羽迫于无奈，最终拔剑自刎，其死亡方式，与其夫人虞姬一模一样，让人扼腕。然而，所不同的是，虞姬自刎后，项羽还能保其一个全尸，将其葬于安徽灵璧。而项羽死后，竟然惨遭汉将分尸，估计项羽在拔剑自刎的那一刻，恐怕也没有想到自己会落得如此悲惨的下场！

五

虞姬死后，噩耗传到家乡沭阳县颜集乡，父老乡亲无不痛哭流涕。人们为了纪念虞姬这位美丽聪慧的姑娘，在虞姬的家乡颜集建了一座虞姬庙，用来供奉纪念虞姬。历史上，虞姬庙多次毁于时代的战火，也曾经过多次翻建，但最终还是毁于战火中。最近的一座虞姬庙建于明朝，民国期间沭阳当地曾对虞姬庙进行修缮。据《沭阳县志》记载："崇祯十七年（1644 年）建虞姬庙，虞姬庙毁于日军战火。"

清代著名文学家、诗人袁枚，曾任沭阳知县，离任四十三年后重游沭阳时，特地再到颜集乡凭吊虞姬，作有《过虞沟游虞姬庙》诗，并自注："相传虞故沭人也。"可见，虞姬是沭阳颜集人，并非今人的臆想，而是历朝历代皆有流传。袁枚诗云：

为欠虞姬一首诗，白头重到古灵祠。
三军已散佳人在，六国空亡烈女谁？

死竟成神重桑梓，魂犹舞草湿胭脂。

座旁合塑乌骓像，好访君王月下骑。

由“座旁合塑乌骓像”，我们可以想见，当年的虞姬庙内，虞姬像的旁边应该有一座乌骓马的塑像，这座乌骓马塑像，应该就是项羽的坐骑乌骓马。虞姬的传说是可歌可泣的，霸王别姬的故事流传千年，让人们认识项羽的同时，也认识了虞姬这位名不见经传的弱女子。

为了纪念虞姬，在沭阳县城，新沂河大桥南头不远处，原205国道刚进入城区的地方，沭阳县政府曾在此处竖立起一座虞姬的雕像。虞姬腰间挂着宝剑，一手抚住剑柄，飒爽英姿，极目远眺。后来，此雕像因为城区建设而被移走。在沭阳，人们为了纪念虞姬，很多地方也都建有虞姬的雕像。近年来沭阳地方政府打出的宣传名片是“虞姬故里，花乡沭阳”，利用历史人物虞姬的知名度，来提升沭阳的知名度。沭阳不仅将位于县城闹市中心的原城北公园更名为虞姬公园，还在新建的南湖公园内建设了虞姬馆，馆内除了虞姬的雕像以外，还陈列一些与虞姬有关的物品及相关的传说书籍，这多少让沭阳多了一份虞姬的文化氛围。而随着社会经济的交往，“虞姬故里，花乡沭阳”的名片，也让更多的人知道了历史人物虞姬。这种地域与历史人物的优势互补，可以说是相得益彰。

六

不过，作为虞姬的故乡人，我一直有个遗憾，就是在虞姬的出生地颜集镇，除了在街头塑造一尊虞姬的雕像以外，其他的好像没有多少纪念虞姬的痕迹。而虞姬追随的夫君项羽，在他的出生地尚留存“项王故里”，成为宿迁的知名旅游景点，吸引了全国各地的游客前来瞻仰观光。而虞姬故里，则什么都没有留存下来，虽然沭阳与宿迁相隔并不远，但是，沭阳可以游览的关于虞姬的旅游景点基本没有，这不能不让人深感遗憾。

虞姬死后，却未能回归故乡，估计虞姬在九泉之下，也难以瞑目。这也一直让我不能释怀。也许，我们从那条虞姬沟，还能找到虞姬的影子。只是，这一切，只剩下了一个符号。除了与虞姬有关的地名以外，我们实在找不到可以纪念虞姬的物件，作为虞姬的故乡沭阳，留下的只是一个个关于虞姬的传说，这不能不说是虞姬故乡最大的遗憾！作为虞姬的故乡，作为虞姬的故乡人，我们是不是应该为虞姬做点什么呢？

那个始建于明朝的虞姬庙，虽然民国期间沭阳当地曾对其进行修缮，但是，却毁于日军的战火，自此，沭阳再无虞姬庙。在十几年前，新河镇周圈村古栗林边，曾经建起一座寺庙，取名虞姬庙，但是，因为虞姬的出生地并非在新河镇，因此，这里的虞姬庙可谓是名不副实。后来，这座虞姬庙改名为普善寺。

虞姬已经逝去两千余年，但是，关于她的凄美传说却一直流传下来，虞姬也成为后人乐于称道的爱情忠贞者，霸王别姬的凄惨一幕在历史的天空下上演后，就一直没有谢幕过。电影《霸王别姬》塑造了一个有血有肉、儿女情长的虞姬形象；一曲《霸王别姬》则如歌如泣、荡气回肠，让人唏嘘不已；著名京剧大师梅兰芳则用京剧艺术，将霸王别姬推向了一个艺术的高度。近年来沭阳县政府也一直在打造“虞姬”这个品牌，不过，当地的宣传名片虽然打的是“虞姬故里，花木之乡”，但与沭阳的花木产业比起来，虞姬这个品牌显然弱小了很多。当然，这与两者的属性有关，作为一个著名的历史人物，虞姬属于精神文化层面的，而花木则是属于经济物质层面的，花木可以为当地带来经济效益，而虞姬对此好像无能为力。若想打响虞姬品牌，也需要巨额的经济投入，而且这个巨额投入的回报还遥遥无期。所以，相比之下，虞姬的品牌建设也就弱于花木品牌建设，对此，我们似乎也就可以理解了很多。然而，我还是希望，当地政府能够对虞姬这个品牌进行引导，吸引一些高瞻远瞩的企业家参与虞姬旅游文化建设，能够在虞姬故里颜集镇进行资本投入，将虞姬这个品牌建设起来。首先可以考虑在虞姬的出生地颜集，原虞姬庙旧址重新建起一座新的虞姬庙，并以此为依托，重建霸王桥、胭脂塘、紫竹林等周边景点，形成虞姬旅游系列景点，打造虞姬旅游文化，塑造虞姬历史文化名片，让虞姬也能像项羽一样声名远扬。就像一提起项羽，人们就知道宿迁一样。如果哪一天一提起虞姬，人们就知道沭阳，那么，虞姬的文化形象也就树立了起来，沭阳的知名度也就可以随之提升，虞姬也就真正成了沭阳的一张历史文化名片。

值得欣慰的是，虞姬的故乡——沭阳县颜集镇，为了纪念虞姬这位历史人物，开始建设虞姬的衣冠冢，虽然不是虞姬的真实墓地，但是，中国有一个传统，就是落叶归根，魂归故里。曾随项羽征战厮杀的虞姬，其死后一定是希望自己的魂魄回到家乡的，一定是希望自己死后能够埋葬在生她养她的地方的。而颜集镇建设虞姬衣冠冢，应该说正好遂了虞姬的心愿。而让虞姬魂归故里，也是当地父老乡亲的心愿。如此一来，虞姬衣冠冢也就有了它的文化氛围和历史意义。

虞姬，死后理应魂归故里！

七

我曾经来到颜集，沿着虞姬沟，追寻虞姬幼年成长的脚步，希望通过这里的一物一景，一草一木，能够探寻到虞姬成长的足迹，遥望到当年虞姬美丽的背影。虞姬沟畔静悄悄的，虞姬沟里的水清澈见底，缓缓地流淌。虞姬沟两岸生长着的芦苇亭亭玉立，还有很多虞美人随风起舞，它们仿若一个个美丽的女子，向人们展示着自己婀娜的身姿和靓丽的容颜。我仿佛看见当年的虞姬，是那么年轻，那么美丽，那么聪颖，那么无邪。年轻的虞姬在憧憬着自己的爱情，想象着自己的幸福生活。那时候的虞姬，一定没有想到自己一个弱女子，会踏上戎马生涯，跟随着男人打打杀杀；一定不会想到自己追随的夫君会身陷绝境，四面楚歌；一定不会想到自己会与心上人生离死别，凄凉无助；一定不会想到自己会以自刎的方式与人生诀别；聪慧美丽的虞姬，一定不会想到自己的生命是如此的短暂。

一直以来，我一直在思考，虞姬是怎样的一位女子？假如当年项羽功成名就，夺得天下，那么，她会成为母仪天下的皇后吗？假如面对处于绝望中的项羽，虞姬没有自刎，项羽会因为她而苟且偷生吗？会携带虞姬渡过乌江，另图东山再起吗？虞姬的命运又会怎么样？

民国著名作家张爱玲说："假如他成功了的话，她得到些什么呢？她将得到一个'贵人'的封号，她将得到一个终身监禁的处分。她将穿上宫装，整日关在昭华殿的阴沉古黯的房子里，领略窗子外面的月色，花香，和窗子里面的寂寞。她要老了，于是他厌倦了她，于是其他的数不清的灿烂的流星飞进他和她享有的天宇，隔绝了她十余年来沐浴着的阳光。她不再反射他照在她身上的光辉，她成了一个被蚀的明月，阴暗、忧愁、郁结、发狂。当她结束了她这为了他而活着的生命的时候，他们会送给她一个'端淑贵妃'或'贤穆贵妃'的谥号，一只锦绣装裹的沉香木棺椁，和三四个殉葬的奴隶。这就是她的生命的冠冕。"在张爱玲看来，假如历史改写，项羽取得成功，夺得天下，一直伴随项羽左右的虞姬，最终则会被项羽抛弃，还是会落得一个惨死的结局。倘若真的如此，那么，虞姬拔剑自刎，也许是最好的结局。虽然牺牲了肉体，却保住了名节，让她成为一个世人景仰的烈女子。若是如张爱玲所说的那样死在深宫，她也只不过是帝王众多嫔妃中的一个，历史上那么多失宠的嫔妃，估计没有人会注意她。

假如历史可以改写，也许如张爱玲所预料的那样，虞姬或贵为皇后，或被处死或被囚禁，历代皇后不是都重蹈着这样的命运吗？还有，也许，虞姬会变成另外一种情况，清代诗人谢启昆在《咏虞姬道》中写道："若使当年成帝业，宁同吕雉祸深宫。"诗人猜测项羽夺得天下后，虞姬得志，也可能会像吕雉那样祸害深宫。

然而历史没有假设，历史的烟云里，虞姬拔剑自刎的刹那，她的生命终结的同时，也让她永远定格在历史的篇章里。千百年来，人们无不为虞姬的柔情与忠烈而赞叹。"八千子弟失江东，只有虞兮效始终"，正是如此，才让虞姬名留青史。而当年拔剑自刎，也是虞姬无奈和唯一的选择！

我又在想，假如虞姬遇到的不是一介武夫项羽，而是一个普通的男子，他们会一见钟情，相亲相爱，过着平凡的日子，生儿育女，默默无闻，终老一生。这未必不是人生的一种选择，而且，这种生活也是大多数普通人的选择。远离战争的残酷杀戮，远离宫廷的尔虞我诈，远离战乱的颠沛流离，这才是我们想要的生活。只是，两千多年前就香消玉殒的虞姬，可以有自己的选择吗？

我仿佛听到历史里的虞姬，发出了一声叹息！

科学泰斗沈括

江苏省沭阳县自西汉设置县治以来，经过了无数的主政者，他们当中既有爱民如子的好县官，也有不顾人民死活的酷吏；既有真心实意为民谋福祉的主政者，也有一心只为自己仕途着想的投机客。不管这些主政者主政时有什么想法，他们的名字，都必然被标注在沭阳的历史上。

汗青史上丹心照，功过自有后人评。沭阳自西汉建县至今的两千多年历史中，主政者能够为民谋福祉且能够青史留名的有很多。比如，明朝，知县徐可达对沭河进行疏浚，设立粥厂赈灾救济灾民；知县杜可心去除苛政，赈灾救民。清朝，知县魏正心减轻农民税赋；知县张奇抱捐献自己的俸禄，修建学校；知县万叶封为治理沭阳水患，先后加固前沭河扎下至十字段大堤。为了畅通泄洪，先后开挖两条排涝河，这两条河被称为东万公河和西万公河，就是以万叶封之姓而命名；知县陆鸿逵为民请命，越级奏请停征官赈，因为忤逆上司，被上级革职，沭阳人民感其恩德，集资为其建立生祠，这在沭阳历史上也是绝无仅有的。

在沭阳的历史上，不乏勤政爱民的清官、好官，但是，他们的影响均不及沈括，究其原因，估计也是因为他们的名气不及沈括。沈括不仅官至二品，而且还是著名的科学家。就如同黑夜里升起了皎洁的月亮，群星的光辉自然就会变得黯淡。但是，他们都是心系沭阳民众、关心百姓疾苦的好官。

让我们记住他们的名字！

沈括（1031—1095），字存中，号梦溪丈人，浙江杭州钱塘县（今浙江杭州）人，北宋著名的科学家。沈括出身于仕宦之家，幼年随父宦游各地。

从沈括的出身来看，他是一位“官二代”。但人家这个“官二代”也不是白当的。沈括的家族有仕宦基因，其祖父沈曾庆曾任大理寺丞，父亲沈周、伯父沈同均为进士。出生在这样的官宦之家，沈括自然遗传和继承了先辈的优秀基因，通过自学，最后也考上了进士，被授扬州司理参军，历任太子中允、检正中书刑房、提举司天监、史馆检讨、三司使等职。

别看沈括身世功名显赫，但他与沭阳结缘出任沭阳主簿时，完全就是一个官场“小白”，而且，沈括能够在沭阳为官，还是继承得来的。其原因是沈括的父亲沈周病故，朝廷照顾沈括，就让他到沭阳做了主簿。沈括的父亲沈周，字望之，曾在泉州、开封、江宁等地做过地方官。

你看，生于官宦之家多么优越，沈括不费吹灰之力，就坐上了主簿的位置，这在今天，可是很多人做梦都想不到的美事。不过，人家沈括虽然属于继承做官，但他也不是不学无术之徒，不像有的“官二代”，纯粹是纨绔子弟，游手好闲，不为非作歹给他老子找事，就算对得起他当官的亲爹了。而沈括不同，沈括自幼就热爱学习，好学上进，是一个具有崇高理想好学上进的爱国少年。及至青年，沈括更是满怀抱负，希望能利用自己的才学，施展抱负，为朝廷为百姓干一番大事业。

沈括是这样想的，也是这样做的。

皇祐三年（1051 年），沈周去世。此时，沈括刚满二十岁。青年丧父，也算是人生一大不幸了，何况沈括刚刚进入青年阶段，人生的美好时光刚刚拉开序幕，就遭遇了严重的家庭变故，失去父亲的沈括自然是悲痛不已。按照古时旧俗，父母离世后，儿女要为父母守孝三年。沈括自然也不例外，从 1051 年到 1054 年，沈括哪里也去不了，就在家为父亲守孝。在此期间，沈括阅读了大量的文献书籍，再一次丰富了自己的学识，也为日后成为科学家打下了基础。

1054 年，沈括为父亲守孝三年期满，意味着自己可以闯荡江湖了。此时，皇帝一道谕旨，将沈括扶上了马。至和元年（1054 年），“沈括以父荫入仕，任海州沭阳县主簿”。历史上的沭阳曾多次隶属于海州。海州也就是今天的连云港，今天的海州则是连云港市的一个区。

不费吹灰之力，沈括就获得了沭阳县主簿这个职位，在今天，可以说让多少人羡慕不已。与那些为了考取功名挑灯夜读、连年赶考的学子相比，沈括无疑是幸运儿。主簿是古代官名，是各级主官属下掌管文书的佐吏，中央机关及郡县官署均置此官，负责典领文书，办理事务，是一个文职。宋时一个县的主簿，为知县佐官，辅助知县处理一县事务。用现在的话来说，一个县的主簿大概相当于现在的政府办主任或者县长助理。但沈括却在平凡的工作岗位上干出了不平凡的事业，从而让自己名留青史。

据《沭阳县志》记载："宋仁宗皇祐六年（1054年），知县缺，委任主簿沈括临时主政。"也就是说，沈括子承父职到沭阳任职，但是知县空缺，上级就委任身为主簿的沈括来负责处理全县的事务。用现在的话来说就是主持工作。沈括不是知县，但是却承担了知县的职责，其实相当于当上了知县。而沈括执掌全县大权后，也不辱使命，大刀阔斧进行改革，废除了苛捐杂税，减轻了沭阳人民的负担。沈括此举，自然受到了沭阳人民的欢迎。

《沭阳县志》记载："沈括废除苛政，率民疏浚河道，修百渠九堰，得上田七千余顷。"这也是《沭阳县志》对沈括功绩的记载。而沈括在沭阳除了废除苛政，最大的贡献则是治水。

沭阳历史上多水患，沭阳人民饱受水患之苦。

民不安则官难安。治理沭阳水患也成为历任沭阳主官的首要任务，沭阳在历史上之所以成为穷县，就是因为饱受水患的侵扰，地无产出，民不聊生。这种局面直到1949年以后，开挖最大的泄洪河道新沂河，才算彻底解决了沭阳的水患问题，沭阳人民才彻底告别了过去备受水患困扰的艰难生活，真正进入了安居乐业的时代。

针对沭阳的水患，沈括采取的对策是疏浚河道，修筑渠堰。对河道进行清淤，提高河道的泄洪能力，同时修筑河道堤防，提高河道防洪能力，防止河水倒灌农田。这种治理手段在今天仍然被采用。新沂河采取的就是开挖拓宽河道、修筑提高大堤的方法，来增强河道的泄洪能力的。新沂河的开挖，彻底解决了长期困扰沭阳的水患问题，沭阳人民从此安定下来，不再受水患侵扰之苦。

在沈括的带领下，沭阳人民出人出力，对淤塞河道进行清淤治理，修筑提高了河堤。按照县志“修百渠九堰”的说法，沈括疏浚了沭阳县内大量的河道，修筑了大量的河堤。百渠和九堰当然不是实指，而是一个虚数，用来形容疏浚河道、修筑河堤之多。但是，“得上田七千余顷”则应该为实指。在沈括的治理下，七千余顷备受水患侵扰、颗粒无收的农田，成为盛产庄稼的良田。但遗憾的是，沈括随后被一纸调令调走，到其他地区任职。

嘉祐六年（1061年），沈括任安徽宁国县令。在宁国，沈括倡导并发起了修筑芜湖地区万春圩的工程，并撰写了《圩田五说》《万春圩图记》等书籍文献。

如果沈括安于现状，做一个地方官，完全没有问题。沈括有鸿鹄之志，虽然子蒙父荫，做了主簿，后又升任知县，但是，沈括志不在此。登上更高的政治舞台，施展自己的才华和抱负，才是沈括的心之所向。

为此，沈括一边做官一边潜心读书，准备参加科举考试，希望能通过自己的真才实学，科举及第，为自己光明正大地谋取一官半职，因为这样自己才有底气，在同僚面前才有脸面，否则，沈括一直觉得自己低人一等。毕竟，科班出身才根正苗红，底气才最硬！

嘉祐八年（1063年），沈括参加考试，考中了进士。次年，沈括被授扬州司理参军，负责一州刑狱。治平二年（1065年），经淮南路转运使张蒭推荐，沈括被调入京师，编校昭文馆书籍，参与详订浑天仪，并在闲暇研究天文历法之学。从此，沈括进入了京城，开启了新的仕途之路。后来沈括参与熙宁变法，深受王安石的器重。

沈括最大的成就，在于他在科学方面的贡献。比如，历史上，石油曾被称为石漆、膏油、肥、石脂、脂水、可燃水等，而沈括精确地提出了“石油”这一科学的命名。沈括还预言，石油在后世将得到广泛应用。这是沈括在一千多年前从科学的角度作出的预言，而今天，石油在全世界得到开采，并广泛得到应用，可见，他是多么伟大。

沈括历任太子中允、检正中书刑房、提举司天监、史馆检讨、三司使等职。司天监的职能为掌管观察天文，并推算历法；史馆检讨掌管编纂史籍；三司使掌管全国钱谷出纳、均衡财政收支，为中央最高财政长官。这些都是文职。但沈括也担任过武职。元丰三年（1080 年），沈括出知延州，兼任鄜延路经略安抚使，驻守边境，抵御西夏。由此看来，沈括不仅精文，而且善武，是一个文武全才的人物。

沈括精通数学，上知天文下知地理，做过司天监、三司使，分别相当于现在的科技部部长、财政部部长，是一个科技型、学者型、全能型官员。沈括在沭阳从政短短几年，因为年代久远，其在沭阳的从政经历并无太多的史料考证。沈括后来的仕途，与沭阳也没有什么关系，但是，他对沭阳所做的贡献很大，深受沭阳人民的爱戴。直到今天，沭阳还有很多沈括的印迹。比如沭阳县老城区建有沈括桥，东部城区建有梦溪植物园。20 世纪 80 年代，沭阳县政府在人民路与上海路交叉路口，设立了沈括像，用来纪念缅怀这位历史上为沭阳治水做出巨大贡献的官员，这无疑是沭阳历史上其他官员无法享受到的殊荣，除了沈括，再无别人。

而我也相信，沭阳是沈括一生都难以忘怀的地方，因为沭阳是沈括从政的第一站，是他仕途的始发地。正是因为在沭阳的不俗表现，沈括的能力被上司发现，得到了上司的褒奖。而随后，沈括在自己的努力下，通过自学考试，考中了进士，依靠自己的实力再次踏入官场，甩掉了“子顶父职”的帽子，这让沈括从此挺直了腰杆，在官场交际中充满了底气。

沈括凭借自己的真才实学，底气十足光明正大地坐上了官员之位，继而因为表现不俗受到上司推荐，进入京城为官。沈括完全是依靠自己的实力和能力，从最开始的沭阳县主簿到县令到参军，再到一步一步走到了检正中书刑房、提举司天监、史馆检讨、三司使等职位上。换句话说，沈括是从基层干起的，他从基层一直干到中央，既有基层工作经验，也有在中央从政的履历，是一个实干型官员。沈括的才能加上他的鸿鹄之志，注定不会平庸一生，他在科学研究以及官场上大放异彩，最终成为名垂青史的历史人物。

在沭阳的历史上，沈括犹如一颗耀眼的巨星，他的光芒让历朝历代的执政官员黯然失色，可谓是彪炳青史。沈括虽然不是沭阳人，但是，他却是沭阳的骄傲，沭阳是他的官场第一站，也是他开始施展抱负的地方。沈括在沭阳从政虽然比较短暂，但是，他在沭阳废除苛政，疏浚河道，惠及众多百姓，因此深受民众爱戴。沈括用真才实学，为民众造福，在沭阳的历史上写下了光辉的一笔，因此他的名字，也在沭阳的历史上熠熠闪光，一直被人铭记。

文学大师袁枚

江苏省沭阳县古时置县，自西汉建县至今已有两千多年历史。

两千多年，对于历史来说是短暂的，但是对于人类社会来说却是漫长的。在这漫长的岁月中，有无数人主政沭阳，为沭阳的建设发展做出了自己的贡献。当然，也有很多庸官、贪官，他们有的“当官不为民做主”；有的抡起权力的大棒，实施暴政为害一方；有的则碌碌无为，白白拿了朝廷俸禄。

历史总是无情的。很多主政者，并没有因为自己是沭阳的一任“父母官”，而在沭阳老百姓中留下口碑，更别说名垂青史了。但是，在沭阳的历史上，有两个主政者，却在当地百姓中留下了良好的口碑，一直为后人所称颂。他们一个是宋代大名鼎鼎的科学家沈括，另一个就是清代著名的文学家袁枚。

一

提起袁枚，沭阳当地的很多年轻人也许不知道，但是，提起袁枚种植的紫藤，却是家喻户晓。因为，当初的那株不起眼的紫藤，经过时光的磨炼，已经成为一株文物，成为当地一处无人不知的人文景观。从这个角度来看，紫藤的名气似乎比它当年的主人名气还要大。不知道这是不是紫藤之幸，袁枚之幸。假如袁枚泉下有知，自己当年栽植的紫藤，居然成为文物，成为被保护对象，不知道是不是会感到无比的欣慰和释怀？

当年，袁枚在主政沭阳时，在县衙内种植了一棵槐树和一株紫藤。喜爱花草的袁枚，在闲暇时经常侍花弄草，一方面是打发时间，另一方面，是寄情花草，发泄对现实的不满与无奈。

无疑，槐树和紫藤寄托了袁枚的某种愿望。有人猜测，槐树象征老百姓，紫藤象征官员，官员只有依靠老百姓，才能实现自己的政治目标，也才能体现自己的价值。

在植物中，槐树象征着普通，紫藤代表着高贵。因此，人们的这种猜测，无疑是有一定道理的。我也一直认为，当年袁枚栽下槐树与紫藤，是有自己的想法的，是有自己的理想和精神寄托的。我们从紫藤的习性中其实可以看到，紫藤虽然高贵，形如蛟龙，但是，若是没有高大树木可以攀附，却是无法腾空起飞的。因此，再高贵的紫藤，也要依附高大的树木才能生长。失去高大树木的支撑，紫藤就失去了生命的活力，只能蜷伏在地，不为人们所注意。最终，紫藤也必将丧失生命力，丧失高贵的形象。

袁枚知道紫藤的习性，知道紫藤离不开高大的树木，因此，他在栽下紫藤的同时，也栽下了槐树，为紫藤以后的生长提供攀附。而槐树在紫藤的攀附下，无怨无悔，即使再苦再累，也不会喊冤叫屈，更不会反抗。槐树的这种性格，是不是与广大的中国老百姓非常相似？即使受再多的苦，即使受再多的累，他们也会默默忍受；即使遭受再严酷的压迫，不到万不得已的时候，也不知道起来反抗。

紫藤一直存活到今天。虽然陪伴它、支撑它、让它腾空而起的槐树已经死亡，但是，紫藤还在，紫藤还活着。不过，失去了槐树支撑的紫藤，活得却是那么艰难，那么痛苦。失去槐树支撑的紫藤，注定从此走向没落，不再有过去的精、气、神，不再像过去那样枝繁叶茂，不再像过去那样勃勃生机。

紫藤在，袁枚的影子就在。紫藤活着，袁枚在沭阳人们的心中也活着。而即使有一天紫藤走到了生命的终点，走完它坎坷沧桑、饱经风霜的一生，从人间消失，但袁枚，我相信他仍然会活在沭阳人民的心中。

袁枚，不会从沭阳人民的心中消失！

二

袁枚（1716—1798），清代诗人、散文家。字子才，号简斋，晚年自号仓山居士、随园主人、随园老人。浙江钱塘（今浙江杭州）人。乾隆四年进士，历任溧水、江宁等县知县。辞官后在江宁小仓山下筑随园，吟咏其中，是乾隆、嘉庆时期代表诗人之一，与赵翼、蒋士铨合称为“乾隆三大家”。袁枚著有《小仓山房文集》《随园诗话》《随园诗话补遗》《随园食单》及散文、尺牍等30余种。

由袁枚的简介，我们看出，袁枚创作颇丰。我们也看到，袁枚既是一个官员，同时又是一个文人。而他在文学上的成绩，要远远大于他在官场上的政绩。袁枚文学成就大于官场政绩，或许是与他早年辞官归隐，早早就离开官场，抱负得不到施展有关。不过，辞官后的袁枚，得远远大于失。正是因为文学，才让袁枚声名远扬，名垂青史。而在沭阳，人们怀念袁枚，更多的不是因为他的文学成就，而是他在沭阳实实在在地为老百姓干了实实在在的事情，治蝗虫、治理水患、减免税赋，救沭阳人民于水火之中，减轻了老百姓的负担。袁枚为沭阳人民带来了福音，他的恩德，被沭阳人民永远铭记在心。在沭阳人民的心中，袁枚是一名能官，是一名清官，是沭阳历史上少有的“青天大人”。虽然后来的一些政客主政沭阳，在沭阳呼风唤雨，叱咤当地政坛，但是，他们在沭阳，其实什么也没有留下，或者说留下的很少。他们，不会像袁枚那样，名字一直镌刻在沭阳人民的心里，千古流芳。百年以后，人们会忘记当年这些投机取巧、一心为自己捞取政治资本，一心为仕途捞取政绩的政客。

袁枚是飘逸的，是洒脱的。正如他栽植的紫藤，有“我欲乘风归去”的豪迈、飘逸与洒脱！

袁枚一生分为两个阶段：一个阶段是官场生涯，另一个阶段就是袁枚辞官后，过着“采菊东篱下，悠然见南山”的闲适生活。

在官场，袁枚施展了自己的治理才能，为官一任，造福一方。只是，封建社会的官场，有它的历史局限性，贤官能人不一定得到重用，奸诈之徒反而会得势。袁枚在几经挫折之后，终于悟出了官场之道，然后，毅然决然地辞官归隐，而这也为袁枚的文学创作提供了良好的机遇与环境，让他创作出了大量的文章，从而奠定了他在文坛的地位。

袁枚辞官的壮举，让他成为千古少有的非常识时务的贤才俊杰。摆脱了官场的羁绊，没有了公务的烦扰，袁枚潜心为学，一心创作，最终取得了无比辉煌的文学成就，成为一代文豪。

三

二百多年前的一天，在通往沭阳的古道上，年轻的袁枚意气风发，踌躇满志。他轻车简从，带着几名随从，从江浦赶往沭阳赴任。此时的袁枚刚刚二十八岁。二十八岁，正是人生青春的美好年华，年纪轻轻的袁枚，就成为主政一方的“父母官”，应该说，袁枚是年轻有为的，只要会吹会捧，阿谀奉承服侍好上级，升官发财大概没有什么问题。很遗憾，这些，袁枚没有学会。这注定他在官场上，不会有好的官运，仕途不会一帆风顺。

到沭阳上任，其实并没有为袁枚带来做官的快感，而是带来了满腹的凄凉和哀愁。沭阳这块贫瘠的土地上，水灾、旱灾、蝗灾、瘟疫和饥饿正在折磨着这片土地上可怜的人们，饿殍遍野，路上到处都是逃荒要饭的人，人们衣衫褴褛，相互搀扶，结伴蹒跚而行。袁枚看着眼前凄凉的一幕，不由悲从心起，戚由面生。

“沭阳八年灾，往岁尤为酷。我适莅此邦，一望徒陵谷。田庐化为沼，春燕巢林木。泛滥有鱼头，澎亨无豕腹。百死犹可忍，饿死苦不速。野狗衔髑髅，骨瘦亦无肉。自恨作父母，不愿生耳目。赖有皇帝仁，施粮更煮粥。”袁枚的这首《苦灾行》，详细描述了他初到沭阳时看到的灾情惨象，“野狗衔髑髅，骨瘦亦无肉”，可见，当时的沭阳老百姓是食不果腹，衣不蔽体，就连野狗啃尸，都无肉可食。此时的袁枚，感到了自己肩上的担子是那么沉、那么重。

袁枚到任后，马不停蹄，就带着随从到当地查看灾情，了解民情，倾听老百姓的心声。经过调查走访，袁枚了解到，导致沭阳民众陷入困苦的，不仅仅是水灾、旱灾、蝗灾，还有沉重的苛捐杂税，压得老百姓抬不起头来。本来，自然灾害就导致了庄稼歉收，老百姓连吃饭都成了问题，然而，即便如此，政府的苛捐杂税却并没有因此而减免，老百姓还得交纳各种苛捐杂税，这让老百姓的生活雪上加霜，无奈之下，很多老百姓只能走上逃荒要饭的道路，以此来躲避自然灾害、饥饿的侵袭，还有政府苛捐杂税的压迫。

四

面对贫瘠的土地，面对备受水灾、旱灾和蝗灾侵害的庄稼，面对面黄肌瘦的乡民，面对饿殍遍野的惨状，袁枚到任后，深入民间了解老百姓的生存状况，所做的第一件事就是向上司呈报沭阳面临的灾情，请求上司减免沭阳老百姓头上的苛捐杂税，得到了上司批准。袁枚这一举动，一下子赢得了民心，沭阳老百姓高呼沭阳来了“袁青天”。因为以往历届官员，只顾自己的仕途，哪管百姓的死活？袁枚减免苛捐杂税之举，如同一缕春风，吹进了沭阳老百姓的心中，面对惨重的灾情，他们仍然激荡起了生活的信心和希望，在沭阳老百姓的心里，既充满了对袁枚的期待，也充满了对生活的期待。

民以食为天，田为食之本。要想让沭阳老百姓过上安稳的生活，要想让沭阳老百姓解决温饱问题，首先得解决庄稼收成问题。没有好的收成，说什么也没有用，老百姓只能喝西北风去。逃荒要饭是他们唯一的选择，饿死或许是他们最终的命运。在一些官员看来，也许百姓的生死与他们没有太大的关系，百姓生，他们为官；百姓死，他们一样为官。百姓的死活与他们无关。然而，作为一个有良知的官员，作为一个有怜悯心的文人，袁枚怎么能抛却自己的道德良知，怎么能忍心看着百姓陷于水深火热之中，怎么能够忍心眼睁睁地看着百姓被饿死。

袁枚至沭阳县任县令时，是乾隆八年，即1743年。沭阳地势低洼，素有“洪水走廊”之称，山东、安徽等上游水系，均泄洪至沭阳，每逢雨季，沭阳便变成汪洋大海，成为一片泽国。因此，沭阳当地有民谚称沭阳“十年九涝”。然而，袁枚到沭阳上任时，沭阳大地却正面临着百年未遇的干旱，而干旱又带来了蝗灾，庄稼在烈日的酷晒下奄奄一息。

自从踏上沭阳这片土地，袁枚就深感肩上责任重大。到任后，袁枚即带领百姓祈雨，也许是天遂人愿，也许是苍天眷顾袁枚，袁枚祈雨的行为，竟然得到了应验。袁枚祈雨后，在六月二十三日竟然真的下了一场大雨，有效缓解了沭阳的旱情。但是，不久沭阳又发生了蝗灾，对庄稼的生长构成了直接的威胁。为了治理蝗灾，袁枚下令全县百姓无论男女老幼，全员出动到田野捕捉蝗虫。不仅如此，袁枚还以身作则，带领县府衙役来到田间，与沭阳老百姓一起捕捉蝗虫。在捕捉蝗虫的过程中，袁枚看着身边衣衫褴褛的老百姓，不畏炎热捕捉蝗虫，而这些百姓是在自己一声令下行动的，袁枚深感沭阳百姓的淳厚。为此袁枚写下一首《捕蝗曲》：

亟捕蝗，亟捕蝗，沭阳已作三年荒。水荒犹有稻，蝗荒将无粱。焚以桑柴火，买以柳叶筐。儿童敲竹杖，老叟围山冈。风吹县官面似漆，太阳赫赫烧衣裳。折枝探縠虑损德，唯有杀汝为吉祥。我闻苛政猛于虎，蠹吏虐于蝗。又闻刘昆贤令蝗不入，刘澄剪秽蝗为殃。尔今蠕蠕声触草，得毋邑宰非循良。击土鼓，祀神蝗。椒浆奠兮歌琅琅，紫烟为我凌苍苍。皇天好生万物仰，蛇头蝎尾何猖狂。霹雳一声龙不起，反使九十九子相扶将。狠如狼，贪如羊，如虎而翼兮，如云之南翔。安得今冬雪花大如席，入土三尺俱消亡。毋若长平一坑四十万，腥闻于天徒惨伤。蝗兮蝗兮去此乡，东海之外兮草茫茫，无尔仇兮尔乐何央。毋餐民之苗叶兮，宁食吾之肺肠。

这首《捕蝗曲》描述了蝗虫的巨大危害。“水荒犹有稻，蝗荒将无粱”，蝗灾酷过水灾。遇到水灾，还能有点收成，而遇到蝗灾，庄稼则一无所有。可以说，蝗虫过处，是寸草不生，颗粒无收。袁枚用“儿童敲竹杖，老叟围山冈”来描述沭阳百姓男女老少捕捉蝗虫的场景，而袁枚作为县令，也是身先士卒，带头去田间地头帮助百姓捕捉蝗虫。在炎炎烈日下，袁枚用“风吹县官面似漆，太阳赫赫烧衣裳”来形容当时天气的炎热，袁枚身体力行，与老百姓一起艰苦劳作。“风吹县官面似漆”也可以看作是袁枚的自嘲，而“太阳赫赫烧衣裳”则将天气的酷热表述得淋漓尽致。面对遍地的蝗虫，面对遍野捕捉蝗虫的百姓，此情此景，让袁枚感慨颇多，由蝗虫对百姓的危害，袁枚联想到了苛捐杂税对老百姓的迫害。“苛政猛于虎，蠹吏虐于蝗”，袁枚一针见血地指出了导致百姓生活陷入困顿的根源所在，苛政比吃人的老虎还厉害，而害民的官吏，则比蝗虫的危害还大。老百姓面临着苛政与酷吏的压迫，生活怎么能够丰衣足食，怎么能够幸福？

对于官员不顾百姓死活，对待百姓心狠手辣，袁枚称是“狠如狼，贪如羊，如虎而翼兮，如云之南翔”。《捕蝗曲》一诗表达了袁枚对百姓的怜悯之情，抨击了苛政暴政，以及那些贪得无厌、生性残暴的官吏。袁枚的这种思想，对于在官场戴着官帽拿着官俸的官员来说可以说是绝无仅有的，阿谀逢迎是很多官员在官场养成的习性，他们为了自身利益，不为非作歹、不助纣为虐就不错了，哪里还敢去抨击苛政？然而袁枚却并没有唯上司马首是瞻，敢于为老百姓说话，这就是袁枚与其他官员的不同。而袁枚的这种思想，与官场时局格格不入，也就注定了他的仕途不会像其他溜须拍马官员那样顺风顺水。饱读诗书有真才实学的袁枚，却无法得到提拔重用，最终，袁枚在无法实现自己的政治抱负的遗憾中，毫无眷念地辞官归隐，成为一名逍遥江湖的隐士，一心做他的学问去了。

在袁枚的带领下，沭阳百姓夜以继日捕捉蝗虫，最终消灭了蝗灾，保证了当年庄稼的收成。袁枚的这些施政措施，极大缓解了沭阳的灾情，改善了沭阳百姓的生活，也改变了沭阳百姓的命运。

五

袁枚到任时沭阳发生的蝗灾，其实是“偶发性”灾害，与蝗灾相比，对沭阳人民危害最大的灾害，其实是水患。沭阳地势低洼，且处于下游，境内河道众多，淮河、沭河、沂河、六塘河、古泊河、蔷薇河等穿境而过，这些河道，经常河水泛滥，形成水患。

沭阳素有“洪水走廊”之称，历朝历代，就屡遭水患。宋朝著名科学家沈括在任沭阳主簿和代县令时，就在沭阳带领沭阳人民进行水患治理，且取得了一定的成效。然而时过境迁，随着历史变迁，沈括当年治理水患留下的治水工程，早已消失殆尽。沭阳又陷入水患之中，百姓备受水患之害。

及至清朝，沭阳水患变得更加猖獗，是一年一小灾，三年一大灾。水患导致庄稼歉收，百姓无粮可食，温饱问题难以解决。其中，水患尤以沭河和六塘河为最。据《沭阳县志》记载，雍正八年（1730 年），南北六塘河逐步修成行洪，沂水自此入境，贻害无穷。

自从六塘河在沭阳形成，沭阳就备受其害。六塘河当年就发威，冲毁了禹王台，导致沂沭合流，沭阳及周边地区遭遇水灾。

而此后，每逢雨季或上游泄洪，河水上涨，很快就漫出河道，导致河堤决口，汹涌的河水像脱缰的野马，出笼的野兽，汹涌而出，四处狂奔，直扑村庄和庄稼地，淹没庄稼，冲塌房屋。

乾隆元年（1736 年），沭阳疏浚北六塘河，加固河堤。对遏制六塘河水患起到了一定的作用。然而，每逢上游大雨和上游泄洪，六塘河仍然面临溃堤泛滥的危险。而每逢溃堤，河水淹没村庄和庄稼，导致庄稼经常颗粒无收，沭阳人民深受其害。

乾隆八年（1743年），袁枚到任后，就着手治理水患。为了筹措治水资金，袁枚带头捐出自己的官俸，并号召县内乡绅捐款。有钱的出钱，有人的出人。那些财主土豪，不愿意出人，就出钱。普通百姓没有钱，就出人出劳力。同时，袁枚从国库领取内帑银4800两，用于疏浚河道。在袁枚的带领下，沭阳官民经过日夜奋战，终于将北六塘河及前沭河河道挖深挖宽，利于河道快速泄洪，并在境内的北六塘河及前沭河筑起了子堰，有效阻拦上涨的河水，一定程度上降低了河水上涨时溃堤的危险。北六塘河及前沭河子堰，对六塘河和沭河水患起到了一定的遏制作用。后人为了纪念袁枚，将北六塘河和前沭河子堰称为“袁公堰”。

袁枚率民治水，修筑有名的六塘子堰后，又采取多种抗灾措施，恢复和发展农业生产，让沭阳人民渐渐安顿下来。在袁枚的治理下，沭阳人们收成增加，逃荒要饭的民众减少。袁枚放下当官的架子，走近沭阳百姓，与沭阳百姓打成一片，赢得了民心。沭阳百姓对这位“父母官”充满了敬意，以至于后来袁枚离任时，沭阳百姓自发为袁枚送行。而袁枚面对沭阳民众的盛情，非常感动。蒋敦复在著文《沭阳去思》（收入《随园轶事》）中说：“由沭阳移知江宁，吏民送至河上，卧辙攀辕，倍极去思之意。先生问父老曰：‘吾有何德何能，而能令诸父老依依不舍如此？’答曰：‘公无他，小大之狱，无十日留，两年之中，鲜有人受讼累者。人民感戴，职是故耳。’又问胥吏曰：‘尔辈其谓吾何?’曰：‘泰而不骄，威而不猛，小人何知，只以两言作持诗赠而已。’唏嘘作别，两相泣泪。”

面对前来送行的沭阳民众，袁枚作诗《出沭阳口号》：“征衫斜挂早春天，绾绶潼阳愧两年。路饯酒倾七十里，赠行诗载一千篇。无情胥吏多垂泪，满地儿童尽折鞭。平日使君嫌枳棘，者回回首亦潸然。”这首诗记载了民众送别的情形，也记载了袁枚当时的心情。

袁枚在沭阳，处理大小诉讼，结案没有超过十天的。在沭阳任职两年，很少有老百姓因为诉讼而导致冤屈的，沭阳人民因此对袁枚感恩戴德。而袁枚属下官员对于袁枚的评价也是“泰而不骄，威而不猛”，袁枚没有以“父母官”自居，更没有将自己当作下属的顶头上司而颐指气使。他是“不怒自威”，得到了下属的拥戴。

袁枚在沭阳，无疑是亲民的，他脚踏实地，实实在在地为沭阳人民做了实实在在的事，深得沭阳人民的拥护与爱戴。袁枚的声名，不是那些为了仕途而投机取巧、打着为民旗号之辈所能比的。袁枚的声誉，来自他实实在在地为民众着想，为民众做事，他被后人所传颂，可以说是实至名归，名副其实！

大浪淘沙，最后剩下的是金子。历经时代的洗涤，那些伪善者最终会露出虚伪的真面目，那些打着为民旗号的改革者，最终暴露出的只是为自己的仕途捞取政治资本的丑陋嘴脸。这些官员独断专行，说一不二，成为地方上的独裁者，虽然一时叱咤风云，人民也可能会暂时屈服于其淫威之下，但是，最终他们还是会遭到人民的唾弃。这样的例子，沭阳官场上不胜枚举。而历经百年，袁枚在沭阳仍然具有较高的声望，说明真正的好官，其声誉不仅在当时，更在后世。即使时过境迁，即使已经作古，他们仍然会活在老百姓的心中。

六

袁枚是县令，是“父母官”，古时的县令兼任多职，既是政府部门的首脑，也是司法机关的执行官，是政务官司一起断。袁枚在沭阳时，断过好多案件，平反了不少冤狱。在诉讼处理上，他“为政，终日坐堂”，凡“吏民百事，有小讼狱立判无稽留”，大案也从速结案，绝不拖延，因此深得民心，被称为“袁青天”。蒋敦复在《随园轶事》里记载了很多袁枚在沭阳时处理的诉讼案件的案例，体现了对民众的怜悯之情。比如，袁枚任上时，沭阳发生一起女子私奔事件。这名女子年轻貌美，与祖母一起生活。其时，其祖母的外甥经常到这名女子的祖母家走动，一来二去，这名女子竟然与祖母的外甥发生了私情，并相约逃走。结果被家人发现，最终二人被捉回。因为他们的辈分不同，属于“乱伦”，女子的祖母十分震怒，二人被捉回后，女子被罚跪于烈日之下暴晒。其时正值六月，天气炎热，烈日毒辣，袁枚看到女子遭受如此酷刑，心生怜悯之情。这名女子十分漂亮，但是，女子祖母的外甥却十分丑陋，袁枚非常不解，如此年轻漂亮的女子，为什么却找上这么一个相貌丑陋的男人？这名女子回答袁枚，是因为自己“一念之差，玷污先人，自是前生宿孽”。女子辩称自己与祖母外甥相好是前生的孽缘，这让其祖母更为恼怒，欲置女子于死地。袁枚叹息女子的痴情，再三劝说女子的祖母网开一面，最后令人鞭挞其外甥，然后将女子交由家人带回。然而，因为女子“伤风败俗”，有辱家门，女子被家人交给一个远房亲戚卖到山东。后来，袁枚闻讯后十分惋惜。一次袁枚在为朋友画册题诗时，想到了这位倔强痴情的女子，题写了“他生愿作司香尉，十万金铃护落花”的诗句。

不过，袁枚处理诉讼案件，也有神化的成分。比如在《随园诗话》里记载：他在沭阳时，一天夜里城里一个巨富家里遭遇了盗贼，被盗财物数以万计。袁枚限令捕快七日内捕获盗贼，否则，将严厉处罚捕快。然而，尽管如此，捕快仍然未能捕获盗贼。于是就到城隍庙去祈求城隍爷的帮助。当夜，捕快梦见神仙给他一根竹筷，插于官帽上。捕快醒后，百思不得其解，于是就将梦到的情形告诉袁枚。袁枚道，官上加竹，乃是“管”字。于是命捕快搜捕管姓之人。果然，查到一姓管的无赖，横行乡里，邻人畏惧其狠毒，不敢揭发其罪行。袁枚命捕快将管姓之人逮到衙门，经过审讯拷打，管姓无赖终于承认了其盗窃的罪行，袁枚命人起获了赃物，这一案件最终得以破获。破案竟然要靠神仙梦里指点？这起案件，袁枚是否有故弄玄虚之嫌？我们不得而知。

七

袁枚的一生，可以分为两部分，前半生为官，后半生为文。袁枚为官一任，造福一方，深得百姓爱戴。但他更大的成就，并不在政绩上，而是在为文上，袁枚在文学上取得的成就，远远高于他为官时的政绩。

袁枚生性好学，喜爱读书，用袁枚自己的话来说是“爱书如爱命”。袁枚曾作诗《对书叹》：“我年十二三，爱书如爱命。每过书肆中，两脚先立定。若无买书钱，梦中如买归。”由诗中可以看出，袁枚年幼时就十分喜爱书，每每经过书店，就被书吸引停住脚步。看到自己喜欢的书，但是却苦于没有钱购买，只能在梦里将书买回来。这首诗最后，既让人同情，又让人会心一笑。在袁枚的诗作中，有很多涉及读书。比如《山居绝句》《秋夜杂诗》《韩烨》《一卷》《花落书上即夹书中》《书仓》等诗歌，均提到了读书。对于读书，袁枚在《偶然作》一诗中，以调侃的口吻书写了自己的爱书之心，袁枚这样写道：“见书如见色，未近心已动。”在诗歌里，袁枚将见书比喻成如同见到美人，尚未走近心就已经动了，对书的喜爱之情，刻画得入木三分。

袁枚在沭阳时，处理繁重的公务之余，仍然不忘勤奋读书。“学作蝇书小姓名，耻骑羸马说官清。棉花雨后开成雪，麦草春来绿进城。狱岂得情宁结早，判防多误每刑轻。公堂常作书堂坐，坐到无人一鸟鸣。”这是袁枚写的《沭阳杂兴》八首之中的一首。诗中袁枚将公堂当作学堂，独自一人挑灯夜读，一直到空无一人，连鸟儿都归巢进入了梦乡。这首诗笔调轻松，兼具调侃，也是袁枚在沭阳所作的诗作中，较为轻松的一首。

袁枚喜欢读书，喜欢到什么程度？用一日无书味同嚼蜡来形容袁枚嗜书一点儿不为过。袁枚除了“见书如见色，未近心已动”之外，还“一日不读书，如作负心事。一夜未读竟，如逢大军至”（《沭阳杂兴八首之秋夜杂诗》）。瞧瞧，袁枚一天不读书，就觉得做了负心事，读书的习惯在袁枚的脑子里是如此的根深蒂固，看来，只有读书，才能让袁枚的心放下！

袁枚的一生，可以说是一日不可无书。他一生读书无数，到了晚年，曾吟哦："三朝老物谁陪我？一盏书灯六十年。"可以说是袁枚活到老读到老的真实写照，书陪伴了袁枚一生。

正是因为博览群书，袁枚才博学多才，文思泉涌，创作了大量的诗歌。袁枚一生著作颇丰，目前留存的著作有《小仓山房诗集》（39卷），《小仓山房文集》（35卷），《小仓山房外集》（8卷），《袁太史稿》（1卷），《小仓山房尺牍》（10卷），《牍外余言》（1卷），《子不语》（24卷），《随园诗话》（26卷），《随园随笔》（28卷），《随园食单》（1卷）等。袁枚主张写诗要有真个性，真感情，要写得风趣，反对在诗中滥用典故，夸耀渊博；也反对故意讲求声律而影响内容。他的诗歌理论有自己独特的见解，不同于当时守旧派的陈腐观点，而当时的诗人赵翼和蒋士铨的诗歌理论都和袁枚相似，认为写诗要有独创性，不能一味模仿前人。他们的诗不拘一格，有时喜欢在诗中发议论，深入浅出，清新明快。因为他们三人的诗歌理论相似，因此，袁枚与赵翼、蒋士铨被合称为"乾嘉三大家"或"乾隆三大家"。被称为"大家"，袁枚可不是浪得虚名，他用大量的诗文及著作给"大家"作了很好的注释。而袁枚又与当时的文豪纪晓岚一起被人合称为"南袁北纪"。袁枚少时就已经凭借诗文出名，及至归隐后，一心为文，更是成就斐然。

八

乾隆十七年（1752 年），在权衡了利弊后，袁枚最终决定辞官，回家孝敬母亲。袁枚的这个举动堪称惊世骇俗，震惊了官场。在那个时代，做官是读书人的唯一出路，直到今天，这种思想仍然占据着一定的主导地位。袁枚放着仕途不顾，辞官归隐，这需要多大的勇气？而勇气的背后，必然需要才气来支撑！若无成竹在胸，袁枚又怎敢轻言辞官？应该说，袁枚辞官，是经过深思熟虑的，是经过权衡利弊的，是胸有成竹的。

那一年，袁枚三十六岁。

彼时的袁枚，我们不知道他是因为看透了官场的龌龊，还是他的心境豁然开朗，明白了人生的真谛，总之，毅然决然地辞官归隐。应该说，袁枚辞官的做法，在当时是很少见的，即便是在今天，也是少之又少。

人生一世，草木一秋。一个人的生命是短暂的，在这短暂的一生中，我们应该留下点什么？也许，袁枚在当时，也曾思考过这个问题。俗话说人过留名，雁过留声。那时的袁枚，也许在思量着给后人留下点什么。文章千古事，仕途一时荣。这句话袁枚也许感受最深。在官场，袁枚可以说是一时荣，他在任期间，励精图治，带领治下民众治理水患，赈灾救民，在百姓中赢得了良好的口碑。然而，袁枚毕竟只是一个小小的县令，要想实现更大的政治抱负，在官场上必须登上更高的平台。然而，那时候的官场并非用人唯贤，而是用人唯亲，用人唯钱，只有有裙带关系或者用金钱贿赂，才能得到提拔。

彼时，身为上司的两江总督尹继善十分赏识袁枚的才干，上表荐擢其知高邮州，但是，吏部却以“停年之资格难回”为由“部议不果”。而此时同科进士裘曰修、沈德潜早已被提升为翰林学士，这让袁枚深感不公。上司举荐袁枚，却屡遭拒绝，仕途上升无望，加上官场的腐败黑暗，这让袁枚心灰意冷，最终，选择了逃离官场。

古人云，三十而立，四十不惑。袁枚前半生混迹官场，虽然励精图治，但是，自己的政治抱负和政治才华却并未得到尽情施展。后半生一心为文，并开门收徒，教书育人，让袁枚的文学地位得到了提升。

辞官前，袁枚就以三百两银子购下南京小仓山隋织造园之“隋园”，改其名为“随园”，辞官后，袁枚在随园筑室定居，自号仓山居士、随园主人。由随园的名字可以看出袁枚的随性，所谓随园，有随意、随性、随心之意。在袁枚的精心布置下，随园栽植了很多花草树木，梅、桃、李、玉兰、蔷薇、芙蓉、丹桂等争奇斗艳，园内有竹清客、牡丹岩、柳谷、柏亭、双湖、南台、澄碧泉、回波闸、小栖霞、水精域、蔚蓝天、赚山红雪、群玉山头、香雪海等许多胜景，整座园林青竹连绵，郁郁葱葱。沿西山还建有长廊，廊壁间题满各种怀人赏景之诗。袁枚在这里吟诗作画，以文会友。

至此，袁枚成了一个像陶渊明那样的隐士。陶渊明是“采菊东篱下，悠然见南山”，袁枚则是“吟诗随园中，一心苦读书”。

九

袁枚辞官后，失去了朝廷俸禄，一度生活窘迫。在好友的推荐下，曾经赴陕西任职，虽然得到一时的器重，但是依旧没有得到重用。袁枚一气之下，下定决心永远辞官。回到随园后，袁枚决心不再坐以待毙，而是开始经商，做起了儒商。涉足商界后，袁枚再也不为自己的生活发愁，相反，还日进斗金，生活从此过得是有滋有味。

袁枚辞官后的收入，主要来源于经商以及撰文。在购买隋园改名“随园”后，袁枚花费了很多钱来重修随园，而袁枚并不是将随园建成自己的私人花园，而是实行开放式的管理，类似于今天的开放式公园。袁枚拆掉随园的围墙，接受民众前来游玩观赏，通过口口相传，一时间让随园名声大噪，南京民众都知道江宁有这么一个风景秀丽、建筑别致的地方。而随园声名远播，正是袁枚心中所期盼的，他开放随园也是有目的的。因为游客众多，必然会带来消费。因此，袁枚不失时机，在园内开设了美食酒馆，为游客提供餐饮服务。游客在观赏了随园的美景之后，累了饿了，就到酒馆休息、就餐。而袁枚极具商业头脑，针对越来越多的游客消费，他营造了独特的消费氛围。他将餐桌摆到一些景致极美的亭榭，还安排歌女为其唱歌跳舞，客人一边享受着随园的美食，一边观赏着美女的歌舞，心情大好。袁枚的这种经营方式，吸引了大量的游客前来随园，让随园的饮食生意非常火爆。作为文人且极具经商头脑的袁枚，自然不会错失这一良机。

他研究各种各样的美食菜谱，撰写了《随园食单》一书，并向游客兜售。《随园食单》是清朝一部系统地论述烹饪技术和南北菜点的重要著作，袁枚曾说："学问之道，先知而后行，饮食亦然，作须知单。"由此可知，无论是做学问，还是做饮食，袁枚都绝对是一位行家。

不仅如此，袁枚还在随园内设立了"图书销售专柜"，将自己的诸多著作，如《随园全集》《随园诗话》《随园随笔》等放在随园内销售，游客一边观赏随园美景，一边享受随园美食，一边欣赏袁枚的著作，袁枚此举可谓是"一石三鸟"。最让人惊讶的是，袁枚这种营销方式得到了游客的认同，他的书居然供不应求，甚至高丽、琉球国等当时中国的附属国，都有人慕名前来购买袁枚的著作。据说，仅卖书一项，袁枚一年就可以收入三四千两白银。至于餐饮销售，那更是天文数字了！

由于袁枚声名鹊起，影响渐大，各方人士争相请袁枚撰写应酬文章，什么墓志碑记、寿序诔文，只要给足银子，袁枚也是来者不拒。在袁枚的《小仓山房文集》里，碑传、墓志铭、行状、书事一类的文章就有一百五十多篇，占文集的10%以上，涉及"部长级"以上官员的有五十多篇。而袁枚题字，可不是白题的，一般都要给袁枚数目可观的"润笔费"。袁枚为官员题字是否收费我们不得而知，但是，对于富商巨贾，袁枚是收费的，而且，袁枚"才大气粗"，题字撰文都价格不菲。扬州一安姓巨富刻了一部书，以两千金的高价请袁枚题跋。盐商安麓村因刻孙过庭书谱，请袁枚题跋，袁枚只写了"乾隆五十七年某月某日随园袁枚印可时年七十有七"共二十二个字，但是，安氏却非常高兴，给袁枚的润笔费是两千两银子，每个字近百两白花花的银子。盐商和袁枚，一个是财大气粗，一个是一字千金。

随园有300亩，袁枚把随园的部分田地、山林、池塘租给13户人家耕种，而袁枚则坐地收租。凡此种种，都凸显了袁枚的经商头脑。袁枚辞官后，虽无朝廷俸禄，但是，收入一点儿也不比官俸少，其经商的收入，让袁枚成为富甲一方的儒商。

除此以外，袁枚还广开门路收徒，收取了大笔的“教学费”。一代文豪收徒，自然学者甚众。让人惊讶的是，袁枚不仅收徒，而且还收了很多女弟子，这在当时又是一件轰动朝野的大事。要知道，封建社会男女大防极为严重，封建礼教倡导“女子无才便是德”，而袁枚竟然敢冒天下之大不韪，收受女徒弟，这需要多大的勇气？这需要顶住多大的社会舆论压力？

在袁枚的女弟子中，以席佩兰、严蕊珠、金逸、汪玉轸、钱孟钿、孙云凤最为知名。其中女弟子严蕊珠，尤为好学。为了能够成为袁枚的学生，甚至典当了钗簪换来学费，才成为袁枚的弟子。袁枚在《随园诗话补遗》中说：“余女弟子虽二十余人，而如蕊珠之博雅，金纤纤之领解，席佩兰之推尊本朝第一：皆闺中之三大知己也。”袁枚将严蕊珠、金逸、席佩兰三名女弟子视为“闺中三大知己”，足见袁枚对这三名女弟子的喜爱。

为了宣传推荐自己的女弟子，证明自己的教学成果，袁枚还两次为女弟子召开闺阁诗人诗会，以“组团”的方式对女弟子的作品进行点评，帮助女弟子发现自己的不足和作品中的缺点，帮助女弟子提高文学创作水平。不仅如此，袁枚还请人绘制了《十三女弟子湖楼请业图》，编选了《随园女弟子诗选》，向社会推介、展示女弟子及其创作成果。通过袁枚的一系列炒作宣传，袁枚的女弟子们在当时是名噪一时，女弟子严蕊珠著有《露香阁诗存》；金逸著有《瘦吟楼诗》及《虎山唱和诗》；席佩兰则著有《长真阁集》七卷及《傍杏楼调琴草》等。而《长真阁集》卷首有袁枚亲笔题词，袁枚称“似此诗才，不独闺中罕有其俪也”。

袁枚所授的随园女弟子，在中国文学史上占据了一席之地，并产生了一定的影响，可以说，袁枚功不可没。

十

对于袁枚来说，沭阳，不过是自己仕途的一站而已。然而，沭阳人民却一直没有忘记袁枚，一直铭记着这位情系民众的县官。

袁枚在沭阳时，遇到一穷书生叫吕又祥，少年丧父，家中一贫如洗。但吕又祥勤奋好学，才思敏捷，是一位才华出众的少年。在治理沭阳期间，袁枚每有询问，吕又祥均答对无讹，因此备受袁枚器重。特别是在治理沭阳水患方面，吕又祥为袁枚出谋划策，拟定了整治方案，袁枚发动全县民力，以工代赈，使六塘河水患得到了遏制，此举也为袁枚赢得了声名。袁枚惺惺相惜，对吕又祥关照有加，不但经常指导吕又祥作诗，还资助其考取了功名。《嘉庆海州直隶州志》这样评论袁枚慧眼识才：“袁枚识又祥父子于寒素，人服其精鉴。”

吕又祥，字瑞龙，一字凤图，祖籍安徽，父迁沭阳韩山。在袁枚的照顾下，吕又祥十七岁就在沭阳县衙练习簿书。袁枚辞官后，吕又祥又去江宁，向袁枚学习诗文和从政经验。三年后集资北上，出资修路造桥，授都水属官，分管东河水利，后补滕县主簿。乾隆二十九年（1764 年）治理定河有功被提为曹州府同知，因政绩卓著升任常德知府，后因病辞职回故里。

乾隆五十三年（1788 年），袁枚受吕又祥之子吕昌际的邀请，来沭阳做客。

吕昌际（1735—1807），字峄亭，号莱园，沭阳韩山人。自幼随父亲吕又祥去外地，但他不愿做一个纨绔子弟，始终苦读诗书，于乾隆二十四年（1759 年）赴广西任职。由于政绩突出，升任商虞通判、捕河通判、山西平阳知府和冀宁道按察使，后因父亲病重辞官归故里。

得知袁枚来沭阳，沭阳一些老百姓随吕昌际前往二十里外的十字桥去迎接袁枚，重现了当年袁枚离开沭阳时的感人一幕。袁枚为此赋诗："贤哉吕大夫，候我十字桥。乘马亦有情，欢鸣声萧萧。衣冠数十辈，簇簇来远郊。敢云有遗爱，能使诸公劳。"袁枚用诗文记录了沭阳民众欢迎自己的盛况。

袁枚重回沭阳时，已经是七十三岁的老人了，距离他主宰沭阳已经有四十多年了。旧地重游，面对陌生而又曾经熟悉的土地，袁枚怎么能不感慨万千？怎么能不诗兴大发？这次袁枚重游沭阳，写下了大量的诗文，其中最著名的当属《过虞沟游虞姬庙》："为欠虞姬一首诗，白头重到古灵祠。三军已散佳人在，六国空亡烈女谁？死竟成神重桑梓，魂犹舞草湿胭脂。座旁合塑乌骓像，好访君王月下骑。"袁枚在作《过虞沟游虞姬庙》时，特意在诗题上加注"相传虞故沭人也"，让人费解。后袁枚道出原委：众所周知，虞姬是沭阳颜集人。但是，由于年代久远，且虞姬生平在历史上并无详细记载。因此，有人质疑虞姬不是沭阳人，像江苏的苏州以及浙江等地，都有人提出是虞姬的出生地。袁枚特意在诗题上加注，一是强调虞姬是沭阳人，二也是为了以正视听。袁枚的这首《过虞沟游虞姬庙》，也成为佐证虞姬是沭阳人的重要史料。

袁枚重回沭阳，写下了大量的诗文，而沭阳文人也写下了大量的诗文赠送袁枚。袁枚回随园后，仍然心潮难平，撰写了《〈重到沭阳图〉记》[见《袁枚全集·小仓山房（续）文集·卷三十一》]，详细记录了自己重回沭阳的日程。袁枚回沭阳，沭阳民众前往几十里外迎接。光阴似箭，日月如梭，再见沭阳民众，以前共事的旧人皆老矣。袁枚为此感叹“大概昔时骑竹马者，俱龙钟杖藜矣”。袁枚此次回沭阳，已经七十三岁了，离开沭阳已有四十多年。四十多年的光阴，岁月的刀早已在人们的身上刻下了深刻的印记，昔日共骑竹马的小伙伴，早已变成了老态龙钟的老人，只能依靠拐杖行走。此情此景，双方怎么能不感慨万千？怎么能不相拥而泣？

十一

袁枚卒于1798年，其时，袁枚八十二岁。袁枚的一生，是飘逸的、洒脱的，历史上没有哪位官员，能够像袁枚那样对功名利禄看得清放得下，历史上也没有哪位文人，能够像袁枚那样活得随意随心、飘逸自如。

就如他所隐居的“随园”一样，随园的主人，必然也是随性的。否则，怎么会想得出“随园”这两个字？又怎么能对得住“随园主人”这个随性的称号呢？这让我又想起了当年袁枚栽植的紫藤。当年袁枚栽植紫藤时，其心境一定没有后来的那样随性。紫藤犹如虬龙，身份高贵，袁枚栽植紫藤时，一定寄托了自己的某种理想。也许，袁枚是希望自己像紫藤一样，以百姓为依托，实现自己腾空飞跃的政治理想。只是，在残酷的官场上，袁枚的仕途屡屡不顺，在残酷的现实面前，袁枚选择了归隐，说是归隐，其实是溃逃，逃离官场，逃离功名利禄。逃离了官场的袁枚终于明白随性才是最重要的，人生在世，不能被功名所累，陷于官场，终日处在尔虞我诈之中，最后，终究会被功名所害。多少忠贤良才，在官场上最终为奸人所害，成为冤死鬼，比如宋朝名将岳飞，比如梁山一众好汉。在官场的结局，弄不好就是成为刀下鬼。而袁枚，及时逃离了官场，做起了隐士，做起了文章。我觉得，这是袁枚的聪明之处，也是袁枚的精明之处。

袁枚获得了成功，归隐后的袁枚，最终成为一代文学大师，这注定袁枚将名垂青史。假如袁枚当初不是辞官归隐，而是继续混迹官场，也许，袁枚最终会得到上司的赏识而提拔，成为一名“厅级”官员，甚至成为一名“省部级”官员。如果是这样，袁枚必然将精力和时间都放在官场上，放在治国理政上，当然，也必然会放在钩心斗角上，因为官场是不太平的，充满了尔虞我诈，充满了算计和权术。在官场，你必须学会官场的生存之道，否则，你最终必将被淘汰。封建时代多少文人官员，最终被贬被杀。聪明的袁枚选择了归隐，选择了弃官从文，选择了文学，并在文学的道路上有所建树，成为一代文学大师。袁枚也培养了众多的文学爱好者，袁枚的很多弟子，在文学的道路上取得了令人瞩目的成绩。这也是袁枚的另一收获，同样值得自豪和骄傲。

在沭阳人民的心中，袁枚是一位清官、好官。袁枚在沭阳百姓心中的地位和形象，不是那些投机取巧的官员所能取代的。

在沭阳，袁枚当年栽植的紫藤还活着，而袁枚，在沭阳人民的心中也还活着。

我想，即使哪一天紫藤枯亡，紫藤不在了，我也仍然相信，袁枚依然会存活在沭阳人民的记忆里！

官场浮沉胡简敬

康熙二十九年，也就是公元 1690 年的 6 月 6 日，在京城通往河南的驿道上，几个官差押解着一支车队，缓缓地走出京城。

出了城门，车队缓缓停下，在即将离别京城之际，他们要向京城作最后的告别。

在这支车队当中，有一个老者目光呆滞，一脸倦容，此刻他心情非常复杂。京城，这个让他曾经发达的地方，给了他无限的权力与荣耀。但是京城，也是让他魂断梦殇的地方，曾经权倾朝野和盛极一时的荣誉，从此落幕，不再属于自己。

他，就是胡简敬，曾经的一代帝师，从内阁学士兼礼部侍郎，被贬为太常寺少卿，由从二品被降为正四品，再到被剥夺一切权力，成为被流放的犯人，即将被流放到穷乡僻壤的河南汝宁府汝阳县（今汝南）去开荒种地。我想，此刻，胡简敬的内心是汹涌澎湃的，是五味杂陈的。

此刻，胡简敬一家踏上了流放之路。在向京城深深地回首凝望之后，他毅然决然地转过身去。他知道，经此一别，将再也回不到这个让自己飞黄腾达的地方；他知道，经此一别，将再也见不到过去的同僚好友；他知道，经此一别，将再也没有了过去的荣华富贵、夜夜笙歌；他知道，经此一别，自己将陷入人生的低谷再难走出。他不知道的是，几年后，自己会魂断他乡。

胡简敬大起大落的人生，虽然是他个人的命运沉浮，但折射的也是封建时代仕途的坎坷和官场的沉浮。一个胡简敬的背后，是更多的胡简敬们，他们就像大海上的漂浮者，身不由己，主宰他们命运的是权力的最高拥有者——皇帝！

一

在江苏省沭阳县新河镇，胡氏显然是当地的名门望族，胡姓至今仍为该镇大姓。胡氏人才辈出，明朝时出了抗葡名将胡琏，其长子胡效才、孙子胡应嘉均为进士，这是十分少见的。所以，在当地留下了“一门三进士”的佳话。到了清朝，又出了进士胡简敬，历任翰林院庶吉士、国子监司业、翰林院侍读学士、内阁学士兼礼部侍郎、吏部侍郎、太常寺少卿。

胡氏历朝历代确实声名显赫，特别是明朝时出现的“一门三进士”，更是让胡氏一族的权力一度达到了巅峰。到了清朝，胡简敬因为留在京城陪伴在皇帝身边，也让胡氏一族的权力显赫一时。民间有句俗语叫“朝里有人好做官”，胡氏是名副其实的“朝里有人”，而且就在皇帝身边，这是何等的恩宠，这是何等的荣耀？不知道胡简敬是何等的心情，但是，其族人对权力的炫耀，自然是无法避免的。从后来胡氏一族的胡作非为中可见一斑。

胡简敬在京城为官，最高官至从二品，在“一人得道鸡犬升天”的时代，可以说，胡简敬成为胡氏族人的骄傲，成为他们炫耀权力和仗势欺人的资本，为他们日后为所欲为埋下了伏笔，而这也为胡简敬埋下了祸端并最终害了胡简敬。

虽然胡简敬官至从二品，是一般人所不能企及的，但我一直认为，胡简敬是一个悲剧式的人物。他经历了大红大紫，达到了权力的巅峰之后，又经历了人生的大喜大悲，从权力的巅峰跌落，直至被革去一切职位成为犯人，并被发配到穷乡僻壤的河南汝宁府去开荒。

胡简敬被流放到河南汝宁开荒，还是属于较轻的惩罚。在清朝，罪行严重的往往是“流放三千里”，一般会流放到黑龙江或者新疆等不毛之地。那些罪行较重的犯人要么被流放到伊犁，要么被流放到宁古塔。伊犁在新疆，因为路途遥远，有的犯人甚至还没有到达流放地就病亡在途中。宁古塔在今黑龙江牡丹江市海林市，是一个荒凉恐怖的地方。被发配到宁古塔有多恐怖？据说有的犯人听到“发配宁古塔，与披甲人为奴”后，甚至会选择自杀。宁愿去死也不去宁古塔，想想就知道有多残酷了。而胡简敬只是被流放到河南汝宁，虽然也远离京城千里之外，但是，毕竟还不算最残酷的地方，这也算是康熙皇帝对其网开一面了，不至于到最艰苦最残酷的不毛之地去受罪。据说，康熙对胡简敬从宽处理，是因为他看了顺治皇帝留下的“储为大用”四人名单中就有胡简敬。因为胡简敬是大材，本应该得到重用，康熙皇帝生了恻隐之心，所以就对他网开一面，从轻发落。

胡简敬被发配河南汝宁后，无论是仕途前程还是物质生活，都与过去形成了巨大的落差，这是一般人心里难以接受的。胡简敬也不例外，特别是自己一度成为京城从二品大员，可以说有无限的荣耀，有享不尽的荣华富贵。如今，却只能待在穷乡僻壤，面对贫瘠的土地，整天劳苦劳累，真是“辛辛苦苦几十年，一夜回到解放前”，这让胡简敬情何以堪？

在汝宁，胡简敬食不甘味，夜不能寐，最后郁郁而终，客死他乡。

家乡沭阳新河，成为胡简敬此生再也解不开的心结。现实是残酷无情的，他再也没有机会去悔过和改正了。假如有一次悔过自新的机会，我想，胡简敬一定会做一名清正廉洁、不徇私情的官员，再也不会默许和纵容自己的族人在老家为所欲为、无法无天；再也不会任由自己的族人依仗自己的权势去欺男霸女、横行乡里。

当年，胡简敬在朝为官，彼时，“普天之下，莫非王土”。在他的家乡沭阳新河，胡简敬无疑是神一般的存在，被族人所拥戴，也被乡民们所景仰。但是，失去权力也就失去一切，权力的光环一旦褪去，就没有了昔日的荣耀。被治罪的胡简敬从神坛跌落，变得潦倒、落魄，直至郁郁而终。而他的族人因为胡简敬这棵大树倒掉以后，失去了庇护，也开始学乖了，变得守规矩了。假如他们要是早知道权力这把大伞，可以被打开，也可以随时被收起；假如他们早知道自己无法无天的行为会导致自己依仗的大树倒掉；假如他们早知道自己的胡作非为会让自己丢掉性命，我想，他们也许会收敛很多。但是，历史没有假设，胡简敬，最终因为族人的胡作非为而被革职治罪，这也成为胡氏族人心头几百年来的难解之痛。

胡简敬，无疑是一个悲剧式的历史人物。权力成就了胡简敬，但权力最终也害了他，终结了他的仕途，也终结了他的人生！

二

胡简敬（1631—1699，一说卒于1695年），字又弓。生于江苏省淮安府沭阳县。顺治八年（1651年）举人，顺治十二年（1655年）乙未科进士，后入职翰林院为侍读学士。翰林院侍读职在为皇帝及太子讲读经史，释疑解惑，就是我们平常所说的皇帝的老师。胡简敬深得顺治皇帝的赏识，是皇帝的顾问，也是后来的皇帝康熙的老师。按理说，即便胡简敬的族人在地方为非作歹，即便胡简敬知悉和包庇纵容族人，但是，在那个讲究尊卑等级的时代，普通百姓如同草芥，康熙理应对自己的老师网开一面，放胡简敬一马。即便为了统治需要杀鸡吓猴，以儆效尤，也可以采取降职或者削职为民的办法，而不必将其发配到贫瘠之地。但是，康熙为什么没有顾及师生的情面，执意将胡简敬革职流放呢？究其原因，是身为人臣的胡简敬冒犯了皇帝康熙，从而让康熙很生气并逐渐失去了康熙的信任。事情还得从清朝的保举制度说起。

在清代，开始实行一种保举制度，官员有权利和义务向皇帝推荐人才。这种保举制度一定程度上发现了一部分人才，让一些民间的人才不至于被埋没。这种保荐制度也是科举制度的一种补充，让用人机制得到了完善。但是，自推出这项政务后，其中的弊端也开始逐渐显露，最典型的就是用人唯亲，官员大肆举荐自己的乡党或者亲人做官，很容易导致保举徇私舞弊和日后权力的腐败。最重要的是，这种保荐制度容易形成权力和利益集团，倘若容许这种风气形成，一旦权力和利益集团做大，就可能会危及皇帝的统治。像历史上的赵高集团、魏忠贤集团等，都对皇帝统治构成了威胁。即便是在清朝，康熙皇帝也经历了鳌拜集团的独断专行，所以，康熙对于权力集团是极端厌恶的，对于权力集团，他是非常戒备的。

历史上的康熙是一位具有经韬纬略的明君，具有治国之才，他意识和发现保举制度的种种弊端后，就开始对这种制度进行了制约，以限制官员形成权力集团，干扰治国理政。康熙二十六年（1687 年），康熙特意召集科道官商议保举之事，明确指出官员“不可以同年、同乡、乡党徇情私保”。就是同年同科同窗，乡人乡党乡亲，同事同僚同党不得互相举荐，否则就有徇私之嫌。在康熙看来，有亲密关系必然会出现互相勾连，同年、同乡、乡党互相保举，容易导致用人唯亲和徇私舞弊问题的发生，也容易形成权力集团。康熙的这种对用人制度的改革理念，应该说是好的也是正确的，如果保举能做到公平、公正，对于民间的优秀人才来说，无疑增加了一个机会。而没有利益勾连的保举，也会让官场形成一股清廉之风。与康熙朝夕相伴多年的胡简敬，理应了解康熙的秉性，以及康熙对保举制度的良苦用心。况且人家又身为皇帝，一国之君。所谓一言九鼎，君无戏言。既然康熙明确指出“不可以同年、同乡、乡党徇情私保”，那么，作为下属的官员理当遵守，特别是作为皇帝身边的官员，更应该知道轻重，带头遵守和执行康熙的规定。但是，不知道胡简敬中了什么邪，还是吃错了什么药，竟然置“不可以同年、同乡、乡党徇情私保”之禁令于不顾。康熙二十八年（1689年），胡简敬竟然出面保举江南淮扬道高成美出任广西按察使，并且通过吏部向皇帝禀奏。

因为胡简敬的老家属于淮扬地区，胡简敬保举江南淮扬道高成美出任广西按察使属于保举乡党。胡简敬这种不将康熙放在眼里的做法，挑战了皇帝的权威，犯了大忌。康熙闻言后龙颜大怒，下发谕旨给吏部：“若以本地方人推举本省官员，必致瞻徇滋弊，前已经屡下发谕旨阐明，现在胡简敬以淮安府人推举淮扬道高成美，殊属不合，着严加议处。”康熙朴素地认为，保举乡党必然容易导致官场徇私舞弊，我已经明令禁止，然而你胡简敬胆大包天，竟然敢不听朕的话，不把朕放在眼里，简直是吃了熊心豹子胆，真是岂有此理！不给你胡简敬点颜色看看，你胡简敬就不知道马王爷还有三只眼，就不知道我康熙的厉害！

既然皇帝动了怒发了话，吏部不得不采取措施做出反应，将胡简敬作降两级处理，由礼部侍郎贬为太常寺少卿。由从二品降为正四品，自此，胡简敬由权力的巅峰开始跌落。

胡简敬公然保举自己老家的官员高成美出任广西按察使。也许，是依仗自己是康熙的老师的缘故，倚老卖老？也许，是认为自己在朝廷为官多年，早已根深蒂固？又或许，是因为年龄大了，脑子有点糊涂？

可以说，从被贬的那一刻起，胡简敬就已经失去了康熙的赏识和信任。民间有句话叫“伴君如伴虎”，陪伴在皇帝的身边，犹如陪伴在老虎的身边，稍不留神，就有性命之虞，灭顶之灾。

彼时的胡简敬已经处于危险的境地了。如果胡简敬能够循规蹈矩，好好表现，争取重新获得康熙的信任，也不是不可能的。然而，命运似乎刻意与胡简敬过不去。就在因为保举同乡而受到降职处理的第二年，胡简敬摊上了更大的倒霉事。

在沭阳老家，胡氏一族因为胡简敬这棵大树的存在而横行乡里，欺凌百姓。他的兄弟和侄儿在老家为非作歹，调戏霸占妇女，强占他人土地，欺凌致死人命，导致民怨沸腾，最终触犯了众怒。其中，有一位叫周廷鉴的乡民早就对胡氏一族的胡作非为看不下去了，众人推举他为代表，状告胡氏一族。周廷鉴认为，擒贼先擒王，胡氏一族胡作非为的根源在于有京城的胡简敬作庇护，地方官不敢得罪胡简敬，对于胡氏族人的为非作歹，只能睁一眼闭一眼，即便乡民告状，也不敢受理，即便受理了，也只是敷衍拖延，最终不了了之。

经过多次告状失败，乡民们合议认为，要想告倒胡氏，打击他们的嚣张气焰，首先必须得扳倒胡简敬这棵大树。于是决定绕开地方，直接告御状，矛头直指在京城为官的胡简敬。

但是，清朝有严格的逐级告状制度，凡词讼须自下而上陈告，先经州县衙门审断，不服，再向上司衙门（府、道、司、院）逐级上控，如越级控诉，即为越诉。而越诉是要受到严厉的惩罚的。在清朝，进京告状又分京控和叩阍。有冤抑赴都察院、通政司或步军统领衙门呈诉者，名曰“京控”。官员百姓因冤屈等直接向朝廷诉冤，谓之“叩阍”。

京控属于越诉，叩阍属于直诉。按照《大清会典·刑律》

“越诉”规定，京控哪怕呈报的是实情，告状者也必须受到“笞五十”的惩罚。也就是即便你的冤情属实，告状的人也要接受50大板的惩罚。而叩阍则更难，如果叩阍属于诬告，依照“冲突仪仗”问罪，判“杖一百，发近边充军”。

《清史稿·刑法志》规定“其投厅击鼓，或遇乘舆出郊，迎击驾申诉者，名曰‘叩阍’。”“叩阍”又分两种方式，即鼓状和告御状。凡是上访的官民遇有冤抑之事，原审衙门不理或审断不公时，可赴通政司击鼓诉冤，先由通政司讯供，如确属冤枉，奏报皇帝交刑部查办。

所谓的由通政司讯供，就是对告状之人施加刑法。无论是京控还是叩阍，告状者均要承受皮肉之苦。若是一般的冤情，老百姓肯定不会选择去京控或叩阍，因为不管你是否有冤屈，自己首先都得受到惩罚。周廷鉴以叩阍的形式状告胡简敬，可见，也是忍无可忍。可以说，周廷鉴叩阍也是被欺凌逼迫之下的无奈之举。

对于周廷鉴这个乡民，除了叩阍胡简敬有记载，其他并无资料记载。不过，敢于向胡简敬叫板，宁愿忍受皮肉之苦，周廷鉴也算是一个血性男儿，无疑是值得敬重的。

周廷鉴是如何叩阍的？据沭阳邑人沈士举著《吏部侍郎胡简敬》一书，说周廷鉴是趁康熙南巡拦驾鸣冤的。为了能够见到康熙，周廷鉴在事前就专门做了精心的准备，提前到江苏镇江金山寺打零工潜伏，专候康熙的到来。康熙二十八年（1689年）康熙南巡从江宁乘舟到镇江，船到金山寺，周廷鉴瞅准时机，在康熙的龙舟前大呼冤枉并纵身跳入冰冷的江水中。周廷鉴的大呼小叫和纵身一跳，惊动了康熙。康熙命手下去查明是怎么回事，周廷鉴被手下带至康熙面前，被冻得瑟瑟发抖的周廷鉴，拿出随身携带的事先准备好的藏在猪尿泡中的几百份状子，跪呈康熙。胡氏一门作恶之事终于东窗事发。康熙接过状纸，一页一页翻看，看到胡氏族人的种种胡作非为，康熙的脸色越来越难看。再想到此前胡简敬竟敢违抗自己的禁令，举荐淮扬道高成美一事，康熙的心里更加不爽。

而《沭阳县志》人物传胡简敬条则记载："康熙二十八年，乡人周廷鉴与简敬族人闹事，周进京告御状，指控简敬一门支持家族占田诬良，霸占民人妻女，致死人命。两江总督傅腊塔奉旨核查。康熙痛斥胡简敬等一门济恶。"

周廷鉴到底是在镇江金山寺守株待兔，静候康熙皇帝出巡，借此机会拦驾鸣冤，还是壮士断腕进京告御状？我们不得而知，但是，周廷鉴告御状属实，告倒了胡简敬一族也属实。而从《沭阳县志》"周廷鉴进京告御状"的描述来看，周廷鉴应该是进京告状，而不是潜入镇江金山寺"守株待兔"。皇帝的行踪是保密的，作为一介乡民的周廷鉴，如何能够提前知道康熙南巡，又是如何知道康熙一定经过金山寺呢？若是康熙不来，岂不是白等一场？这个宝押得也太悬，所以，我认为，周廷鉴"进京告御状"的可能性更大。

总之，周廷鉴成了胡简敬的命中克星。一个不起眼儿的小人物扳倒了权倾朝野的胡简敬，不能不让人感到惊奇，特别是在那个官官相护的封建时代，一个普通老百姓想告倒京城大员，想想就知道有多难！

估计，周廷鉴也是吃尽了苦头，才不负众人的重托，完成了这个艰巨的使命。

三

太常寺少卿胡简敬兄弟父子、一门济恶，霸占民人妻女田产、诬良为盗致死人命等事捅到了皇帝那里，这事算闹大了。不像在地方，地方官不闻不问，这事就算完了。现在不一样了，皇帝都知道了，胡简敬就算想捂也捂不住了。

康熙下令江苏巡抚进行查处。

这次虽然是下令江苏巡抚查处，但是，与以往不同的是，这件事皇帝知悉了，并且作了御批。按理来说，负责审理案情的江苏地方官应该懂得轻重，秉公办事，因为有皇帝发话呢。但是，偏偏江苏巡抚洪之杰是个势利之人。因为洪之杰此前就得到了胡简敬的关照，所以，胡简敬算是对洪之杰有恩，这次也算是给了洪之杰报恩的机会了。为了高攀胡简敬这棵大树，洪之杰就故意拖延，对此案迟迟不审，想一拖了事。虽然胡简敬此前因为保举江南淮扬道高成美出任广西按察使受贬，但是，洪之杰明白，瘦死的骆驼比马大，胡简敬仍然是正四品大员，自己保不准哪天就得有求于他，而自己是不可能直接得到康熙的提携的。

胡简敬当然明白洪之杰的意思，为了给洪之杰提供台阶下，于是就修书一封，专门写了诉词递交给洪之杰，竭力为自己的兄弟和侄儿做无罪辩护，以维护自己和族人的利益，而洪之杰等的就是这个。如果在这个案件上能把乡民摆平了，帮助了胡简敬，自己今后何愁没有发达的机会？

只是洪之杰错误地估计了形势，打错了算盘。身在地方为官的洪之杰哪里知道京城官场的争斗内幕？他不知道胡简敬早已失去了康熙的信任，此时，他的这种包庇行为，无疑是火上浇油，加重了胡简敬的罪行。

纸包不住火，洪之杰的包庇行为最终败露，康熙闻讯大怒。康熙认为，江苏巡抚洪之杰对该案不作为，是畏惧胡简敬的权势，所以就徇私舞弊，包庇胡简敬。洪之杰作为地方大员，不能体察民情，不能主动禀报该案，及至乡民告发，仍然不能公正办案，应当革职治罪。

康熙重新下旨，命江南江西总督傅拉塔查办此案。傅拉塔是两江总督，是满洲镶黄旗官员，也是一位刚直不阿的官员，深得康熙赏识。傅拉塔在上任两江总督之前，康熙皇帝就告诫他："尔当洁己奉公，督两江无如于成龙者，尔效之可矣！"

于成龙是康熙认定的"天下第一清官"，康熙一直对他念念不忘。所以，作为继任者，康熙希望傅拉塔也能像于成龙那样克己奉公为政清廉。而傅拉塔也没有辜负康熙的厚望，在任两江总督六年间，傅拉塔清除弊政、关注民生，为江南地区百姓做了不少实事。傅拉塔敢说真话，做事雷厉风行，最重要的是，他深得康熙信任。他任两江总督后，较为关注江南民生，敢于直言论事，获得康熙帝特赐的"两江遗爱"匾额。可见，康熙对于傅拉塔是多么赏识和信任！

接到圣旨，傅拉塔立即率人赴沭阳对该案展开调查。傅拉塔亲自带人到沭阳，深入民间，走访百姓，了解事情的前因后果，掌握了胡简敬兄弟父子作恶的第一手证据。

京城来人调查、审理案件，他们预感到了危机，这让胡氏族人开始惶惶不可终日。

是的，他们的预感没有错。民间有句俗话叫“善有善报，恶有恶报，不是不报，时候未到”，胡氏一族遭报应的时候到了！

据《清实录》记载：康熙二十九年（1690年）五月，江南江西总督傅拉塔向康熙禀奏：“臣察审沭阳县民周廷鉴叩阍，告太常寺少卿胡简敬父子兄弟，一门济恶，霸占民人妻女田产、诬良为盗等事，俱系情实。胡简敬应革职、徙三年。胡旭、胡敷世，俱应绞。胡简尤等，俱拟杖徒。巡抚洪之杰，奉上命交审事件不速行审讯，反收胡简敬诉词，明系徇情。应降三级调用。”

康熙闻奏说：“朕早夜孜孜、勤思治理。日与在廷诸臣讲求。无非爱养民生、恐其颠连无告，以致失所。若绅衿土豪倚势横行，凌虐小民。藐法纵恣，毫无顾忌。穷黎受害，何所底止。胡简敬等一门济恶。霸占民人妻女田产。诬告盗情、致毙人命。阖县之人，遭其毒害。种种恶迹，昭然有据。督抚不行举发。科道漫无纠参。无非畏其势力，瞻徇情面。今已告发审实、若不严加处分，立置重典，何以为直隶各省不法绅衿、积恶豪强之戒。胡简敬等，应于彼处正法治罪。巡抚洪之杰为地方大吏，平日既不能体察纠参，及经告发，又不速行审治、迁延徇庇，殊负委任。应革职。著九卿詹事科道，会同议奏。”

根据傅拉塔的奏报，胡简敬兄弟父子一门济恶。霸占民人妻女田产、诬良为盗等事俱皆属实，对胡简敬进行革职，流放河南；对胡旭、胡敷世处以绞刑；对胡简尤等处以杖刑和监禁。

大红大紫的胡简敬，权力终于落幕。消息传到老家沭阳新河，胡氏一族人心惶惶，唯恐累及自己。

“胡简敬父子兄弟一门济恶”并非指胡简敬父子济恶，而是指其兄弟父子济恶。据胡氏族谱记载，被处以绞刑的胡旭、胡敷世分别为胡简敬大弟胡简文、二弟胡简尤的二子。而被处以杖徒的胡简尤，则是其兄弟。

“胡简尤等，俱拟杖徒”，尤其值得考究。杖是杖刑；徒是监禁。因为胡简尤只是代表，由“胡简尤等”来看，被处以杖徒的绝不会只有他一人，他的后面，是一串名单。

据胡氏族谱记载，胡简敬有兄弟十人，其大弟胡简文长子一门均入汝阳籍、三子之后一门寄籍河南汝阳；胡简敬的哥哥胡简在二子寄籍河南汝阳；胡简敬的七弟胡简英葬于汝宁。他们本应在沭阳生活，但是，却都到了千里之外的河南汝宁。可以推测，这些人可能是“父子兄弟一门济恶”，他们应该是与胡简敬一起，被流放到河南汝宁的，这也符合“胡简尤等，俱拟杖徒”的说法。

四

从对胡氏兄弟父子的惩罚可以看出，作恶越大受到的惩罚也就越重。

胡氏一族作恶，根本原因在于胡简敬的权势。封建社会一人得道鸡犬升天，胡简敬在朝廷为官，整个胡氏家族都跟着沾光，这种官本位思想不断膨胀，最终变成了霸权欺凌，欺压百姓，鱼肉乡里，成为当地一霸，用现在的话来说就是“黑社会”。而胡简敬并没有予以制止，事发后也没能做到大义灭亲，且祸到临头不自知，仗着自己是太常寺少卿的身份，亲自写信给地方大员，为自己的兄弟和侄儿进行无罪辩护。

此一时，彼一时。胡简敬的辩护，无疑是不识时务的。因为此时的胡简敬，已非过去的胡简敬。胡简敬罔顾禁令保荐同乡一事，让康熙耿耿于怀，对他心怀芥蒂。此时，胡简敬写信给地方大员的行为无异于火上浇油。在康熙看来，无异于是拉帮结派，这种行为是康熙不能容忍的。在宫廷权力争斗中，康熙早已深谙权力之道，作为一国之君，他不会让任何势力发展壮大，除掉不听话的胡简敬，是迟早的事。胡氏兄弟父子的恶行，只是为康熙提供了更好的借口，提前结束了胡简敬的仕途。

我认为，胡氏族人作恶，胡简敬是无法推卸责任的，因为均是其亲兄弟亲侄子作恶，胡简敬是不可能没有觉察的。但是，因为是自己的骨肉兄弟，作为一把大伞的胡简敬自然会给予特别的庇护，而这显然又助长了他们作恶多端的嚣张气焰。

助长胡氏族人作恶的又一原因，不仅是有胡简敬这棵在京城为官的大树，胡简敬兄弟父子多人在朝野为官，他们的手中，拥有一定的权力，形成了庞大的“胡氏权力集团”。特别是胡简敬在京城为官，更是权力显赫，让他们更加有恃无恐。

还有就是胡简敬为父守丧回乡三年，地方官员对胡简敬的毕恭毕敬，以及对其族人的特别关照，让胡氏族人的权力欲不断膨胀。你看，连地方官员都敬我三分，你们这些区区草民，敢不顶礼膜拜？不给你们一点儿颜色瞧瞧，你们就不知道我胡氏一族的厉害。权力是把双刃剑，用好了造福地方百姓，用坏了则祸害一方。胡氏族人，就没有用好这把权力之剑，结果最终伤害了他人也伤害了自己。

胡简敬进京为官，本来很少回老家。虽然贵为京城大员，但是，毕竟远离家乡，对族人的庇护应该说还不够。胡氏族人的权力膨胀，主要在胡简敬回乡那三年。

康熙十年（1671 年），胡简敬的父亲胡国祥病危，胡简敬回乡照料父亲，当年十一月，其父不治身亡。按照习俗，胡简敬在家守孝三年。正是胡简敬守孝三年，让胡氏族人与这位京城大员有了亲密接触，从而享受到权力带来的荣耀。

京城大员回乡，地方官自然奉为座上宾，这可是与京城大员亲密接触的千载难逢的机会。

时任沭阳知县张奇抱，多次带人前往新河拜访胡简敬，对胡简敬毕恭毕敬。当然，张奇抱也是个文人，胡简敬与其也算是惺惺相惜。张奇抱见胡简敬在家无所事事，就建议胡简敬利用这个闲暇时间为地方做贡献，重修《沭阳县志》。在张奇抱看来，胡简敬身为京城大员，且学富五车，请胡简敬重修《沭阳县志》是再适合不过的了。而且，重修《沭阳县志》一来可以让胡简敬解闷，二来可以让其忘却丧父之痛，三来也是为地方史志做贡献。胡简敬闻言，并未推辞，连夸张奇抱是一心为民的“父母官”。

康熙十二年（1673 年），在胡简敬与沭阳知县张奇抱的努力下，历时 10 个月，《沭阳县志》杀青。康熙十三年（1674 年），《沭阳县志》正式刊印。胡简敬修撰的《沭阳县志》得以留存，成为珍贵的史志资料，也为后来《沭阳县志》的修撰提供了很好的历史资料样本。而此次胡简敬编修《沭阳县志》，并非一人之功，其兄弟侄儿多人参与了县志的编修工作，他们是胡简在、胡简文、胡简尤、胡简吉、胡简能、胡安世、胡裕世等 7 人。而胡简敬编修《沭阳县志》，也趁此机会大量收录了胡氏文人的诗文作品，让胡氏一族及其诗文得以在县志中有所记载。

胡简敬在家为父守孝三年，地方官员见了胡氏族人是恭敬有加，这让其族人亲眼看到了权力的威严。胡简敬回到京城后，胡氏族人仍然陶醉在这种美妙的感觉里。在随后的十几年时间里，胡氏一族忘乎所以，为所欲为。权力一旦失去了制约，就会变成凶残的野兽。胡简敬一门作恶多端，欺男霸女，夺人田地，伤害人命，终于激起了乡民的公愤，胡简敬一门也由显耀的官宦之家，变成了人见人恨的地方恶霸。

我认为，那个史上留名不畏强权告倒胡简敬的周廷鉴，是值得敬重的，而他也绝非一个人在战斗，他的背后，应该站着无数弱势群体，他们将希望寄托在周廷鉴的身上，希望有一天能扳倒胡氏，为自己讨回公道。而周廷鉴最终没有辜负乡民的拜托，不辱使命，扳倒了权倾一时的胡简敬。

胡氏一族作恶，虽然胡简敬自己并没有参与其中，但是，其兄弟父子仗势欺人，霸占民人妻女田产、诬良为盗等事，俱系实情，这是不可否认的事实。而这直接决定了胡简敬的命运，他的仕途由此戛然而止，一大家人被流放河南，这也算是罪有应得。而胡简敬父子虽有冤屈，但是却无法洗脱干系。

自然，这场引起全国轰动的诉讼，在当地影响了数百年，胡氏与周氏两族人从此结下了世仇。其实，在胡氏一族没有倒台之前，从胡氏一族胡作非为开始，他们的仇恨就已经结下了，而胡氏是始作俑者。而对胡氏后人影响更大的是，当年负责查办胡氏“一门济恶”的傅拉塔，为了防止胡氏一族报复和卷土重来，在沭阳骡马街埋下了一座石碑，上刻“胡氏遇官事，均有屈无直”。什么意思呢？就是今后凡是胡氏遇到官司，均没有理，一律判输，这直接压制了胡氏。

傅拉塔此举，是因为胡氏一族在当地势力显赫，是为了打压胡氏。但是，对于胡氏后人来说，显然是不公平的，对胡氏后人的影响是巨大的，这让胡氏后人感到愤慨。在乾隆十八年（1753年），此石碑被胡简敬后世族人、浙江乌程县令胡映葵所毁，从此，压在胡氏头上的这座大山被推翻，胡氏后人才有了有冤申冤的机会。

公平公正，对于每一个人来说都是至关重要的。我想，经历了“胡氏遇官事，均有屈无直”的胡氏后人，也许才会真正体会到当年备受胡氏欺压的乡民内心的真实感受。那种有冤无处申的憋屈，不论是谁，都是无法忍受的。胡氏后人在对“胡氏遇官事，均有屈无直”表达愤怒的同时，是否想到当年自己的先辈的胡作非为？是否想到当年乡民受到自己先辈的伤害？是否想到那些曾经遭受欺凌的乡民内心的无比冤屈和无助的眼神？

胡氏后人摧毁了压制自己的石碑，当年那些备受胡氏族人欺压的乡民，又何尝不想将压在自己身上的石碑摧毁？

换位思考，也许才能明事理，断是非！

五

按照“徙三年”的处罚，胡简敬在河南汝阳开荒三年即期满，按理可以返回自己的老家沭阳。但是，胡简敬却并没有回到老家沭阳新河，一是胡简敬认为，自己的兄弟侄儿为非作歹，愧对家乡父老；二是自己因此遭到罢官，无颜面对乡人；三是胡简敬在汝阳一边垦荒种地，一边利用闲暇时间读书，已经习惯了这种亦耕亦读的乡村生活，所以，也就打消了回老家的念头。

胡简敬被发配汝宁后，在汝阳开荒，百度百科介绍胡简敬生于1631年，卒于1695年，也就是说，胡简敬被流放到汝宁后，不到五年就去世了。但是，根据康熙十二年进士，后选为庶吉士、迁太子中允、署大学士徐元梦为胡简敬题写的墓表记载，胡简敬年六十有九而终，民间对人的年龄素来有虚一岁的民俗，那么，胡简敬就应该卒于1699年。胡氏族谱也记载胡简敬卒于1699年。

胡简敬死后，葬于汝阳汝城南石桥。

人生难料，世事无常。命运和胡简敬开了一次玩笑。胡简敬去世十二年后，即1711年，康熙皇帝忽然想起了先帝顺治皇帝的“储为大用”四人名单，康熙欲重新起用遭到惩罚的旧臣，要求各省将此前受贬的官员，不论死活，不论身在原籍还是客籍，均要开列上报。彼时，胡简敬若是在世，这无疑是天大的好消息，但是，遗憾的是，胡简敬已经离世十二年了，胡简敬错过了一次为自己“翻案”的机会，只能长眠于他乡。康熙此次要求各省开列上报受惩罚官员，意在重新起用胡简敬。但是，当康熙查看各省上报的名单后，发现胡简敬已经不在人世，大失所望，于是兴趣索然，将各省上报的名单随手丢弃，各省开列上报的名单中，没有一人被重新起用。可见，康熙意在重新起用胡简敬，只是，胡简敬是由自己定的罪，不好直接起用，因此就要求各省开列上报被贬官员名单，意在掩人耳目而已。

胡简敬作为罪臣，死后只能就地安葬，是不能安葬于原籍的。雍正十三年（1735 年），雍正驾崩，新任皇帝乾隆大赦天下。胡简敬次子胡宜世闻讯，即上书陈情，被恩准携胡简敬遗骸回乡。乾隆四年（1739 年），胡简敬长子胡安世、次子胡宜世将其父胡简敬的棺椁从河南迁移至老家沭阳，安葬于山家荡南湖，即今沭阳县新河镇三荡村境内。

古人有恋乡情结，讲究叶落归根。很多人即便身为高官，到老时也会告老还乡。唐朝诗人贺知章有一首《回乡偶书》：“少小离家老大回，乡音无改鬓毛衰。儿童相见不相识，笑问客从何处来？”真实地再现了一个从青春年少到离家为官，再到老了重返故乡的生活图景。即便不能活着回家，死后也要魂归故里。

虽然生前没能返回老家，但是魂归故里应该是胡简敬的遗愿。只是，因为彼时的特殊身份，这种遗愿在当时很难实现。若不是雍正驾崩，乾隆皇帝大赦天下，胡简敬也许只能长眠于他乡。身不能回故乡，魂不能归故里，这是胡简敬生前的心结，让他生，寝食难安；死，难以瞑目。

历史的年轮滚滚向前，时间已经进入 21 世纪，胡氏祖辈与乡民祖辈的恩怨早已随着岁月的流逝而消逝。所谓一笑泯恩仇，胡氏后人、周氏后人早已抛却了祖辈的是非恩怨，他们生活在同一片蓝天下，饮着同一条河水，耕作同一片土地。他们过着富裕充足的生活，没有官民贵贱之分，生活差距也没有过去那么巨大。若是胡简敬生活在今天，我想，他是无论如何也不会再纵容自己的族人去胡作非为的。而今天，胡简敬的家乡新河镇大兴花木种植之风，花木形成了产业，并惠及周边颜集、庙头、扎下等乡镇。在花木产业的带动下，电商兴起，新河、颜集、庙头、扎下等乡镇“淘宝乡”“淘宝村”到处可见。

克己奉公，廉洁自律，让自己的善行惠及治下每一片土地，应该成为每一个官员的行为准则；和睦相处，互帮互助，让乡民共同过上富裕的生活，应该是每一个有抱负的官员或文人的心愿。我想，这也应该成为胡简敬当年为官的追求所在。只是，命运和他开了一个玩笑，他的族人不争气，为他抹了黑，最终害人害己，受到了应有的惩罚。

而胡氏虽然在历史上留下了污点，但是，胡氏对沭阳文化的影响是巨大和深远的。胡氏“一门三进士”的佳话、胡氏花园的传说、胡简敬对沭阳花木的影响和贡献，以及胡氏花园的重建，都表明胡氏对沭阳的人文影响。胡氏历史名人必然会被铭刻在沭阳的历史上，他们的名字会被世人所铭记，而且会被一代一代传承下去。

民国才女刘清韵

在江苏省沭阳县的近代文学史上，有一位作家的名字让人无法忽视，后人在书写沭阳文学史时，她的名字也无法被绕开。没有她的沭阳文学史，是让人遗憾的文学史；没有她的沭阳文学史是不完整的文学史；没有她的沭阳文学史是黯然无光的文学史。

她就是刘清韵！沭阳近代作家中，取得文学成就最高的一位。刘清韵是一位词人、剧作家，她的一生创作颇丰，著有《小蓬莱仙馆曲稿》《小蓬莱仙馆诗钞》《瓣香阁诗》《小蓬莱仙馆传奇》（10种）等文集。在那个年代，作为女子的刘清韵能取得如此辉煌的成就，缘于她的天赋以及后来的勤奋。作为晚清一位颇有成就的女文学家，刘清韵无疑是值得我们关注和研究的对象。

一

刘清韵，字古香，1842年出生于沭阳，其父是一名盐商，小时候在沭阳生活，后来跟着经营食盐生意的父亲迁至海州生活。据说，刘清韵出生时，她的母亲曾经梦见观音手持一枝梅花，所以，又给她取了个小名叫观音。这个传说，无疑让刘清韵的身上多了一种神秘的色彩。

对于刘清韵是哪里人，有几种说法，一种说法是，刘清韵是江苏东海人，一种说法是，刘清韵是江苏海州人，一种说法是，刘清韵是江苏灌云人。实际上，刘清韵出生于沭阳，只是后来随着父亲迁居朐浦生活，便成了朐浦人。朐浦就是今天的海州区板浦镇，板浦镇在三国时名朐浦。宋、元、明代，板浦镇隶属于淮安府，清乾隆二十八年（1763 年）划归海州辖管。到了民国元年（1912 年），海州分治设东海、灌云二县，板浦为灌云县城所在地。所以，说刘清韵是海州人也对，是灌云人也没错。但是，说其是东海人，暂没有发现资料佐证。不过，刘清韵在其著作卷首皆署名“东海刘清韵古香填词，古僮钱梅坡香岩校订”字样，由此有人得出刘清韵是东海人的说法，这应该是误解。因为东海县境域在明、清两朝并未设县，均为海州地域，直到民国元年（1912 年），才设东海县。刘清韵生于清道光二十二年（1842 年），卒于民国四年（1915 年），因此，刘清韵所署的“东海刘清韵”应该不是指东海县刘清韵。还有就是，沭阳学者王诩的学生周丹原自称是“东海散人”，而周丹原是沭阳人。古代连云港曾属于东海郡，而沭阳古时也曾属于东海郡，又曾靠近海边，可见，这里的“东海”只是沭阳文人的一种自称，并非指他们出生于东海县。

刘清韵小时候在沭阳生活，后来才随父亲迁至海州朐浦，这在她的《小蓬莱仙馆诗钞》序言中有记载：“古香，本沭产，小时侍其尊人，蕴堂公业盐海上，遂远家朐浦，而归沭钱氏壻梅坡少府。”该序言由刘清韵的老师建陵老人王诩所作，证明了刘清韵的出生地问题。王诩，沭阳人，字子扬，号芝山，晚年自号建陵老人。生于清道光二年（1822年），卒于清光绪三十三年（1907年），是光绪年间进士，著有诗文《建陵山房诗钞》《建陵山房诗钞续集》《建陵山房文稿》《赋稿》等4种。

刘清韵的父亲刘蕴堂是二品封鹾商，鹾商的意思是指盐商。清朝末期，官府腐败，有钱人花钱就可以买一顶官帽，这样就可以为自己提供种种便利和官场上的保护。比如沭阳大名鼎鼎的大地主程震泰，“震泰”其实是字号，因为其家业大，财产多，雄冠淮北，因此“震泰”这个字号声名远扬，而当地人也都习惯称其为程震泰。在程震泰家族中，每代人都花了大笔钱财为自己买官，以便为自己的生意提供保护。比如震泰字号创始人程开聚于道光二十一年（1841年）为国库助饷银20万两，清政府授予他儒林郎、布政司理问，特奖二品顶戴；第二代程仲璜买了儒林郎、布政司理问、资政大夫议叙道衔加五级的官衔；第五代程增贤花钱买官，授资政大夫三品衔，候选郎中加三级；第六代程銮花钱买官授朝议大夫知府衔，候选主事；第七代程肇湜（字廉泉）在辛亥革命后花钱买了北洋政府的国会议员、省议员的头衔。刘清韵的父亲刘蕴堂的二品封鹾商，其实也是花钱买来的官，并没有实权，为的是可以为自己经营的盐生意提供便利和保护。

刘蕴堂是一名盐商，家业最盛时有盐池200座，土地200顷，因此，刘清韵的家庭经济条件非常富裕。但是刘蕴堂却一直没有儿子，只有两个女儿，而五十岁以后，才又生了刘清韵。所以，刘蕴堂对这个宝贝女儿十分疼爱。刘蕴堂在刘清韵前有两个女儿，在《小蓬莱仙馆诗钞》序里有说明，刘清韵的同窗东海散人周丹原在序言里称刘清韵“行三”，可见刘清韵排行第三。而刘蕴堂五十岁后得清韵，这在刘清韵后来的诗集自序中也有记载。刘清韵在自己的诗集《小蓬莱仙馆诗钞》自序里这样写道：“先大夫早年无子，五十后始生清韵，以稍聪慧爱而教之读……”由此我们也可以想象得出，富甲一方晚年得女的刘蕴堂对这个宝贝女儿是如何的疼爱。

二

刘蕴堂虽然是富甲一方的大财主，但是却比较开明，他觉得女孩子也要多读书，因此，他十分注重对女儿的教育，很早就教女儿读书识字。而女儿刘清韵恰恰又天资聪慧，可谓是一学就会。东海散人周丹原在刘清韵的《小蓬莱仙馆诗钞》序言里说“幼慧甚，甫四龄，即辨四声，父钟爱异他女”，可见刘清韵在学习知识方面具有很高的天赋，父亲对她也比较偏爱。刘清韵六岁时，刘蕴堂便请来私塾老师为刘清韵教授知识，而刘清韵也十分聪颖，一点就会。吟诗赋词、棋琴书画样样精通，到十二岁时在海州就小有名气了。

在父亲的精心呵护下，刘清韵的童年可以说是无忧无虑，生活多姿多彩，是生长在温室里的花朵。在今天看来，刘清韵就是典型的富二代，其优渥的家境，在今天估计不知道要羡煞多少爱慕虚荣的美女！而她天资聪颖，其才华则是多少美女所不能企及的。

随着年龄的增长，从小就受到了良好家庭教育的刘清韵，出落成亭亭玉立的美女，加上她博学多才，可以说是典型的气质美女和知识女性。这样有才有财又有貌的女子，自然是公子哥们梦寐以求的追求对象。到了婚嫁年龄的刘清韵，不知有多少豪绅公子委托媒人前去刘家说媒，只是刘清韵对这些纨绔子弟并无好感，没有一个是刘清韵瞧得上眼的。而由于家大业大，父亲刘蕴堂对这些富家子弟也并不上心，他想找一个既英俊又有才华的有志青年，这样女儿嫁过去才有依靠，才能让自己放心，也才能让女儿过上自己想要的生活。

一次，刘蕴堂在海州一个朋友的家中遇到了一个青年，这个青年器宇轩昂，相貌堂堂，吟诗作画，样样精通。刘蕴堂对这个青年顿生好感，暗暗打听后，得知这个青年是沭阳人，名字叫钱德奎，字梅坡，是沭阳有名的才子，其才华出众，在连云港、淮阴一带都颇有名气。而且，刘蕴堂自己也是沭阳人，知道钱氏是沭阳望族，钱德奎家庭经济条件也不差，虽然不及自己家富有，但是，在沭阳也是大户人家，刘蕴堂更是喜欢上了这个青年。后来，刘蕴堂便请朋友从中撮合，想让这个才华横溢的青年做自己的女婿。而钱德奎知道女方是海州有名的才女刘清韵后，也是满心欢喜。因为钱德奎早就听人说，海州有一个才女叫刘清韵，琴棋书画样样精通，懂音律，会作诗，会填词，对刘清韵可以说也是倾慕已久，所以，这桩婚事可以说是一说即合。刘清韵听说父亲将自己许配给大名鼎鼎的钱德奎以后，也是满心欢喜，盼望着能够早一天嫁到钱家，与钱德奎吟诗作画比翼双飞。

钱德奎，字梅坡，号香岩，清道光二十一年（1841 年）生于沭阳县钱集镇。钱德奎多才多艺，是沭阳有名的才子。其对诗词、绘画均有研究，著有《谈易》《国学丛书》《宋词比较》等研究著作，在当地有“沭之王谢、癖耽风雅，具郑虔三绝之才”之美誉。

咸丰九年（1859 年），十七岁的刘清韵嫁给了十八岁的才子钱德奎。刘清韵与钱德奎联姻，可以说是郎才女貌，佳偶天成。才子配才女，这桩婚姻一时间也成为当地的美谈。冰雪聪明的刘清韵，遇上了自己的白马王子，从此过上了幸福的婚姻生活。

三

刘清韵是聪颖的，刘清韵也是幸福的，因为她遇到了同样才华横溢的丈夫钱梅坡。

婚后，刘清韵与丈夫钱梅坡迁居沭阳马厂生活，她为自己的书房起了一个十分雅致的名字：小蓬莱仙馆。夫妻双宿双飞，吟诗作对，他们经常在一起咏诗赋文，互相切磋，互相品评对方的作品，这让二人都获益匪浅。

在这样的互相切磋中，刘清韵文思泉涌，文章质量有了较大提升。而钱梅坡除了对诗词研究颇深，对于绘画也是十分痴迷。钱梅坡擅长山水画，对梅花也是情有独钟，每当一幅画完成以后，刘清韵就会为丈夫的画配诗，这成为他们夫妻之间的一种乐趣。而钱梅坡对妻子也是十分疼爱，为妻子的作品进行修改校订。后来刘清韵刊印的 12 种小蓬莱传奇，卷首均标明“古僮钱梅坡香岩校订”，钱梅坡为妻子的著作精心校对，可以说是呕心沥血，表达了自己对妻子的浓浓爱意和款款深情。

在二人的吟诗作对和互相品评中，刘清韵也为丈夫的书画作品题了不少诗。在钱梅坡的一幅山水画上，刘清韵这样写道：“卜宅青山阿，峰峦恣奇赏。时有素心人，看云共来往。”在另一幅画上题了“萧疏两枝花，突兀一块石。相对可忘年，晴窗为泼墨。”他们夫妻，为诗配画这种形式作了很好的诠释。

闲看云卷云舒，静观花开花落。刘清韵与丈夫的婚姻生活十分美满和谐，他们的婚姻生活可以说是“春有百花夏有月，秋有凉风冬有雪”，每一天都充满了甜蜜，每一个季节都充满了诗意。才华横溢的刘清韵尽情地享受着丈夫对自己的爱，尽情享受着美满婚姻给自己带来的快乐。一年春天的夜晚，刘清韵与丈夫一起听雨，窗外春雨绵绵，室内暖意融融，二人只顾倾听窗外的雨声，竟然忘记了时间的存在。看着丈夫出神的样子，刘清韵眼含爱意，写下了一首《卖花声·春夜同外子梅坡听雨》：“莲漏正迢迢，灯影红绡。东风时送雨潇潇。若使愁人当此际，争不魂销。才滴柳梅梢，又扑窗绡。棋枰闲对破无聊。冷逼绣衾慵入梦，辜负良宵。”聆听着窗外的细雨，二人沉浸在这如诗如画的幻境中，竟然忘记了温暖的良宵。

刘清韵夫妇还经常和诗。一次，刘清韵赋诗一首赠送给丈夫：“冷摇灯影透窗纱，扫雪当门自煮茶。夜半忽惊松鼠出，倒衔明月上梅花。”而钱梅坡也回和了一首：“小庭亲扫净无哗，梅为无君未放花。料得夜深人不至，蓬莱辜负一杯茶。”

到了晚年，刘清韵还为丈夫写了一首《水调歌头·除夕同外子梅坡作》："笑把流霞注，大白与卿浮。今年今夕，归去年去可能留。百岁韶华有几，恰是涛惊电激，一半已先收。忽忽身将老，从此莫言愁。剪绛蜡，搜好句，唱还酬。一声爆竹春风，先到笔尖头。催我心花怒发，吐出琼葩琪蕊，分外异香稠。炯炯金精射，光焰烛天流。"

刘清韵与丈夫钱梅坡诗词唱和，二人可谓是神仙眷侣，过着惬意闲适的田园生活。婚姻初期的幸福，带给了刘清韵无限的创作力量，在此期间，刘清韵创作了大量的诗词以及剧本，为她以后出版著作积累了大量的作品。

四

作为名扬一方的名人，钱梅坡与外界的社交也比较频繁，经常外出交友。同治六年（1867 年），二十五岁的刘清韵随丈夫去浙江杭州，到紫阳书院听学者授课。

紫阳书院始建于康熙四十二年（1703 年）间，由两浙都转盐运使高熊征及盐商汪鸣瑞等捐资建造，开始叫紫阳别墅，后来毁于战乱。同治四年重建，更名为"紫阳书院"。紫阳书院与万松书院、崇文书院、诂经精舍被并称为"杭州四大书院"。刘清韵去杭州时，紫阳书院由清末著名学者、文学家俞樾主教。俞樾是清道光三十年（1850 年）进士，曾任翰林院编修，他既是文学家，也是著名的经学家、古文字学家和书法家。很多人不知道俞樾，但是对于现代著名诗人俞平伯还是比较熟悉的，俞樾就是俞平伯的曾祖父。

俞樾的主要著述有《小浮梅闲话》《右台仙馆笔记》《茶香室杂钞》等500卷，由于著作等身，不少书院都慕名请俞樾授课，而因为学生众多，俞樾有“门秀三千士，名高四百州”之美誉。

当时俞樾在杭州紫阳书院授课，刘清韵跟随丈夫钱梅坡聆听了俞樾的讲课，对诗词有了进一步的认识，收获很多，而俞樾也因此认识了这位苏北才女。在紫阳书院的那段时光，刘清韵的思想境界得到了又一次升华。在此期间，刘清韵又创作了大量的诗词和剧本，得到了俞樾的赏识，俞樾鼓励刘清韵将自己创作的作品进行整理，刊印成册。俞樾的赏识与鼓励让刘清韵大为感动，但是，刘清韵觉得自己离刊印作品集还差很远，不过，却在心里萌生了出书的冲动。

嫁对人幸福一辈子，嫁错人后悔一辈子。刘清韵嫁给丈夫钱梅坡，算是嫁对了人，婚后的生活也十分美满。但是遗憾的是，刘清韵因为身体原因，婚后多年一直未能生育，这成为她的心头之病，虽然她也恨自己的不争气，也想为丈夫生个孩子，但是却无能为力。虽然丈夫钱梅坡没有说什么，但是在“不孝有三，无后为大”的封建年代，钱梅坡也顶着家庭和社会的压力。尽管如此，钱梅坡仍然十分疼爱妻子刘清韵。刘清韵在三十岁的时候，过继了侄女小香作为养女。为了让丈夫有后，刘清韵多次劝丈夫钱梅坡纳妾，生个一儿半女，以便为钱家延续香火，但是却被钱梅坡拒绝了。但越是如此，刘清韵心里的愧疚就越发强烈。

1890年，已经年近五十岁的钱梅坡，在刘清韵的多次劝说以及家人的压力下，娶了小妾，此时的刘清韵已经四十八岁了。虽然自己一直劝丈夫纳妾，但是真正到了这一天，刘清韵的心里还是难以释怀，非常难过。其实，在那个年代，男人三妻四妾是正常的，虽然刘清韵一直没有生育，但是，钱梅坡却也一直没有纳妾，一方面是非常疼爱妻子，顾及刘清韵的感受。另一方面他也幻想有一天刘清韵能够怀孕，这样也就不需要为传宗接代费神了，也不会伤了刘清韵的心。只是造化弄人，刘清韵一直未能生育。

虽然钱梅坡纳了妾，但是对刘清韵的感情一点儿也没有变。光绪十五年（1899 年），已经五十七岁的刘清韵觉得自己的人生已经过去了一多半，生命所剩无多，自己也该给后人留下点什么了。虽然自己创作了那么多的诗词、戏剧，但是却比较散乱，有的随手丢了，有的被人传阅后弄没了。她想起了老师俞樾曾经鼓励自己刊印作品的话，于是开始整理自己的作品，准备结集刊印。此时离当初在杭州紫阳书院听课已经过去了三十多年，虽然过去了很多年，但是还不算太晚。

整理好作品，刘清韵为集子起名《小蓬莱仙馆诗钞》，并写了序，而钱梅坡则为刘清韵的作品进行了抄写，并请老师王诩作了精心的校对并作序。

同时，刘清韵也请了自己的同学周丹元为集子写序。周丹元号东海散人，与刘清韵均是建陵老人王诩的门生。1891 年，《小蓬莱仙馆诗钞》刊印，在海州、淮阴等地民间广为流传。

光绪二十二年（1896 年）时，刘清韵所作的 24 种传奇均已完稿。为了帮助妻子完成心愿，1897 年，钱梅坡带着妻子刘清韵再次南下杭州去拜谒老师俞樾。刘清韵将自己整理的 10 种戏曲作品送给俞樾，请俞樾予以斧正。俞樾对刘清韵的作品非常欣赏，欣然为其作序，并帮助推荐刊印。光绪二十六年（1900 年），由俞樾作序的《小蓬莱仙馆传奇》（10 种）由上海藻文石印社刊印。《小蓬莱仙馆传奇》刊印后，在社会上引起很大反响。然而让人非常遗憾的是，刘清韵和丈夫南下杭州的那年夏季，沭阳遭遇大水，刘清韵家房屋被洪水冲毁，其未带走的文稿均被毁，其中包括已完稿的 14 种戏曲作品。

五

刘清韵对丈夫钱梅坡可以说是爱深情切，他们诗词唱和相敬如宾。钱梅坡五十岁的时候，刘清韵为丈夫写了一首《五福降中天·祝外子梅坡五十》："一枝梅蕊春初透，霏霏暗香轻逗。玉漏声沉，银炉篆绕，旭彩先浮鸳甃。祥凝户牖，喜百岁韶华，恰才中侯。笑把金樽满斟，琼液祝眉寿。虀盐虽则共守，唱随还算是，人间仙偶。我解拈毫，卿工染翰，消得添香红袖。房中乐奏，更学语牙牙，掌中圆溜。永结清欢，指南山似否。"

"一枝梅蕊春初透，霏霏暗香轻逗"说的是情侣之间的浪漫；"虀盐虽则共守，唱随还算是，人间仙偶"刘清韵将自己与丈夫比喻成人间仙偶，可见夫妻感情之深；"我解拈毫，卿工染翰，消得添香红袖"说的是二人皆属文人雅士；"永结清欢，指南山似否"则表达了刘清韵对夫妻感情的期待。1891 年，刘清韵五十岁的时候，也为自己写了一首《百字令·五十感怀》："催人韶景，怪匆匆如许，倩谁拦掣。触绪不禁思往事，记得龆年时节。

问字灯前，授经膝下，晰缕为儿说。亲今何在，望云心暗凄咽。刚际五十平头，冷吟闲诵，自守非藏拙。悟到水流花放境，一片天机活泼。是是非非，然然否否，浮世谁圆觉。故吾今我，举头笑问明月。”

俗话说月有阴晴圆缺，人有旦夕祸福。刘清韵的大半生是幸福的，但是，她的晚年生活却陷入了困顿之中。因为水灾冲没了家财，他们的生活从此变得拮据。对刘清韵打击最严重的是，宣统元年（1909 年），自己心爱和疼爱自己的丈夫钱梅坡因病去世，失去了丈夫的关心照顾，刘清韵的生活更加窘迫，从此陷入了孤独寂寞之中。

因为失去了丈夫和经济来源，刘清韵晚年生活非常凄凉，只能靠内侄刘沛和养女小香接济维持生活。民国四年（1915 年），一代才女刘清韵终于在贫困交加中走完了自己的一生，享年七十三岁。民间按照虚岁计算年龄，称刘清韵享年七十四岁。

有人将刘清韵一生与宋代词人李清照的人生际遇作对比，认为刘清韵的遭遇堪比李清照，都是前半生幸福，后半生困苦。但实际上，刘清韵比李清照要幸福得多。二人确实有相似之处，婚前娘家生活都比较富裕，婚后夫妻都比较恩爱，生活都比较美满，都是丈夫先去世，到了晚年，生活都很穷困潦倒。然而，他们虽然都是丈夫先离世，不过，钱梅坡离世时，刘清韵已经六十七岁了，可以说是夫妻相濡以沫了一辈子。虽然早年因为一场水灾丢尽了家财，生活拮据了些，但是毕竟还有深爱着自己的丈夫陪伴。虽然刘清韵因为身体原因未能生育一儿半女，对于他们夫妻感情来说是一种遗憾；虽然钱梅坡最后还是纳了妾，对于他们夫妻感情来说是一种考验，但是，刘清韵与钱梅坡还是恩爱的，二人的婚姻生活还是幸福的，这从钱梅坡为妻子刘清韵呕心沥血校对书稿就可以看出。而钱梅坡对刘清韵的感情，并没有因为刘清韵的不育而变淡，也没有因为钱梅坡的纳妾而改变。从这方面来说，刘清韵是幸福的，也是幸运的。毕竟丈夫陪伴了自己将近一辈子，这也是多少中国夫妻期待的婚姻生活。

而李清照就不同了，不仅娘家和夫家先后卷入朝廷政治斗争，又遭遇战乱，在旅途奔波中丈夫赵明诚不幸染病去世，丈夫去世的时候李清照才四十五岁，正是人生的鼎盛时期，是最美好的时候。民间有一种说法叫人生三大悲，一种是幼年丧父（母），一种是中年丧妻（夫），一种是老年丧子（女）。中年丧夫，才华横溢的李清照逃脱不了命运的残酷安排，遭遇了人生的一大悲，这是李清照的不幸。

更不幸的是李清照改嫁后又遇人不淑，遭遇了欺骗，最后落得个人财两空，最终陷入了凄苦之中。虽然李清照的寿命与刘清韵相差无几，但是，她的一生充满了坎坷和挫折，生活也非常凄苦，最终在无限凄凉中离开人世。李清照命运多舛的一生，让人扼腕长叹。

相比之下，刘清韵遭遇的坎坷要比李清照少得多，所受到的伤害，也要比李清照轻得多，这是刘清韵之幸。刘清韵真正陷入凄凉困境，是在丈夫钱梅坡离世以后，而此时，刘清韵离自己人生的终点已经很近了，从丈夫钱梅坡离世到自己离世，刘清韵只过了六年的孤单生活，相比李清照，刘清韵是何等的幸福和幸运！

六

人生一世，草木一秋。人生的班车从出发的那一刻起，就注定了必然会进入终点，谁也躲不过到站的命运，才华横溢的刘清韵同样如此。

刘清韵虽然离开了，但是，她却给我们留下了宝贵的精神财富。刘清韵一生创作了大量的诗词和剧本作品，《小蓬莱仙馆诗钞》《瓣香阁诗》《瓣香阁词》《小蓬莱仙馆曲稿》是刘清韵创作的诗词曲集；《小蓬莱仙馆传奇》是刘清韵创作的剧本。

刘清韵成就最高、最受人们关注的还是她的剧本，她创作的《氤氲钏》《鸳鸯梦》《镜中圆》《英雄配》《千秋泪》《天风引》《丹青副》《飞虹啸》《黄碧签》《炎凉券》等剧本，被后人广为演出。

让人高兴的是，1990 年 10 月，时在淮阴市文化局工作的李志宏先生，在沭阳一位叫谢方同的八十三岁老人那里看到了刘清韵《小蓬莱仙馆传奇》10 种之外的两种戏曲作品《望洋叹》和《拈花悟》。《望洋叹》全剧共 6 出，主要写王诩、邱履平、王菊龛、周莲亭、张溥斋等几位当地文人的事迹，全剧所写人物皆实有其人，值得一提的是，王诩还是作者的老师。在创作该剧时，这些人物大多还健在，也算是纪实文学了。这在中国戏曲史上可谓是绝无仅有；《拈花悟》，全剧共 4 出，该剧写惜红仙史酒醉踏践王母琼花而受贬，玉虚仙子因讲情也一同遭贬，两人在人世转生为主仆刘三妹和芒儿。七年后，芒儿去世，三妹十分思念，在梦中至仙境得以相见。梦醒后，三妹到园中葬花祭奠芒儿。

李志宏先生的发现，将刘清韵流传于世的剧本由10种增加到12种，这是一个非常重大的发现。也就是说，传说中刘清韵遗失的14种剧本，只遗失了12种。她一生创作的24种剧本，已经有一半流传于世，这对于九泉之下的刘清韵来说，也算是一种告慰吧。

作为清末代表性女作家，作为一名沭阳人，刘清韵无疑是沭阳的荣耀，值得每一个沭阳人为之骄傲和自豪。当我们在介绍沭阳作家时，刘清韵无疑是一个值得大书特书的作家，而她取得的成绩和影响，也受到了各方的好评和关注，这也是有目共睹的。刘清韵被《历代妇女著作考》《中国大百科全书·戏曲曲艺卷》《中国戏曲志·江苏卷》等大型辞书收入词条，她的名字被写入史志，说明了其在戏剧创作上的成绩和影响。刘清韵的影响不仅仅在沭阳、连云港，在全国也有知名度，因此，刘清韵不仅仅属于沭阳，她也是属于全国的。所以，刘清韵这个名字，在沭阳的文学史上，是无法忽略和无法忽视的，她的名字必须被我们记住！

而刘清韵留给我们的财富远不止于此，她一生好学、潜心创作的精神，更是值得今天的我们去学习。只有不断学习、不断提高、不断写作，我们才有可能创作出流传于世的作品，才能让后人记得我们，否则，我们只能是茫茫尘世中的一粒尘埃，随着岁月的流沙逝去，我们也终将离去，什么都不会留下！

一代烈女胡仿兰

在江苏省沭阳县的历史名人榜上，有一个人的名字不得不提，她虽然没有惊天动地的壮举，也未必众人皆知，但是，她的名字却永远镌刻在历史上。

她就是胡仿兰（1880—1907），字普芳，沭阳县西乡胡家圩（今新河镇龙埝村）人。一个因为放足而遭到封建礼教迫害致死的普通女子。她和当时千千万万的女性一样，十几岁便嫁作他人妇，做他人的儿媳。然而，她崇尚知识崇尚自由，她不甘屈从于封建枷锁的桎梏，想放足读书，却被公婆关进了屋子，与世隔绝，备受折磨，最终含冤离开了这个世界，死时年仅二十七岁。

一朵鲜花就这样凋谢，一个鲜活的生命就这样被扼杀，而这全是因为封建礼教。所以，鲁迅先生说，中国的两千年历史，是吃人的历史。而胡仿兰的死，惊动了全省，轰动了全社会，引起了社会各界的广泛关注；胡仿兰的死，促进了放足运动的开展，中国妇女纷纷解下缠脚布，从此逐渐摆脱了缠足的迫害；胡仿兰的死，也成为历史性事件，她的名字，因此被载入史册。

胡仿兰的死震动了社会，也惊醒了那些缠足的妇女，她们开始觉醒。社会有识之士也趁机为放足奔走呼号，放足的浪潮开始席卷全国。从这个角度来说，胡仿兰没有白死。她牺牲了自己，却换来了千千万万妇女的健康成长和正常生活，所以，看似弱小的胡仿兰，其实是伟大的！

她，死得其所！

一

古老的沭河从沂蒙山发源，经山东郯城向南流入江苏省，从新沂市进入沭阳县境内。

山东属于山区，江苏是平原地带，山东的地势比江苏高，沭河从山东到进入江苏新沂境内，均为南下，但是，一路奔腾的沭河到了沭阳境内以后，却折了一个弯，由南北向变成了东西向。从此，沭河水就悠悠向东，到沭阳县城附近分为两支，一支由扎下镇向北然后向东流去，此为后沭河。一支由扎下镇向东南流去，穿过县城，经十字再折向东，此为前沭河，它们最终都汇入了大海。

在扎下分支前的沭河，沭阳当地民众称其为总沭河。在沭河流经新河镇的时候，在沭河的北岸，有一个村庄叫胡家圩。这个小村庄，由于居住的胡姓较多，因此被称为胡家圩。胡姓在胡家圩包括周边一带，都是一个大家族，且历朝历代，人才辈出。明朝时就出了名闻遐迩的抗葡英雄胡琏，全国闻名。胡琏字重器，别号南津，生于 1469 年，卒于 1543 年，是明朝进士。胡琏于 1495 年中举人，1505 年中进士，曾任南京刑部右侍郎，调闽广二省兵备道，因为平佛郎机牙有功，升授按察司布政司，后调任刑部左侍郎、户部右侍郎，是胡姓比较显赫的人物。不仅如此，胡琏的儿孙中先后出了三个进士、两个举人。胡琏的学生、《西游记》作者吴承恩在为胡琏儿媳妇牛夫人七十寿辰写的《寿胡母牛老夫人七帙障词》中有一首“百字令”，盛赞胡氏：“长淮南北，试问取、谁是名家居一？我舅津翁，人都道，当代檐廊柱石。”吴承恩称胡琏一门为“长淮名门第一”，应该不是浪得虚名。

及至后来，胡氏一族又出了进士胡简敬，任翰林院编修，为康熙皇帝老师。虽然胡简敬晚年命运不佳，被流放河南汝阳，最终客死他乡，但是，胡氏一族在历史上一直人才辈出，进士、举人数不胜数。胡氏一族多在京城或者各地做官，为胡氏增光添彩。

1880 年春的一天，一声婴儿的啼哭穿破了沭阳西乡胡家圩的上空，一个女婴降临人世，她就是胡仿兰。也许没有人会想到，这名女婴，在多少年后，会成为轰动一时的人物。

胡仿兰的父亲胡震川与叔叔胡释闲兄弟二人是当地的大地主，兄弟二人有土地 120 余顷。一顷合土地 100 亩，120 余顷也就是 12000 多亩，胡仿兰出生在这样的家庭，是十足的富裕门户，也是大家闺秀了。

胡氏是名门望族，历史上曾经出过胡琏、胡简敬这样的历史名人，留下了“一门三进士”的佳话。

胡仿兰的父亲胡震川与叔叔胡释闲，虽然是地主，但是，知书达理，思想开明。他们兄弟俩在当地创办了私塾，聘请了先生，为当地的孩子提供了学习的场所。

胡震川十分喜爱这个女儿，因为胡仿兰十分聪颖，从五岁开始，胡震川就将女儿送到自己主办的私塾学校里，让先生教胡仿兰识字、读书。胡仿兰近水楼台先得月，在父亲举办的私塾里读书，汲取知识的营养。胡仿兰天资聪慧，喜爱读书，这为她后来崇尚知识、崇尚自由埋下了伏笔。

年幼的胡仿兰生性好学，对什么都感兴趣，对什么都要问个究竟。她经常来到沭河边，清澈的河水静静地向东流淌，小小的胡仿兰一直在猜想，沭河水来自哪里？它们又将流到哪里？静静的沭河，承载了胡仿兰多少梦想。

胡仿兰小时候，父亲就经常给她讲祖辈的故事，比如先祖胡琏抗击葡萄牙人的入侵，成为抗葡英雄。还有祖辈胡简敬，是康熙皇帝的老师。胡仿兰听了，是满心的崇拜，在她小小的心中，早早就种下了学习求知的种子。她暗下决心，自己也要像先辈那样出人头地，成为对国家对社会有用的人。

胡仿兰的祖母王氏也是十分疼爱这个聪明伶俐的小孙女，经常为她讲虞姬、王昭君、蔡文姬、花木兰、梁红玉等人的故事。胡仿兰听后说，自己长大后也要做虞姬、花木兰和梁红玉。

当胡震川对女儿胡仿兰讲先祖胡琏在抗击葡萄牙侵略者后，功成身退，隐居到淮安，去传播自己的知识时，小小的胡仿兰说，自己长大后也要像胡琏先辈那样，向身边的人传授自己的知识，让大家都成为一个有知识的人。

那时候，胡震川就隐隐感觉到，自己的这个女儿不一般，将来肯定会不同于其他女孩。只是他没想到，二十多年后，女儿会以结束自己的生命这种方式去唤醒人们反对封建礼教的压迫。而胡震川也没有想到，多年后自己会不幸染病过早地离开人世。否则，也许胡仿兰的命运会有所改变，至少不会那么早就离开人世。

在父亲举办的私塾里，胡仿兰学习了《三字经》《弟子规》等常规内容。父亲胡震川思想比较开明，他十分喜欢这个聪慧的女儿，因此，产生了送胡仿兰到省城学习的念头。小小的胡仿兰听说后满心欢喜，期盼着自己能够早一天长大。到时候，自己就能到省城南京去学习，去见大世面了。等到胡仿兰长到十三岁的时候，胡震川决心把女儿送到外面高等学府去深造。与胡仿兰一起到省城学习的，还有她的堂哥胡伯芬和胡仲舆。

在去南京学习前的那几天，胡仿兰无比兴奋，无比激动。在那个年代，作为一个女子，能够外出求学是多么的不容易。好在自己的父亲比较开明，积极支持和鼓励胡仿兰。经过两三天的舟车劳顿，胡仿兰终于来到了梦寐以求的省城南京读书。

南京是六朝古都，到处都充满了历史文化的气息。离开家乡来到省城南京的胡仿兰，在学习之余，游遍了南京的历史文化景点。商贾云集的夫子庙，文人墨客聚集的江南贡院，佳人故事流传千古的秦淮河，诗词里的乌衣巷、朱雀街、桃叶渡等，这些具有浓厚历史文化气息的地方，开阔了胡仿兰的眼界。读书期间，她深受康有为等新式思想启蒙家的影响，积极参加各类社团组织，宣传女权解放。

二

然而，月有阴晴圆缺，人有旦夕祸福。一天，正在省城求学的胡仿兰接到一封家书，信是父亲胡震川亲笔所写。胡震川在信里写道："仿兰吾女：见信如晤吾面，汝去金陵，十分挂念。汝自幼聪颖好学，为父一心想让汝有所建树，本想汝能学成归来，奈何天公不美，为父不幸偶染风寒，身体日下，今已不能成行，唯卧榻耳，在有生之际，想见汝一面。父：震川亲笔。"

接到信后的胡仿兰心急如焚，第二天就动身返沭。回到家以后，胡仿兰见到了骨瘦如柴的父亲，不禁悲痛欲绝，抱着父亲号啕大哭，是女儿不孝，未能在父亲身边服侍，是女儿不孝！胡震川见到女儿平安归来，心里已经了无牵挂，当天夜里，就撒手人寰。留下了儿子胡象九、女儿胡仿兰。

父亲胡震川去世一晃三年，一日，母亲将胡仿兰叫到面前，说，你父亲去世已满三年，你年幼时，临乡龙庙上马台大户人家徐家徐嘉懋曾经亲自来提亲，你父亲将你许配于他家公子徐沛恩。女孩子总是要出嫁的，如今你已到了婚嫁年龄，择日将你嫁到徐家，后半生也算是有了下落。再说，自你父亲去世后，为母日夜操劳，身体每况愈下，说不定哪天就追随你父亲而去。

胡仿兰听了心如刀绞，泪如雨下。

胡仿兰是一个孝顺的女儿，也明白自己最终会嫁人，但是没有想到会这么早。为不让母亲操心，胡仿兰答应了母亲将自己嫁出去的决定。当年秋天，一顶花轿就将刚满十七岁的胡仿兰接到了龙庙乡上马台村（今龙庙镇联合村）徐家。

胡仿兰的公公徐嘉懋是当地的一个小地主，家有土地30余顷。胡仿兰娘家也是地主家庭，但是，自从父亲去世后，家业主要由母亲和奶奶两个妇道人家主持，变卖了不少土地，家道渐渐中落。胡仿兰娘家的条件虽然优于婆家，但是，嫁到徐家也算是门当户对了。

胡仿兰与丈夫徐沛恩结婚后，虽然丈夫徐沛恩老实、木讷，但是夫妻还算恩爱。婚后不久，胡仿兰就相继生下了儿子大绍、大女儿和小女儿小七。

如果胡仿兰没有受到良好的教育，不去追求新思想，那么，她也许就会像众多的女性那样，相夫教子，过完自己平凡的一生。但是，胡仿兰就是胡仿兰，她从小就在骨子里注入了反抗的血液。

在省城南京学习期间，胡仿兰就接受了进步的思想，加上她早期受到父亲的教育，深受胡氏先辈胡琏、胡简敬等名人的激励。如今，嫁作他人妇的胡仿兰对自己所处的环境进行了反思，与自己当初的理想相比，如今的自己，已经变成了被囚禁在笼子里的小鸟，再也飞不出去了。

胡仿兰不甘心！为了了解外界信息，学习新思想，胡仿兰用平时的积蓄购买了《瀛环全志》《西洋历史》以及算学、物理、修身等教科书，还订购了《时报》《汇报》《东方杂志》等报刊，每有空闲，便认真翻阅。胡仿兰还鼓动婆家徐氏家族中的女孩子外出读书求学。胡仿兰的这种行为，被公婆视为行为放荡、不守妇道，这为日后胡仿兰的噩运埋下了种子。

1905年，沭阳县进步教育人士吴铁秋在沭阳县城创办了私塾，招收学生。吴铁秋革新教育，开启新风，传播新思想，培养学生的爱国情怀。

吴铁秋（1875—1963），名绍举，字铁秋，光绪二十二年（1896年）参加海州岁试，吴铁秋中了秀才。光绪三十一年（1905年）废除科举，吴铁秋无法通过科举获取功名，于是就在县城创办了私塾。1906年，吴铁秋在沭阳成立天足会，所谓"天足"，即天然的未经缠裹的脚。

吴铁秋此举意在反对妇女缠足，倡导妇女放足。因为缠足这种陋习延续了数百年，已经严重摧残了妇女的身心健康，对于妇女来说是一种身体迫害。

消息传来，已经结婚并生育了三个孩子的胡仿兰心潮澎湃，虽然自己在省城南京学习接受了新思想，但是，英雄却无用武之地，现在，自己的身边有了倡导妇女放足的组织，自己理当积极响应。于是，胡仿兰带头放足，并联系自己娘家的姐妹冷仙和静芝，动员她们放足。冷仙和静芝是胡仿兰叔叔胡释闲的女儿，在胡仿兰的鼓动下，胡冷仙和胡静芝姐妹二人不再缠足，开始放足。除了动员自己娘家姐妹放足，胡仿兰又动员婆家妯娌及邻居妇女放足，并极力提倡女孩子应同男孩子一样进学堂读书。一时间，引起了那些顽固不化的邻居老人的不满。公婆及徐氏族人认为，胡仿兰"劝人放足为妖言惑众"，不但"辱及祖宗"，并且还会"祸延子孙"。胡仿兰的公公徐嘉懋和婆婆程氏，是封建思想非常严重的人，他们认为，胡仿兰放足是对伦理天大的不敬，加上受到邻居指指戳戳，决心禁止胡仿兰放足并阻止她影响他人。

然而，受到过新教育的胡仿兰哪里肯就范？不仅我行我素，而且还在言语上顶撞公婆。徐家好歹也是一个地主家庭，讲究尊卑长幼，认为胡仿兰大逆不道，于是决心对胡仿兰痛下杀手。

光绪三十三年三月八日（1907年4月20日），他们将胡仿兰关进屋子，让胡仿兰缠足并答应不再鼓动身边的妇女放足，方可放其出屋。否则，就拒绝给胡仿兰提供食物。公婆妄图用这种手段逼迫胡仿兰乖乖就范。但是，性格刚烈的胡仿兰哪里肯就范？声言宁愿死也不会再继续缠足。公公听了暴跳如雷，婆婆听了七窍生烟，他们气急败坏，朝关闭胡仿兰的屋子里丢下一包鸦片，声称如果胡仿兰拒不悔改，那么只能以死面对徐氏列祖列宗。

胡仿兰的不幸遭遇，让徐家侍奉胡仿兰的徐姓女佣深表同情。胡仿兰嫁到徐家后，徐家安排徐姓女佣服侍胡仿兰，胡仿兰像对待自己的姐妹一样对待徐姓女佣，并不像婆婆那样，对下人颐指气使，动不动就对看不顺眼的下人一顿毒打。胡仿兰被关禁闭后，徐姓女佣忍不住偷偷垂泪。为了防止徐姓女佣给胡仿兰娘家通风报信，徐氏夫妇禁止该下人外出。为了解救胡仿兰，徐姓女佣趁徐氏夫妇不备，托人带信给四十多里外的胡仿兰的哥哥胡象九，信里详细叙述了胡仿兰的危险境遇，特别叮嘱："速肩舆往接，不然旦暮死，恐无及。"肩舆的意思是由人抬着走，代指轿子。意思是速速安排轿子将胡仿兰接回，不然不知道什么时候就可能死了，恐怕连见面都来不及。

胡仿兰的哥哥胡象九接到如此十万火急的信，心急如焚，立即带人赶往龙庙上马台徐家。但是，面对强忍怒火心急如焚的胡象九，徐嘉懋夫妇却来了个闭门谢客，拒见胡象九。胡象九吃了个闭门羹，在徐家门外气得捶胸顿足，却又无计可施。眼见胡象九在自家门前迟迟不愿离去，徐氏夫妇只得让下人给胡象九传话，撂下一句“能抬死的回，休要想活的返”。

那时候不像现在，有困难找警察，可以拨打110报警。眼见徐氏夫妇如此决绝，加上徐家又大门紧闭，无计可施的胡象九只得回家另谋他策。

胡象九了解到，徐家公婆中，徐嘉懋虽然极力反对胡仿兰，但是，却并没有动杀机，可是，婆婆程氏对这个儿媳妇极为不满，杀气极重。胡象九决定想法让杀意最强的徐母程氏离开家，然后相机行事，劝说徐嘉懋能够网开一面。

徐母程氏娘家在沭城，程家也是地主家庭。胡象九找到程氏的哥哥，说明情由，程氏的哥哥倒也开明，表示愿意帮助劝说妹妹。于是修书一封，说母亲年迈，身体不佳，心里挂念程氏，今派下人接妹妹回娘家一趟，以遂母亲心愿。

程家下人一行抬着大轿，来到龙庙上马台徐家，言明情况，希望程氏能随自己回娘家一趟。谁知，程氏对娘家的下人说，家门不幸，出了胡仿兰这件事，实在有辱门风，自己要处理完这件事再回娘家。程家下人百般劝说，无奈程氏却始终不为所动，对娘家下人说：“吾大事未毕，不往城也！”程氏下人无奈，只能回去复命。

胡象九闻言，捶胸顿足，声泪俱下道：“吾妹命不久矣！”

三

由于徐氏公婆拒绝为被关闭的胡仿兰提供食物，饥饿难忍的胡仿兰身心受到了严重摧残，加上被关闭的几天里，一直与外界断绝联系，她也不知道外面发生了什么，更不知道自己未来的命运会怎样。胡仿兰陷入了绝望之中，饥饿已经让她出现了幻觉。趁着头脑尚还清醒，悲痛欲绝的她提笔给自己的哥嫂写了一封信，向哥嫂说明了自己的境遇以及对自己遭遇不测后儿女的担忧。胡仿兰在信中这样写道：

兄嫂大人左右：

妹今日是将死的人了。前日翁姑因放足凌辱百端，谓妹作妖作怪，玷及祖宗，要将妹置之死地。妹非会贪生，实因儿女过小，舍不得耳。讵兄嫂着人来接，翁姑执意不肯放生。现……妹死不足惜，唯念创兴女塾之志未就，女儿又小，将来必致缠足。想到此处，伤心万分。又念诸姊妹中，或闻妹此事，顿然心灰，宗旨大变，不觉泪如雨下。烦告静芝四妹、冷仙二妹，妹今日不能再共诸妹在人世了。兄嫂亦勿以妹为念也。

愚妹仿兰洒泪拜别

三月十二日

孤立无援的胡仿兰认为，自己与其被活活饿死，不如早一点儿了结，减少身心的痛苦。于是，光绪三十三年三月十二日（1907 年 4 月 24 日），也就是被禁闭五天后，胡仿兰吞下了婆婆给她的鸦片。胡仿兰服毒后，她的大女儿哭着去跪求祖母程氏，希望能够解救母亲，但是程氏却不顾孙女的哀求，呵斥孙女说："你娘是咎由自取，她不是我逼死的，她是死在那些读书人的手中，你到他们那里要你娘去！"

胡仿兰服毒自杀以后，却并没有引起乡邻的关注和同情。受封建思想影响，乡邻对于胡仿兰的死，反而认为其是咎由自取，罪有应得。如果不是因为一位官员到沭阳督办公务意外听闻这件事，从而揭开了内幕，那么，也许胡仿兰的死就会如同一枚石子投进了水里，激起几圈涟漪后就无声无息地沉进水底，再也不会泛起一点儿浪花。

生前，上天对胡仿兰是不公的，但是，死后，上天似乎又可怜眷顾了她。

得到胡仿兰的死讯，胡仿兰的哥哥胡象九昏了过去。他气愤难耐，决心为妹妹申冤。于是找到了堂兄弟胡仲舆。胡仲舆是沭阳县天足会会员，兄弟二人找到进步人士、沭阳天足会会长吴铁秋，陈述了胡仿兰的冤情。吴铁秋听完义愤填膺，决心为胡仿兰申冤，于是连夜陈书胡仿兰的冤情及死亡经过，分别上报江苏省教育总会和湖北天足会。就在吴铁秋为胡仿兰冤案奔走呼号之际，江苏道员宋敦甫恰巧来到沭阳督办河务工赈，宋敦甫获悉胡仿兰含冤自杀一事，地方民众漠不关心之后，大为震惊，觉得"此事于女界前途关系甚巨"，而"沭人非独不以女士之死为无辜之冤，反谓因放足而死有应得之咎"，乃"备叙始末，分布各处，为女士申雪"。

宋敦甫在写给江苏教育总会的信中说：

沭阳西乡胡家圩地方，胡君懋九之妹，名仿兰，字普芳。幼字本邑上马台地方，徐嘉懋之长子沛恩为室。年十八，适徐门，迄今已逾十载，生一子二女……按氏体虽孱弱，而志极宏远。平时以振兴女学为己任，恒谓“欲兴女学，必除女害，除害必自放足始，放足必躬行始，天下无不以身率先而能人之影从者”。放足主义既实行，乃时时以《天足丛书》等，劝导戚族姊妹行，而姊妹行之薰其德而善良者以十数。浸假氏之妯娌及夫家眷属，皆骎骎有起色。而翁姑怨弥深，疾首痛心，若负大仇。既以氏之放足为家道不祥，愈以氏之劝人放足为妖言惑众。且谓合邑不放足，而氏独放足，惹人笑骂，未免辱及祖宗；更以氏足既放，其所生之女必不缠，而其子尤不取缠足之女，谬种流传，必至祸延孙子，而死氏之心乃大决矣……

宋敦甫详细描述了胡仿兰放足的前因后果，希望江苏教育总会能够出面为胡仿兰申冤，惩治逼死人命的胡仿兰的公婆。

胡仿兰的公婆认为，胡仿兰放足辱及祖宗，其劝导亲戚家族姊妹放足导致婆媳产生了积怨，因为怕惹人笑骂，又担心影响孙女缠足，公婆认为胡仿兰此举祸害子孙。先是指示下人强行为胡仿兰缠足，后来认为，虽然可以强行为胡仿兰缠足，但是却封不了胡仿兰的嘴，即使封得了胡仿兰的嘴，但是却改变不了胡仿兰的心。自家是地主，有家财万贯，何愁娶不到儿媳妇？于是，就产生了除掉胡仿兰的想法。

在公婆的迫害下，最终，胡仿兰选择了吞药自杀，年仅二十八岁。民间有虚岁的说法，胡仿兰死时实足年龄其实为二十七岁。

地方进步人士吴铁秋的上书，再加上江苏道员宋敦甫的上书，引起了江苏教育总会的重视，江苏教育总会综合宋敦甫和吴铁秋的陈述和胡仿兰的遗书，将胡仿兰被逼致死一案向媒体进行披露。1907 年 6 月 14 日，也就是胡仿兰自杀过去两个月后，上海的《申报》刊载了《女士放足被逼毙命骇闻》的新闻稿，率先披露了胡仿兰被婆家逼迫致死的新闻。随后，《时报》《新闻报》等上海媒体均报道了胡仿兰被逼致死一案。消息传出，舆论一片哗然，世人为之震惊，一时间群情激奋。湖北、上海、苏州天足会均对此事给予了高度的重视，苏州天足会会长谢长达组织苏州天足会会员于当年 8 月在苏州为胡仿兰举行追悼会，数百名社会贤达人士和妇女参加了追悼。为了引起沭阳地方官府的重视，在苏州举行追悼会后，谢长达又和天足会成员潘韬芬、王季常于当年 8 月 25 日到沭阳举行追悼会，沭阳县令俞夔拊携夫人蔡华娟及女儿俞淑芳、俞沁芳参加了追悼会。

江苏教育总会又上书两江总督端方，请求官方对胡仿兰被逼致死一案进行查处。端方在接到江苏教育总会呈报的案件说明以及胡仿兰遗书等重要证据后，指派下级查办胡仿兰被逼致死一案。

端方是中国新式教育的创始人之一，他在代任两江总督期间，在南京鼓楼创办了暨南学堂，端方还是中国第一所幼儿园和省立图书馆的创办人。可见，端方对于教育文化还是极为支持的。

但是，由于徐家与官府有勾结，导致案件迟迟未能得到解决。后端方又下令督办，当地官府在迫于上级压力下，对胡仿兰被逼致死一案进行处理，按照胡仿兰“唯念创兴女塾之志未就”

的遗愿，罚没徐嘉懋三分之一田产用以创办女学堂。但是，由于徐家行贿当地官府，在呈报田产时，仅申报15顷地，而官府也并未就徐家实有田产进行核实，只是根据徐嘉懋自己拿出的15顷地契，判罚徐嘉懋5顷地田产用以创办女学堂，而徐家实有30多顷田地，隐瞒缩水一半。

1909年，负责罚处徐家产业的江苏省议会议员许鼎霖，按照胡仿兰遗愿，委托当地著名的教育人士吴铁秋在沭阳县城内筹办女校。1911年，女校创办成立，为表示对胡仿兰的纪念，将其命名为“私立胡仿兰女子小学校”。

胡仿兰案件，促进了全国放足运动的开展，在社会各界进步人士和进步团体的共同促进下，在全国掀起了轰轰烈烈的放足运动。备受缠足摧残的妇女们，从此得以解放。胡仿兰以自己的生命，唤醒了中国妇女的觉醒意识，胡仿兰因此成为当时的一面旗帜。

“私立胡仿兰女子小学校”位于沭阳西城门北侧，即今天的八一文枢院小区西侧。仿兰女校曾多次更名，先后改为“私立胡仿兰女子小学校”“县立胡仿兰女子小学校”“沭阳县立城中女子小学校”“沭阳县私立仿兰女子小学校”等。后来，抗日战争爆发，1939年2月25日，日军侵入沭阳，导致社会动荡，民不聊生。日军侵入沭阳，打破了当地民众的宁静生活，仿兰女校也受到了严重影响不得不停办。至此，仿兰女校历经二十八个春秋，结束了它的历史使命。

今天，仿兰女校虽然不在了，但是，胡仿兰敢于反抗封建礼教、追求现代女学的精神却依然存在，这是一种学习精神、改革精神，我们应该继续发扬和传承下去。

左联作家王洁予

在江苏省沭阳县近代文学史上，曾经出了一位非常有影响的作家，他虽然没有留下多少作品，但是，在沭阳的文学史上却占据着举足轻重的地位。他是沭阳最早创作小说的作家，堪称“沭阳小说第一人”。他的名字曾经与鲁迅、戴望舒、田汉、柔石、郁达夫、夏衍等出现在一起，是最早参加左联的成员之一。如果不是英年早逝，也许，他的名字会和鲁迅、戴望舒、田汉、郁达夫、夏衍、茅盾、丁玲等著名文学家一样，在中国文学的星空熠熠闪光。

他就是王洁予，一个文学爱好者，一个左联作家；一个革命人士，一个一生为民呼吁呐喊的有志青年。尽管，他的生命非常短暂！

一

王洁予（1909—1937），左联成员，原名王曾远，字洁羽、哲羽、洁予，因为经常用洁予为笔名发表文章，所以，后来就以王浩予为名，也让沭阳文学史记住了这个名字。

王浩予小时候非常聪明，勤奋好学，成绩优异。1922 年，年仅十三岁的王浩予就以优异的成绩考上了沭阳初级师范读书。沭阳初级师范后来并入了沭阳县立初级中学。

在沭阳初级师范学校，王浩予是年龄最小的一个。俗话说自古英雄出少年，无论什么时候，社会都不以年龄论英雄，而是以一个人的才干和能力。王浩予在班级中虽然年龄最小，但是却是学习最精、文采最好的一个。因为学习好，文采好，他不但深得老师的喜欢，就是同学们也很喜欢与这个可爱的小同学一起玩耍。

王浩予特别喜欢作文，别的同学一到作文课就头疼，但是，对于王浩予来说，却是内心盼望的。每当穿着长衫教授国文的老师缓缓走进教室，王浩予的内心就充满了期待，因为他写的作文经常被老师当作范文在课堂上向全班同学诵读，这让王浩予的心里有了几分欣喜几分骄傲和几分自豪。这种荣誉，不是班级里的每个同学都能享受到的，也表明王浩予在写作方面的出众。

因为文章写得好，小小年纪的他就是班上的才子，并且在全校都小有名气。也就是从那时起，文学的种子种在了小小年纪的王浩予的心田，他的心里有了一个当作家的梦想，而他也在暗暗地为这个梦想努力。

就在王浩予他们毕业前，大地主程肇湜为了愚弄老百姓，让老百姓俯首听从自己的话，就搞了一场声势浩大的城隍老爷出巡活动，然后借助城隍老爷之名，来吓唬愚弄老百姓。

“城”指城墙，“隍”指护城河，所谓的城隍老爷，就是民间所说的保护城市的神仙。古时候因为科学不发达，很多社会自然现象无法解释，所以人们比较迷信，人们将生活的安宁和身体的健康安全寄托于神灵，所以也就有了土地神、城隍神等人们想象出来的神灵，人们也叫他们为土地老爷、城隍老爷，然后为他们建立庙宇和塑像，将他们供奉起来，希望他们能保佑自己生活的安宁和身体的健康。所以，在很多地方都有土地庙、城隍庙，因为城隍庙是保护城市居民的，所以更多的是土地庙。到了明代，明太祖朱元璋下令全国各府州县必须建造城隍庙，所以，从明代以后，城隍庙也就成了中国城市的“标配”。

在沭城，也建有一座城隍庙，位于沭城西北角，也就是今天的城北公园的西边不远处。

程肇湜字廉泉，是威震沭阳的震泰字号的传承人。沭城豪绅程震泰家大业大，财大气粗，他们家素有花钱买官的传统，震泰字号创始人程开聚就于道光二十一年（1841 年）为国库助饷银 20 万两，清政府授予他儒林郎，布政司理问，特奖二品顶戴。到了程肇湜这一代，已经到了民国时期，程肇湜就花钱买了一个北洋政府国会议员和省议员的头衔，以此狐假虎威，横行乡里，欺压百姓。

震泰商铺字号威名远扬，有“良田千顷，商号过千”之誉，号称“雄冠淮北”，可见其家业之大，财产之多。

而程氏聚财的手段也很简单，除了开设油坊、槽坊、布店、当铺等商铺经营生意以外，还乘人之危，将别人的地产据为己有。因为沭阳处于沭河和新沂河下游，地势非常低洼，在历史上经常遭遇水灾，可谓是灾害频发。每到水患或者干旱灾年，庄稼就颗粒无收，农民只能四处乞讨。程氏看到了机会，就在自己商号前开设粥场，熬稀粥以低价供应百姓充饥。然而，即便是低价供应，农民也没有钱，怎么办呢？有钱的交钱，没钱的就立张字据，用土地抵账。而那些到他家借债的农民，只要到时候没钱还，也只能用土地抵债。就这样，程氏巧取豪夺，占有土地超过千顷，成为远近闻名的大地主。

为了让老百姓听从自己的摆布，程肇湜就利用城隍老爷出巡之名，称程氏是城隍老爷派下来挽救百姓的救星，所以，大家要听他们的，否则，城隍老爷怪罪下来，可就怪不得他们了。

对于程氏这种欺骗、愚弄老百姓的行为，接受新知识教育的沭阳初级师范的师生们心知肚明，大家都非常愤慨。王洁予就以反封建迷信为主题，写了一篇题为《求雨——王善人的因缘》的文章，揭露和讽刺了王善人装神弄鬼假装好人实则损人利己欺压百姓的虚伪面目，这篇文章受到了老师谢仑仙和校长乔悚的赞赏。而这篇文章也在沭师、沭中两所学校师生中被广为传阅，乔悚校长甚至还将这篇文章拿到邻县泗阳县传抄，一时间王洁予文名鹊起，得“沭阳新才子”之称。

二

王洁予从沭阳初级师范毕业后，到沭阳县立第一小学任教。此时的王洁予正值青春年少，正是规划自己人生图景的大好时期。如果岁月静好，王洁予一定会是一位好老师，可能会在教师这个岗位上奉献一生；如果时世安稳，随着日积月累，王洁予一定会成为一个学富五车才识渊博的学者，然后终老一生。但是，历史的洪流奔腾不息，王洁予所处的年代，是革命的年代，是凤凰涅槃的年代。随着封建社会架构的坍塌，中国社会进入了民主社会，然而，虽然旧的制度被抛弃，但是旧的思想在人们的头脑中仍然根深蒂固。革命推翻了清王朝的统治，但是，封建残余思想以及对帝王权威的崇拜，让北洋军政当权者仍然有复辟的想法，这对于老百姓来说无疑是才出虎口，又入狼窝，只能继续接受他们的压迫、奴役和剥削。

到沭阳县立第一小学任教后，王洁予与同在县立第一小学任教的李嘉林成了好友。李嘉林（1907—1941），又名李祥麟，字素符，曾化名李国玺，沭阳县沭城镇东关人。1921 年毕业于沭阳县立高等小学，同年考入镇江省立第六中学。1925 年五卅惨案发生，他和在镇江一起读书的沭阳同学，以“沭阳县旅沪同乡会”的名义，组建一支宣传队，赴上海进行反帝爱国宣传。

李嘉林是一个进步青年，他与王洁予年龄相仿，仅比王洁予大两岁。因为思想相近，志向相投，他的经验比王洁予又更丰富，因此，年轻的王洁予深受李嘉林的影响。

1926 年 7 月，王洁予与李嘉林等进步青年在学校共同成立了进步读书团体“共进学社”，宣传反封建，鼓吹革命思想。共进学社出版社刊《共进周刊》，发表学习新民主主义革命理论文章，在《共进周刊》发表的文章中，也涉及马列主义理论，是地方进步刊物。共进学社就像一颗革命的火种，在沭阳大地上孕育着革命的火焰。

当时沭阳以程肇湜为首的土豪劣绅，欺压百姓，祸害地方，气焰十分嚣张。共进学社的成员们就专门创作揭露他们罪恶行径的文章，陆续发表在《共进周刊》上。共进学社成员还走上街头，将这些刊载揭露土豪劣绅文章的杂志散发给民众，一时间沭阳老百姓争相传阅，不识字的，则围聚在识字的人周围，由识字的人朗读，大家共同分享这些揭露文章。

共进学社这种做法，显然触犯了以大地主程肇湜为首的沭阳土豪劣绅的利益，他们对共进学社恨之入骨，王洁予、李嘉林等进步青年，也就成了他们的眼中钉肉中刺。为了打压共进学社，以程肇湜为首的土豪劣绅用金钱贿赂县政府官员，他们以《共进周刊》发表的文章反动为名对共进学社进行查封，共进学社被迫解散，《共进周刊》也只出版了四期就被迫停刊。

面对沭阳土豪劣绅的嚣张气焰，年轻气盛的王洁予伏案奋笔疾书，写下了署名文章——《告程肇湜书》，揭露程肇湜的种种劣迹。王洁予将这些文章抄写后，张贴于沭阳城内，一时间群情激奋，舆论大哗，王洁予的名字也因此闻名全县。

三

民国十五年（1926 年），国民党在沭阳建立了地方组织，1927 年 8 月，国民党江苏省党部委派丁耘棘到沭阳组建党部。为了追寻革命，1927 年冬，十七岁的王洁予加入了国民党，并任县党部委员。

1928 年 1 月 6 日，沭阳周肖实、王相和两支地主武装 300 余人，护送省政府委派的新任沭阳县县长李宜吉进入沭阳县城，夺取了县印。但是大地主程肇湜勾结宿迁驻军与沭阳县警备队，击毙、杀害了周肖实和王相和等数百人，拘捕了李宜吉、王洁予、李祥麟、应若冰、汪大同、谢伦仙等人，关进了清江监狱，这就是沭阳历史上的“一·六”惨案。汪大同是江苏涟水县高沟镇人，就是后来的著名作家、小说《红日》的作者吴强。后来，国民党江苏省党部通过斡旋，将他们营救出狱。但是，国民党两派势力的夺权争斗，让王洁予认清了国民党的本质。王洁予被释放后，国民党江苏省党部重新委任他为沭阳县党部委员，但他愤然撕毁了委任状，发誓从此与国民党一刀两断。

1928 年 3 月，脱离国民党的王洁予前往上海寻找新的革命道路。王洁予到达上海后，考入“中华艺术大学”文科班学习。中华艺术大学是由中共上海地下党创办的一所艺术学校，由著名语言学家陈望道担任校长，教师则有夏衍、许幸之、朱镜我、冯乃超、钱杏邨、沈起予等，他们后来都加入了左联。

在中华艺术大学，王洁予结识了不少共产党人，了解了马克思主义，通过接触在学校的共产党人，王洁予看到了中国革命的希望。不久，王洁予就加入了中国共产党，从此，走上了无产阶级革命的道路。后来，王洁予又担任了中华艺术大学党支部委员一职，成为中华艺术大学校内党的领导者。

在上海学习期间，王洁予以发生在沭阳的“一·六”惨案为背景创作了中篇小说《巷战》，发表在 1928 年 12 月的《创造月刊》第五期上。《创造月刊》是进步社团创造社的刊物，1926 年 3 月在上海创刊，1929 年 1 月停刊。创造社是由郭沫若、郁达夫、成仿吾、张资平、田汉、郑伯奇等赴日留学的中国学生创办的爱国进步社团。《巷战》发表后，得到了“太阳社”文学社团作家钱杏邨的称赞。太阳社是蒋光慈、钱杏邨、孟超、杨介人等人于1927年在上海发起成立的进步文学社团。钱杏邨当时赞美《巷战》是“鸣唱新时代的歌曲”，鼓舞和振奋了国人迷茫的心。

得到表扬的王洁予信心倍增，他一边学习一边将注意力转移到小说创作上。1929年，王洁予创作了中长篇小说《没落与转变》，发表于上海乐群书店发行的《乐群》杂志。从1928年到1929年，王洁予创作了多篇小说，并在刊物上公开发表，引起了文坛的注意。当时，上海聚集了一大批文坛精英，如鲁迅、茅盾、老舍、巴金、沈从文、丁玲等，鲁迅看到王洁予的小说，称赞王洁予的小说有灵气，文笔辛辣老到，是后起之秀。后来，王洁予加入了由田汉、唐槐秋、唐琳、顾梦鹤等创办的文艺团体南国社，成为南国社成员，并与鲁迅相识。

四

鲁迅作为中国文坛泰斗，他的影响力不仅在文学圈，在政治圈也有非常大的影响。然而，虽然鲁迅是中国文学的一面旗帜，但是，对他的意见也有不同的声音，梁实秋、林语堂、钱杏邨、徐志摩、成仿吾、陈西滢、郭沫若等都与鲁迅有过论战，其中鲁迅与梁实秋的论战文章《“丧家的”“资本家的乏走狗”》甚至成为现代文学论战名篇。

1927年春，胡适、徐志摩、闻一多、梁实秋等人创办新月书店，新月社也转移到上海。不过，随着加入的成员越来越多，成分越来越复杂，后期的新月派政治倾向日趋反动，在第一次国内革命战争期间，新月社的主要人物依附北洋军阀政府，反对彻底反帝反封建的政治革命和文化革命。1927 年以后，新月社多数成员纷纷南下，转而投靠蒋介石政权。1928 年 3 月创办的《新月》月刊，在发刊词《〈新月〉的态度》中，他们公然以国民党政权的维护者的姿态出现，提出所谓“不妨害健康”“不折辱尊严”的“原则”，矛头直接指向无产阶级革命文学，成为反共急先锋。

反动的新月派也与鲁迅发生了持久的论战，其中就包括梁实秋与鲁迅的论战。1927 年 11 月下旬，上海《复旦旬刊》发表了梁实秋的《卢梭论女子教育》一文。在文章中，梁实秋对法国 18 世纪著名启蒙思想家卢梭的许多学术观点颇有微词，尤其对卢梭在女子教育问题上的观点进行了批评。景仰卢梭的鲁迅对梁实秋的观点深为不满，鲁迅则发表了《卢梭和胃口》《文学和出汗》，从而揭开了鲁、梁论争的序幕。后来，梁实秋连续发表《文学与革命》《文学是有阶级性的吗?》《论鲁迅先生的硬译》等文章，公开攻击无产阶级文学，鼓吹资产阶级“人性论”。鲁迅也发表了多篇驳斥文章，其中 1930 年 5 月发表于《萌芽月刊》上的著名杂文《“丧家的”“资本家的乏走狗”》，则直接炮轰了梁实秋为资产阶级服务的立场。

其时，包括活跃在上海的太阳社、创造社等文艺团体也与鲁迅之间有论战，而鲁迅与新月派之间的论战，引起了共产党的注意和重视。党中央为了团结鲁迅等爱国人士，指示太阳社、创造社停止与鲁迅的论战。1930 年初，为了集中上海文化艺术界的力量一致对敌斗争，党中央决定成立左联，以利于更好地团结作家。而在左联发起人中，不乏共产党人，比如潘汉年、阳翰笙、钱杏邨、王洁予等，他们作家身份的背后，是共产党员。左联其实就是党中央领导下的群众文艺团体。

1930年3月2日下午2点，左联成立大会在上海中华艺术大学礼堂举行，当天出席成立大会的有鲁迅、潘汉年、冯乃超、华汉（阳翰笙）、洪灵菲、郑伯奇、彭康、朱镜我、陶晶孙、龚冰庐、许幸之、周全平、画室（冯雪峰）、钱杏邨、田汉、李伟森、柔石、殷夫、冯铿、庞大恩、童长荣、戴平万、林伯修（杜国庠）、邱韵铎、王一榴、黄素、孟超、沈叶沉、冯宪章、莞尔、王洁予、许峨、顾凤城、王任叔、吴贯中、鲁史、刘锡五、戴望舒、杜衡、徐迅雷、程少怀、沈起予、陈正道等40余人。大会推举鲁迅、钱杏邨、夏衍三人为主席团成员，选举夏衍、冯乃超、钱杏邨、鲁迅、田汉、郑伯奇、洪灵菲为左联常委，选举周全平、蒋光慈为候补委员。实际上，除了这些发起人，中华艺术大学部分师生也参加了这次会议，所以实际到会参加左联成立大会的人数还要多一些。而在后来国民党反动派发出的取缔左联的通缉令上，共有49人，其中非左联成员的中华艺术大学学生程少怀也出现在这份通缉名单里，说明左联成立时，参加的人数远不止40多人。

左联成立后，左翼文化运动蓬勃开展，中国革命史和现代史翻开了新的篇章。左联作家对无产阶级的宣传与对资产阶级的批判，引起了国民党政府的恐慌，他们开始了文化围剿，压迫左翼文化运动。1931年2月7日，柔石、胡也频、殷夫、李伟森、冯铿等五位左联成员被国民党政府秘密杀害于上海龙华，他们就是著名的“左联五烈士”。

作为发起人之一的王洁予，参加了左联成立大会。在左联成立之初的这些人中，很多人的名字后来闪耀在中国文学的天空，成为著名的文学家。而王洁予因为英年早逝，其影响力远不及其他作家。比王洁予晚加入左联的茅盾、巴金、老舍、曹禺、叶紫、沙汀、艾芜、丁玲、张天翼、周立波、萧军、萧红等，后来都成为著名作家。我想，一心创作小说且作为左联发起人之一的王洁予，完全有理由有能力成为著名作家，只是造化弄人，年纪轻轻就过早离开了人世，离开了他热爱的革命事业，也离开了他热爱的小说创作。

就在左联成立之后，1930年初夏，王洁予被党组织调到浦东区共青团担任书记。不久，党团合并，王洁予成为浦东区党团委员会重要领导之一。可见，那时候王洁予已经是上海基层党组织的早期领导人。

五

1930年冬，为组织工人开展武装斗争，王洁予等共产党员在上海工人中积极开展爱国主义宣传，传播共产主义思想和理念，争取了很多工人。但是，在这些工人中，也并非个个都能接受共产主义思想和理念。一次，王洁予等人在上海组织工人秘密开会，遭到破坏分子告密，上海龙华警备司令部立即出动警察前去抓捕。

站岗放哨的工人发现异常，立即发出报警信息，王洁予他们立即烧毁了重要文件。等到警察冲入会场，发现只是一群工人，其他并没有发现什么线索。不过，就在他们即将离开的时候，发现了地上有一小堆灰烬，便觉得可疑，怀疑是有人烧毁了重要文件，于是就逐个对工人进行辨别，他们认为王洁予的相貌和着装都不像工人，所以就将王洁予作为重点怀疑对象带走。被带走的王洁予化名为周德标，警察多次盘问也没有收获，于是就将王洁予作为嫌疑分子关进了漕河泾监狱。

由于监狱非常简陋，关押的人又特别多，因此特别拥挤，卫生条件特别差。监狱里经常有人生病但又得不到及时救治，因此经常有人因为生病而死。王洁予在监狱里也很快感染上了肺结核，并且病情发展得很快，这让王洁予的身体非常虚弱，从此，他的身体落下了病根。但是，王洁予没有忘记自己共产党员的身份，没有忘记自己的共产主义理想，在监狱里，王洁予与狱警斗智斗勇，联络团结了一部分狱友，向他们传播共产主义思想。

因为警察在抓捕王洁予时并无实据，多次审讯又没有发现有价值的线索，但是，他们本着“宁愿错杀一千，也不放过一个”的原则，以嫌疑犯的身份判处王洁予两年半的监禁。后来，王洁予被国民党从上海转到苏州监狱。在苏州监狱期间，王洁予积极联络狱中战友，共同开展对敌斗争。因为经常咳嗽，特别是夜里咳嗽得非常厉害，根本就睡不着觉，这让王洁予非常痛苦。

1934 年春夏之交，王洁予被监狱释放。出狱后，王洁予立即前往上海寻找党组织。但此时的上海党组织已经遭到严重破坏，相关人员已经进行了转移。王洁予经过多方打探，都没能打探到党组织的消息，无奈之下，王洁予只得只身返回家乡沭阳。

回到沭阳后，王洁予一边治病，一边开始创作长篇小说《牧羊城》。《牧羊城》以苏北沭阳为背景，描写一群爱国青年在新民主主义的影响下投入革命的洪流最终取得胜利的故事。用《牧羊城》作为小说名称，就是谐音沭阳城，因为沭阳古时候民间又称为沭阳。

因为小说是宣传无产阶级革命，遭到国民党政府的查封。为躲避国民党政府的查抄，王洁予将小说《牧羊城》改名为《蔷薇河》，希望以此来麻痹国民党沭阳县政府。经过一年多的辛勤创作，40 多万字的长篇小说《蔷薇河》终于脱稿，然而，这时候王洁予才发现了一个非常尴尬的现实，这么长篇幅的小说，根本就没有地方发表，而自己又没有钱去印刷出版。看着厚厚的一沓书稿，王洁予不禁仰天长叹，自己辛辛苦苦花费了大量心血创作的小说，竟然没有见天日的机会，真是时运不济，生不逢时！

然而，怨天尤人没有用，自己的生活还得自己去创造，王洁予没有向命运低头，他相信，自己的长篇小说最终会有机会发表的。虽然长篇小说暂时没有发表的媒体，但是，短篇文章发表却相对要容易一些。于是，王洁予放下长篇小说的创作，转向了单篇文章的写作。从 1935 年到 1936 年，王洁予连续以“化三千”为笔名在《经济论丛》等刊物发表十数篇论文，并在《大众生活》《生活星期刊》《申报月刊》等媒体发表多篇文学作品。

在写作的同时，王洁予不忘自己共产党员的身份，他一边写作，一边组织沭阳青年成立了青年读书会，学习马列主义，宣传革命。然而，在组织青年读书会的过程中，王洁予又遭遇了坎坷。在青年读书会会员中，有一个叫钱文晖的纨绔子弟，妄想通过捷径走上升官发财之路，他秘密向南京国民党政府告发，诬称沭阳东乡李恒有反政府的“人民阵线”。当时的沭阳县县长祁伦捷接到上级命令，于是派人逮捕读书会成员。在审讯时，王洁予等人据理力争，坚称自己只是读书学习，并没有反对政府。因为没有确凿的证据，县长祁伦捷只得以证据不足为由释放了读书会成员。但是王洁予在被捕时，警察到他家抄家，将长篇小说《蔷薇河》的书稿一并抄走，祁伦捷看了《蔷薇河》书稿后，认为这部小说有指斥时弊、贬损国民党之嫌，于是下令将书稿焚毁。王洁予花费了近两年的心血写就的作品《蔷薇河》书稿，就这样被付之一炬，让王洁予扼腕长叹，痛心不已。

1937 年夏，王洁予的结核病越发沉重，好友叶蠖生和李嘉林非常关心王洁予的身体健康，见到好友的病久久没有治愈，二人非常着急，于是商量决定，由二人拿出一部分钱，帮助王洁予到淮阴去看病。对于两位好友的慷慨解囊，王洁予非常感动，他决定去淮阴医院看病。然而，还没等王洁予出门，病情就变得更加严重，导致他卧床不起，已经无法动身前去淮阴看病。到了这年秋天，家徒四壁的王洁予，怀着对革命成功的无限期待，以及对生活的无限留恋和对文学的无限热爱，永远闭上了眼睛，年仅二十八岁。二十八岁，正值人生的青春年华，王洁予本可以大展身手，去追随他的革命事业，去从事他的文学事业，去创作出更多的小说。然而，苍天无眼，阎王无情，结核病夺去了王洁予年轻的生命，给他留下了无限遗憾，也让后来的我们倍感痛心。如果王洁予能够再多活几年，他一定可以成为沭阳文学史上的一面旗帜，也一定可以成为中国文坛的一面旗帜。只是，人生没有那么多的假设。

王洁予去世后，好友葛绍亮、李嘉林等自发组织起来为他办理后事，他们在沭阳“乐天戏园”为王洁予举行追悼会。得知消息，沭阳各界人士纷纷前往参加追悼会，缅怀这位年轻的革命青年和文学青年，好友葛绍亮还为王洁予写下了一首悼诗：

哲羽才大奇，十五思济时；
孔孟谓迂阔，申韩薄弃之；
老庄叹河汉，思宁乃信依；
十七斗土劣，巷战弹雨披；
二十更投艰，左翼挥红旗；
监牢犹战地，把笔如剑施；
高明遭鬼忌，病魔竟残欺。
辗转归乡里，无泪泣牛衣；
民贼遍地走，国势日阽危；
可怜牧羊城，读之天可悔；
何物祁伦捷，搜去竟焚毁。
方当抗战起，哲士竟凋死；
此悲何如悲，此恨恨不已！
天地能生才，天地不能庇！
但愿人民做主明时来，宝才如命天地均欢喜！

好友葛绍亮的悼诗，概括了王洁予简短而又革命的一生，特别是对他的革命以及文学创作作了总结，对他的长篇小说书稿被焚毁、未能出版也进行了概括，对王洁予的英年早逝，也表达了无限的悲痛与惋惜。

“此悲何如悲，此恨恨不已”表达的既是王洁予壮志未酬身先死的悲情，也是葛绍亮等好友无比悲痛的心情。而中国革命的成功恰恰诠释了“但愿人民做主明时来，宝才如命天地均欢喜”。今天的美好生活，是无数革命先烈用鲜血和生命换来的，如今的中国，正在逐渐变得强大，屹立于世界民族之林，我们再也不用像过去那样，忍受列强的侵略与凌辱，我们是中国人，我们是伟大的中国人，如果王洁予泉下有知，我想，他应该瞑目了！

王洁予崇尚追随的革命事业今天已经成功，但他热爱痴迷的文学创作事业还有待于我们去接力，我想，沭阳的文学爱好者，应该为此做出努力。所幸的是，近年来沭阳出了获得鲁迅文学奖的作家魏微，还有获得全国儿童文学奖等多种全国奖项的年轻作家孙玉虎，我想，他们取得的成绩，应该可以告慰九泉之下的王洁予了。

而我们同样也期待，更多的沭阳作家能够取得更大的成绩。

摄影大师吴印咸

在江苏省沭阳县城，古老的环城河北岸，有一条巷子连接城内大街和公园路（以前叫城内后街），这条巷子叫郝巷。就是这条不知名的小巷，却走出了一个赫赫有名的历史文化名人，他就是有“摄影大师”之称的吴印咸先生。

我认为，在沭阳的历史上，比较著名、比较有影响、比较广为人知的沭阳籍历史文化名人只有两个，一个是秦末的虞姬，另一个就是摄影大师吴印咸。虞姬是秦朝末年西楚霸王项羽的随军夫人。一代枭雄项羽，曾经雄霸一方，傲视天下，天下英雄见其无不俯首跪拜。项羽力拔山兮气盖世，他武艺高强，可以视千军万马如无物。秦末汉初的一众英雄将领，如秦朝著名将领章邯、司马欣、董翳等都归降于他，汉初功勋卓著的英布、彭越等一众将领，见了项羽也变得如同猫见老鼠一般。项羽自封西楚霸王，本来江山唾手可得，可惜项羽只是一介武夫，刚愎自用，勇猛有余，但谋略严重不足。换句话说并无治理国家之才，不但将本该到手的江山拱手送给了刘邦，还丢了性命。妻随夫贵，夫贵妻荣，作为项羽随军夫人的虞姬，身份自然也就变得高贵无比。因为她出生于沭阳县颜集镇，因此，虞姬也就成了沭阳历史名人的代表。

吴印咸是我国著名的摄影艺术家，出生于1900年9月21日，卒于1994年9月7日。吴印咸虽然幼时家境还算殷实，但仍然属于底层出身，他二十岁外出求学，学成归来后，却英雄无用武之地，无奈只得继续外出，投身到革命的洪流之中。他利用自己的摄影专长，拍摄了一系列著名的电影和有影响的人物照片，典型的有电影作品《风云儿女》《马路天使》等，摄影作品有一代领袖毛泽东、国际友人白求恩等经典照片。正是这些家喻户晓的电影和照片，让吴印咸成了赫赫有名的摄影大师。

因为一个人爱上一座城。因为有了虞姬，让沭阳这座城市具有了历史的沧桑与岁月的凝重；因为有了吴印咸，让沭阳这座城市具有了文化的气息和艺术的厚重。

一古一今，一男一女，吴印咸与虞姬是沭阳历史上无法忽略无法抹去的重要人物，他们的名字在历史的星空里交相辉映，在岁月深处闪耀着耀眼的光芒。沭阳，因虞姬和吴印咸这两个历史文化名人而具有了历史的厚重感。

沭阳是一个具有两千多年建县历史的古城，然而，与它的历史极不相称的是，这座具有两千多年建县历史的古老县城，却因为缺少历史文化遗存而显得单薄。因为历史文化遗存几近于无，让沭阳本地人也觉得沭阳没有什么看头，在历史文化遗存和旅游景胜方面，没有能够让沭阳人值得骄傲和炫耀的。无疑，沭阳有历史的厚重，但是却缺少历史文化的气息和内涵，这不能不说是沭阳的一大遗憾。为了彰显沭阳的历史文化，提升沭阳的文化形象，沭阳地方政府决定重建吴印咸故居，让一代摄影大师的精神家园最终有个归宿，吴印咸故居的建成，也让沭阳人民的精神从此有了寄托。

文化是一个民族的灵魂，是一个时代的痕迹，也是一座城市的精神所在。没有文化的民族是可悲的民族，最终将会消亡。没有文化的时代是苍白浅薄的时代，在历史上会成为空白。

一座不起眼儿的吴印咸故居，却承载着历史文化的内涵，让沭阳这座古老的城市，具有了历史文化的气息，这也让沭阳的老百姓为此感到骄傲和自豪，可见，历史文化遗存的重要性。

一

涓涓细流汇聚成河。而大海，无疑是各种河流的向往，也是它们的最终归宿，沭河也不例外。悠悠的沭河水，从齐鲁大地生成、汇集成为一条河流。沭河水桀骜不驯，从沂蒙山区出发，流经齐鲁大地，再进入苏北平原，河水一路奔腾，泛起阵阵浪花。沭河从齐鲁大地来到苏北平原，性情也随之大变，当沭河进入苏北平原后，湍急的水势趋于平稳，沭河变得安宁、平静。就像山东和江苏的男人一样，山东的汉子性格豪爽奔放，而江苏的男子则性情温和，这大概就是一方水土养一方人吧。

古时候的沭河，进入沭阳境内后，从县城西北方向进入扎下镇境内后分为两支，一支向东北流去，流经龙庙、万匹、华冲等乡镇，进入青伊湖，后分流入海，称为后沭河；另一支则向东南方向延伸，经县城，向十字，然后折向东，最终入海，称为前沭河。在扎下镇分支前的沭河，则被称为总沭河。沭阳县城因为在前沭河北岸而得名。今天沭城境内的环城河，就是前沭河的一段。沧海桑田，山川巨变，时至今日，沭河在沭阳境内已经消失了，原来的总沭河，被新沂河取代，原来的前沭河和后沭河，也另立门户，分别改名。今天，沭河在沭阳实际上已经名存实亡，但是，沭河这个名字仍然深深地印记在沭阳人民的心中，任凭风吹雨打，历经风霜雪雨都无法轻易被抹去。

在沭阳县城，沭河的北岸，一条大街从县城的中心穿过，从东关一直到西关，这条大街，就是今天的城内大街，历史上一直是沭阳的主要街道。在沭阳民间一直流传着这样一条著名的民谚，它就是“东关到西关，十里不转弯”，说的就是城内大街。“东关到西关，十里不转弯”用来形容沭阳县城之大，也用来说明沭阳的街道是直的。但是实际上，这是一种夸大其词的说法，当时的“东关到西关，十里不转弯”，不过是一种夸张的说法，东关到西关并没有十里。从沭阳东关的骡马街到西关的酒厂，也就四五里路，直线距离并不长。但是，在那个以两条腿为主要交通工具的年代，四五里路，会让人感觉很远，特别是这个距离用在街道上，让人感觉这条街道就特别的长，这是人的感觉所致。

沭阳的城内大街由青石板铺成，两侧是青砖青瓦古色古香的民居，世世代代的沭城人，在这条街道上忙于生计。只是在现代化城市建设中，那些青砖青瓦古色古香的民居早已被拆迁殆尽，不见踪迹，它们，只能隐藏在历史的岁月里，时不时浮现在人们的记忆中。

在古时候的城市，民居错落，一般习惯沿街而建，然后，一条条模样相仿的巷子将这些民居隔开，这些巷子，成为居民日常联系和出行的通道。

在城内大街北侧，有一条小巷叫郝巷，巷子并不长，也就几十米，巷子内是一排排民居，人们从巷子里进进出出，忙于生计。在这条巷子里，后来出了一位大名鼎鼎的历史文化人物，他就是一代摄影大师吴印咸。

二

1900 年 9 月 21 日，一名男婴的一声啼哭，从沭城一条小巷子里传出来，打破了清晨的宁静，冲破了黑暗的天空，一个小生命呱呱坠地了。谁也不知道，这名男婴日后会成为一代摄影大师。这名男婴就是吴印咸。

吴印咸原名吴阴诚，出生在一个知识分子家庭，这让他从小就接受到良好的教育，受到先进思想的熏陶。他的父亲吴铁秋在当地赫赫有名，是一名教育家。吴铁秋（1875—1963），名绍举，字铁秋，光绪二十二年（1896 年）参加海州岁试中秀才，光绪三十一年（1905 年）废科举，吴铁秋于是在县城创办私塾，招收学生，革新教育，传道授业，释疑解惑。宣统二年（1910 年），吴铁秋创办沭阳县立小学堂，提倡劳动和体育运动。民国十三年（1924 年），吴铁秋受命筹办沭阳县初级中学并出任校长。沭阳县初级中学即今天的江苏省沭阳高级中学的前身。翌年，吴铁秋从沭阳县初级中学受聘到淮安第九中学任教，后又去板浦第八师范从事教学工作。民国二十八年，日军侵占沭城，吴铁秋漂泊泗阳、淮阴、扬州等地，但仍以教育、创作为业。吴铁秋还是沭阳县第一个倡导白话文的教育工作者，不但在自己的私塾倡导白话，还为湖南的《兢业旬报》和《浙江白话报》等报刊撰写白话文稿。

由介绍其父吴铁秋的资料看来，吴铁秋是一位热衷教育的进步人士，并且思想先进。吴印咸出生于这样的教育世家，其良好的家庭出身，让吴印咸早早就接受到良好的知识教育和思想教育。在吴印咸幼小的心灵中，播下了热爱学习、热爱新思想的种子，这为他以后爱上摄影、走上革命的道路奠定了基础。

吴铁秋创办私塾的那一年，吴印咸五岁。吴印咸聪慧好学，受到父亲的熏陶，耳闻目睹，三岁就跟着父亲学读唐诗宋词，五岁已经能背诵好多诗词了。父亲吴铁秋每天将小印咸带到私塾，和私塾里的孩子们一起学习新知识，接受新思想教育。吴铁秋是一个爱国人士，虽然出生在旧社会，但是思想比较先进，他接受了西方先进的教育思想，在传播知识的同时，也在孩子的头脑里播下了爱国的理念。1910 年，吴铁秋创办沭阳县立小学堂，吴印咸进入父亲的学校读书。小学毕业后，考入江苏省第四工厂学校，这是一所亦工亦读的学校。在学校期间，吴印咸喜欢上了绘画，他潜心钻研绘画，绘画得到了老师的称赞，在同学中颇有声誉。毕业后，吴印咸留校任教，并兼授美术课。

如果吴印咸安于现状，安心于自己的教师职业，那么，他会成为一个出色的教员，在人们尊敬的目光中生活，伴随着一代又一代的孩子成长，直至走完自己平淡的一生。但是，吴印咸并不甘心安于现状，他有一颗积极向上、躁动不安的心，他的志向并不是做一个普通的教员，他喜欢绘画、热爱绘画，成为众人瞩目的画家，那才是自己的远大理想。为了进一步提高自己的绘画艺术水平，1919 年，吴印咸辞掉教员的职务，前往上海追寻自己的梦想，他进入了上海美术专科学校，专门学习西方绘画，西方绘画当时又称西洋画。

上海美术专科学校，简称“上海美专”，由美术大师刘海粟与乌始光、张聿光等人于 1912 年创办。上海美术专科学校创办之初叫上海图画美术院，后改为上海美术专科学校，刘海粟任校长。中华人民共和国成立后，全国高校院系调整，上海美专迁离上海，与苏州美专、山东大学艺术系合并成立华东艺术专科学校，校址设于江苏无锡。1958 年 2 月迁址南京，同年 6 月更名为南京艺术专科学校，1959 年 6 月升格为本科高校，并定名为南京艺术学院。

吴印咸进入上海美专的 1919 年，上海美专发生了一件惊天动地的大事。那一年，为了响应蔡元培的号召，上海美专校长刘海粟在美专招收女生，刘海粟这种破天荒之举，开创了中国男女同校之先河。此前，受到封建思想的束缚，男女有别，男女生是不能同校的。刘海粟仅仅比吴印咸大四岁，但是，却已经蜚声画界，这让吴印咸十分尊敬和崇拜，能够取得像刘海粟那样的艺术成就，成为吴印咸的艺术追求目标。在上海美专学习期间，一次意外的接触让吴印咸喜欢上了摄影，这成为吴印咸人生的转折点。在上海美专学习时，吴印咸遇到了一个喜欢摄影的同学，这个同学家境比较殷实，拥有自己的照相机，可能是为了炫酷，经常为同学拍照，赢得了同学们艳羡的目光。吴印咸与这个同学处得比较好，这个同学经常把照相机交给吴印咸把玩，吴印咸学会了拍照并渐渐地喜欢上了这个洋玩意儿。然而，别人的东西再好，那是别人的，最终还是要还给人家的。拥有一台属于自己的照相机，无疑要方便得多，这让吴印咸产生了购买一台照相机的念头，于是节省生活开支，开始积攒费用。1920 年，吴印咸用三块银圆在旧货商店买了一台二手勃朗尼方匣式照相机。买到照相机的那一刻，吴印咸的内心无比激动，他开心极了，拿着照相机，一边比画，一边一路小跑着冲进校园。这部照相机，吸引了同学们的围观，也让吴印咸成为同学们的中心。从此，吴印咸开始自学摄影，后来，吴印咸又参加了学校的黑白影社，与喜欢摄影的同学一起交流摄影的心得，交流如何构图，如何拍摄。

吴印咸购买了属于自己的照相机后，为自己的摄影创作提供了方便。1922 年，二十二岁的吴印咸从上海美专毕业后回到老家江苏沭阳，在沭阳县初级中学教授美术，同时继续着自己的摄影爱好。也就是在吴印咸购买照相机的这一年，他的父亲吴铁秋创作了一部具有史料价值的旅游书籍《苍梧片影》，该书介绍了云台山的历史、名胜、文物及相关人物。回到家乡任教的吴印咸，在 1923 年到 1924 年学校假期期间，与父亲一起多次前往连云港云台山，帮助父亲拍摄了大量的照片。吴印咸跋山涉水，用那台老式勃朗尼方匣相机，拍摄了东磊的延福观、磊石，宿城风景区的青龙桥，墟沟海滨早潮、鸽岛，花果山的十八盘、九龙桥、三元宫、照海亭、美人松等风光、古迹、文物的照片共 30 余幅，被用于父亲所著的《苍梧片影》一书中。1924 年，吴铁秋所著的《苍梧片影》一书由上海中华书局正式出版，在连云港及沭阳引起了轰动，一时间吴氏父子成为地方文化名人。《苍梧片影》的出版，也为连云港这个海滨山城留下了珍贵的文字与影像史料。

在《苍梧片影》一书中，吴印咸还留下了他一生中留下的唯一一幅美术作品《蟠龙丈人松遗影》。根据吴铁秋的选题计划，在吴印咸拍摄的照片中，缺少一幅“蟠龙丈人松”，因为早在光绪二十五年（1899 年），这棵松树就因为意外被焚毁。它的缺失无疑让《苍梧片影》这本书黯然失色。吴铁秋认为，云台山以松为胜，西涧蟠龙丈人松尤其最古，在北宋时已被称为三代遗物。为了不留遗憾，吴铁秋产生了让儿子吴印咸绘制一幅蟠龙丈人松的想法，于是就对吴印咸说，能否画一幅古松遗影，以弥补蟠龙丈人松缺失的遗憾呢？当时的吴印咸听了父亲的这番话，十分感动，他敬佩父亲治学的认真和严谨，于是，就根据《抚山志》原图大意，最终绘了一幅《蟠龙丈人松遗影》，收入了《苍梧片影》这本书中，满足了父亲的心愿。吴铁秋还特意在这幅画上写上“吴印咸画”这几个字。

1923 年，吴印咸以沭阳为背景，创作了反映市井生活反映底层人民贫苦的早期代表作品《晓市》《饥寒交迫》等。这些早期的作品，一方面体现了吴印咸对劳苦大众艰难生活与多舛命运的同情，另一方面也真实地记录了沭阳当时的风土人情与历史风貌。如《晓市》这幅摄影作品拍摄的背景是沭阳的东城门——承晖门，这为后来还原沭城历史旧貌提供了珍贵的历史资料。

三

人生就像一条河流，我们每个人就像河流里的一朵朵浪花，一路随着波涛在岁月里前行。河流的命运，就是每朵浪花的命运，河流因为浪花而绽放出生命的精彩，浪花因为河流的存在而体现了自己的生命价值。当河流笔直时，河水畅通无阻，顺流而下。但是，当河水遇到了阻拦，就会激起浪花，水流也会改变方向。

1922年，吴印咸从上海美术专科学校毕业，回到沭阳县初级中学任教，他一边教学，一边继续从事摄影活动。后来，吴印咸选择去了上海，彻底改变了他的人生方向。

吴印咸去上海的原因，网上有资料说是1927年沭阳发生了土豪劣绅勾结军阀武装镇压民主力量的“一·六”惨案，吴印咸被迫离开沭阳前往上海谋生。但是，当我查阅《沭阳县志》后，发现县志记载与网上的资料说法不同。据《沭阳县志》大事记记载：“民国十五年（1926年），吴印咸去上海参加同学组织的‘艺海布景公司’后进电影公司当摄影师。”这是县志对吴印咸去上海的记载，虽然只有寥寥数言，但是，却明确记载了吴印咸去上海的时间及具体去向。县志作为文史资料，具有可信价值。

而县志对网上资料所说的土豪劣绅勾结军阀武装镇压民主力量的“一·六”惨案却并没有记载，“一·六”惨案因何因在何时发生，县志均没有记载，因此，说吴印咸1927年离开沭阳去上海存疑。《沭阳县志》记载的1927年发生的可能对吴印咸造成影响的重大事件主要有：5 月，国民党北伐军叶开鑫部抵沭阳；8 月，孙传芳部张宗昌部队反攻，国民党军队仓皇出逃。张部一个团兵力驻沭阳，搜捕反孙势力，杀人甚多；冬，孙传芳部逃出沭阳；是年，国民党部队进驻县城各校，迫使学校全年停课，沭阳县立初级中学、县立仿兰女校，被驻军破坏不堪。

在这些事件中，只有国民党部队进驻县城各校，迫使学校全年停课，对迫使吴印咸离开沭阳的可能性比较大。而 1927 年这一年，沭阳还发生了一件大事，这就是在当年 8 月，沭阳县城首次出现了共产党的传单、标语。说明共产党公开出现在沭阳是在 1927 年。次年夏，也就是 1928 年，中共东海县委派董建华来到沭阳，与郑传诰筹建党组织，成立了沭阳特别支部，直属中共江苏省委。这说明在沭阳，吴印咸与共产党并没有什么交集。

后来，我在查阅资料时，发现“一・六”惨案发生在 1928 年，是国民党武装派系之间发生的争斗，而有关“一・六”惨案的李宜吉、王洁予、李祥麟、应若冰、汪大同、谢伦仙等人被捕，这在《沭阳县志》上有明确记载。

《沭阳县志》记载吴印咸是在 1926 年离开沭阳去上海的，让我们再来看看 1926 年沭阳发生了哪些可能影响到吴印咸的大事件。1926 年，沭阳确实发生了一件重大事件，这就是李嘉林、王洁予等青年教师组织“共进学社”，出版《共进周刊》，因为发表抨击现实的文章，被政府勒令停刊并解散学社，李嘉林、王洁予等被迫停止“共进学社”活动。这是最有可能对吴印咸产生影响的事件。另外，当年秋天，李嘉林等进步青年组织集会，声援北伐军。这也是可能对吴印咸产生影响的重大事件。

总的来说，吴印咸在早年就离开了沭阳，这是没有争议的。吴印咸到上海后，在“艺海布景公司”从事舞台布景工作。从此，吴印咸融入了上海的城市生活。

由于从事舞台布景工作，吴印咸接触了舞台演出和电影拍摄，他一边工作，一边学习摄影技术。先后在上海电通影业公司、明星电影公司任摄影师，从此开始了他的专业摄影艺术之路，为他走向摄影艺术的巅峰打下了基础。

1934 年，吴印咸创作的摄影作品《田螺》获得瑞士摄影沙龙荣誉奖，这让吴印咸在摄影界崭露头角，成为一颗摄影新星。1935 年初，吴印咸与同学许幸之联合举办了绘画、摄影展，这是吴印咸第一次举办影展，展出作品 56 幅。

许幸之也是一名进步青年，许幸之与沈叶沉、王一榴、刘露、汤晓丹等在 1930 年 2 月创办了左翼美术团体，建立了“时代美术社”，还先后参加了左联、剧联、美联、文总等组织。吴印咸进入上海美专，与许幸之被分配在同一间宿舍。可以说，吴印咸与许幸之既是最好的同学，又是最佳的艺术搭档。他们在著名文学家、电影家夏衍的鼓励下，开始从事电影导演和电影拍摄工作。

1935 年，许幸之在上海担任电影《风云儿女》导演，而吴印咸则担任了《风云儿女》的摄影师。该片上市后，在全国轰动一时。国人耳熟能详的国歌《义勇军进行曲》就是《风云儿女》的主题歌。《风云儿女》是吴印咸的电影摄影处女作，该片的成功，坚定了吴印咸从事电影拍摄的决心。后来，吴印咸又先后担任了《生死同心》（1936 年，应云卫导演）和《马路天使》（1937 年，袁牧之导演）两部电影的摄影。在《马路天使》里，他严格遵循现实主义的原则，在人物塑造上，注意揭示不同角色的心理活动；用实景拍摄加强了影片的真实感，增强了影片的生活气息；运用大量的仰、俯角度和运动镜头，发挥了电影造型艺术的特长，成为吴印咸20世纪30年代电影摄影作品的代表作。这些作品的成功，让吴印咸名声大振，让他成为当时最有影响的青年艺术家。在20世纪30年代，吴印咸拍摄电影艺术进入了巅峰。抗日战争爆发后，吴印咸和许幸之又一起摄制了大型抗战纪录片《中国万岁》，广泛地宣传了爱国主义，在全国引起了较大的反响。

自从掌握了电影摄影技术以后，吴印咸又用他的摄影机将动的电影与静的照片人像描绘结合起来，如《侧视》《惶恐》中的白杨；《马路天使》中的女主角周璇；《生死同心》中的女主角陈波儿；《风云儿女》中的王人美与陆露明；《窗影》《比美》中的陈玉梅；《少女》中的叶秋心；《吸水女》中的刘丽影；《手戏》中的李琳；《思》中的赵慧深以及《马路天使》的导演、《风云儿女》中的男主角扮演者袁牧之等，以完美的构图和光影显现，受到了广大观众的喜爱。

我看到有文章说吴印咸在20世纪30年代在沭阳举办过摄影展，之后，拍摄了《风云儿女》《都市风光》《生死同心》《马路天使》等影片。但是吴印咸在沭阳举办摄影展并无史料记载。吴印咸1926年离开沭阳后，就很少再回沭阳，1935年是吴印咸第一次举办摄影展，同年拍摄了电影《风云儿女》。也就是说，吴印咸在沭阳举办摄影展，应该介于与同学许幸之联合举办绘画、摄影展与拍摄电影《风云儿女》之间。1935 年，吴印咸在上海一直忙于电影拍摄，回沭阳举办摄影展说法存疑，也有可能是小型摄影展。而 20 世纪 30 年代在苏北沭阳这样的小县城举办摄影展，应该是石破天惊的大事件了，但是，对于这样重要的事件，却并无相关史料记载。最重要的是，《沭阳县志》也没有记载，而《沭阳县志》却记载了吴印咸于 1926 年离开沭阳去上海一事，但对于他在家乡举办摄影展这样重大的事件却只字不留，这是不符合常理的。

四

吴印咸离开穷乡僻壤的沭阳，来到繁华的大都市上海，取得了事业上的成功，坚定了他投身摄影艺术的决心，让他在摄影艺术的道路上越走越远。让吴印咸走上艺术巅峰的不仅是他拍摄的电影，还有摄影作品。而吴印咸真正走向艺术巅峰则是因为他去了革命圣地延安。吴印咸之所以去延安，离不开他的艺术搭档袁牧之。袁牧之比吴印咸小九岁，但他十三岁就到了上海并在导演、剧作家洪深组织的戏剧协社演戏。

1937 年上海沦陷后，吴印咸为了生存，在上海、香港奔波了一年多。1938 年春，吴印咸与许幸之携一批资料赴香港剪辑，制成新闻纪录片《中国万岁》，这是第一部讴歌八路军“平型关大捷”的片子。到香港后，吴印咸与许幸之借住在著名编导、电影戏剧艺术家苏怡家中，并在他家包伙，利用苏怡他们已经停用的摄影棚从事补拍、翻印和剪辑资料工作。制片工作完成后，1938

年夏，身在香港的吴印咸接到同学袁牧之发来的电报，邀他到武汉有要事相商。原来，袁牧之受到在武汉工作的中共中央代表、中央军委副主席周恩来的邀请，希望他到延安、陕甘宁边区和华北敌后拍摄反映共产党领导下的抗日军民生活与战斗的纪录片《延安与八路军》，袁牧之欣然接受邀请。此时他首先想到的是自己的老同学，也是自己的艺术搭档吴印咸，他想邀请吴印咸与自己一起去延安，一起去从事革命创作。接到袁牧之的电报，身在香港的吴印咸立即动身前往武汉与袁牧之会合，然后一起辗转去了延安。

来到解放区的吴印咸如鱼得水，1938 到 1946 年，吴印咸在延安八路军总政治部电影团任摄影师；1942 年后，吴印咸担任电影团领导工作。后来，袁牧之和吴印咸还先后担任了东北电影制片厂厂长职务。

吴印咸早期的摄影代表作品有《纤夫》《负重》《归途》《晓市》《觅食》《饥寒交迫》等，这些表现了底层劳动人民的困苦生活以及所经受的生活煎熬，反映出吴印咸对普通劳动者的深切同情和满满的正义感。

来到延安后，吴印咸拍摄的摄影作品有《宝塔山》《延安远眺》《驼铃叮咚》《抗大午餐》等。1939 年，吴印咸拍摄了人们耳熟能详的《白求恩大夫》，照片中的白求恩大夫弯下腰一丝不苟地为八路军伤员做手术，这感人的一幕，展现了国际友人的形象，凝结了中国人民与国际友好人士的深情厚谊。

1945 年 8 月 28 日，抗战胜利后，蒋介石接连向延安发送电报，“邀请”毛泽东到重庆商谈两党合作、和平建国大计。很多人都认为蒋介石言而无信，毛泽东此行可能会有危险而反对毛泽东前往，但毛泽东运筹帷幄，审时度势，毅然决定成行。成行的那天，延安革命群众到机场为毛泽东送行，毛泽东登上飞机，在机舱口转过身来面向送行的群众挥手告别。吴印咸抓住时机按下快门，为人们留下了经典之作——《挥手之间》。后来，作家方纪写了一篇家喻户晓的文章《挥手之间》，用文字记录了毛泽东前往重庆谈判的那一幕。

20 世纪 30 年代末及整个 40 年代，吴印咸拍摄了大量的摄影作品，特别是为毛泽东、刘少奇、周恩来、朱德等老一辈革命家留下了大量的珍贵的图片资料，经典的如毛主席赴重庆谈判时拍下的挥手之间的照片、国际友人白求恩为八路军伤员做手术的照片等，这些摄影作品家喻户晓，人们耳熟能详。然而，很多人只知道这些经典的摄影作品，却不知道它们的作者是谁，吴印咸就这样在默默地工作着，默默地奉献着。

20 世纪 50 年代，吴印咸拍摄了《中华儿女》《赵一曼》《白毛女》《钢铁战士》等优秀影片。1961 年，“吴印咸摄影作品展”在北京中国美术馆举办，展出作品 160 幅，后到七个省市展出。1964 年，吴印咸担任彩色故事片《白求恩大夫》摄影指导，精心塑造了白求恩这位伟大国际主义战士的形象，受到了观众好评。

五

吴印咸离开家乡后，很少回到沭阳。他就像蒲公英的种子，被风吹向了远方，四海为家。

而沭阳，也很少留下吴印咸的印记。除了他出生的郝巷经过风风雨雨，名字依然未改，其他的早已物是人非。我不知道在远方漂泊的吴印咸，会不会时不时想起自己的家乡。但是，我知道，沭阳没有忘记他，老百姓没有忘记他。

吴印咸的一生，奉献给了革命事业，奉献给了摄影事业。在那个特殊的年代里，他随着革命的队伍辗转于中华大地，他离开沭阳后，就没有回来。直到 1963 年，吴印咸的父亲吴铁秋因病去世，吴印咸才回了一次沭阳。

1963 年至 1964 年期间，上海海燕电影制片厂和八一电影制片厂联合拍摄故事片《白求恩大夫》，吴印咸担任总摄影师。接到父亲病逝的噩耗，吴印咸暂时放下手头紧张的工作，匆匆赶回家乡沭阳，料理父亲的后事。

吴印咸有一个弟弟叫吴印禅，比他小两岁。但是，吴印禅却先于父亲吴铁秋离世。吴印禅 1959 年离世，吴铁秋 1963 年离世，吴印禅离世四年后吴铁秋也不幸去世。

吴印禅酷爱生物学，1925 年就读于武昌高等师范学校生物系，先后被聘为中山大学生物系助教、中山大学生物系教授、同济大学教授，曾任中山大学植物研究所所长、中国科学院华南植物研究所副所长等职务。但吴印禅英年早逝，于 1959 年 10 月 10 日在广州去世，终年五十七岁。所以，父亲的后事全部由吴印咸料理。

2018 年清明前夕，中央电视台《文化十分》栏目记者曾经来到吴印咸的女儿吴筑清家采访她，吴筑清说吴印咸兄弟有九个，他排行第六，并称吴家“不是什么富裕家庭，但是兄弟之间很和睦，他为了让他弟弟去上学，自己到工厂半工半读”。这段采访内容存疑。在《沭阳县志》中，吴氏父子留存记载的有吴铁秋、吴印咸和吴印禅。其他人则没有记载。《沭阳县志》明确记载吴印禅生于1902年，是吴铁秋的三子，而吴印咸出生于1900年，当为吴印禅的二哥或者大哥。如果吴印咸有兄弟九人，吴印咸又是排行第六，那么，吴印禅就只能排行第七或者第八，这与县志记载明显不符。而吴铁秋先生出生于1875年，吴印咸出生的那一年，吴铁秋先生二十五岁，按照时间向前倒推，尽管古代人结婚较早，从年龄上来说，有这个可能性，但是从人的生理规律上来看，一年生一个的可能性不大。而吴铁秋在1963年去世后，在沭阳已经没有了吴氏后人。至今，也没有吴氏后人在沭阳生活，也未见有其他记载。因此，中央电视台《文化十分》栏目里说“吴印咸兄弟有九个，他排行第六”可能是谬传，也可能是吴筑清记错了。

不过，我查阅到1986年《人物》杂志双月刊第五期发表吴印咸的文章《影艺六十年》，吴印咸在文章中说：“我兄弟五人，我排行居二，与兄弟同在父亲主办的县立高等小学学习。他常常在训育课上教育我们要忠实做人，言行一致，持之以恒，以便改变国家社会危弱之面貌。……高小毕业那年，适逢沭阳遭受水灾困扰，父亲无力供养我和三弟同入中学，我便决定让三弟报考公费的江苏第八师范，自己去淮阴考进了半工半读的江苏省立第四工厂。”

由吴印咸的这篇文章我们可以得知，吴印咸有兄弟五人，他排行第二，那么，吴印咸文章所说的三弟当为吴印禅。吴印禅的生平有这样的介绍："1916 年毕业于沭阳县立高等小学，以优异成绩考入江苏省立第八师范学校。"这与吴印咸文章中所说的"与兄弟同在父亲主办的县立高等小学学习""我便决定让三弟报考公费的江苏第八师范"等相符。

吴印禅 1920 年毕业，因为特别酷爱生物学，于 1925 年再次就读于武昌高等师范学校生物系，成为著名的植物学家，是吴氏兄弟中第二个名人。

显然，吴印咸的女儿吴筑清所说自己父亲"有兄弟九个，他排行第六"与吴印咸的文章所言"我兄弟五人，我排行居二"相矛盾，本人亲自所说的更为可信，所以当以吴印咸所说为准。而《沭阳县志》也明确记载了吴印咸和吴印禅，他们出生年龄相差仅为两岁。

至于吴印咸的大哥和四弟、五弟，则没有相关资料记载，不知道他们流落何处。

父亲吴铁秋离世后，吴印咸在沭阳已经没有了亲人，也就没有了牵挂。处理完父亲的后事，吴印咸回到北京，就再也没有回来。而吴铁秋在郝巷留下的房产，也就是吴印咸故居，据《沭阳县志》记载说因为无人继承而被沭阳县房产局接管。而吴铁秋在生前，就将自己的 3000 多册藏书捐赠给了县文化馆，为社会奉献了自己的最后一点光和热。

因为吴印咸再也没有回到沭阳，以至于一段时间，人们对于吴印咸这个名字变得有点陌生。但是，20 世纪 80 年代，八十岁高龄的吴印咸，仍然活跃在艺术舞台上。1982 年，吴印咸担任电影《骆驼祥子》摄影指导；1987 年，赴哈尔滨参加"吴印咸摄影六十年作品展”开幕式；1988 年 4 月应邀访美，在美国接受了纽约国际摄影中心授予的“摄影功勋证书”，并展出作品 43 幅；1989 年在新疆乌鲁木齐参加“吴印咸摄影回顾展”开幕式；1991 年 1 月，“吴印咸抗日战争时期摄影展”在中国人民抗日战争纪念馆展出，展出作品 69 幅；1992 年 3 月赴深圳参加深圳摄影大厦落成时开幕的“吴印咸摄影作品展”，展出作品 160 幅。尽管年事已高，但吴印咸一直活跃在艺术的舞台上，这种对艺术的追求精神，让人敬佩。

除了拍摄大量的电影和照片作品，吴印咸还根据自己的经历和经验，创作了多部影视论著，主要有《摄影艺术表现手法》《摄影用光》《摄影构图》《人像摄影》《摄影回忆录》等书。中国电影学会成立以后，吴印咸被选举为第二、三、四届副主席，第五届名誉主席。1994 年 9 月 7 日晨，吴印咸在北京逝世，终年九十四岁。

一代摄影大师，就这样走完了自己光辉灿烂的一生，为后人留下了无数宝贵的历史和艺术照片，吴印咸取得的艺术创作成就，也足以让他成为名副其实的摄影大师。

吴印咸的一生，是革命的一生，是艺术的一生。他留下了大量珍贵的历史照片资料以及电影作品，他创作了大量的艺术摄影照片，这些宝贵的摄影和电影作品，让他走上了中国摄影艺术的巅峰。

为了纪念吴印咸，沭阳县政府斥巨资重建吴印咸故居，并于 2019 年 5 月落成。

吴印咸故居位于紫藤花园小区（原县政府所在地）西边、沭河（环城河）北岸与城内大街之间。不过，这里并不是吴印咸的出生地，重建的吴印咸故居在以前的戴砖井巷所处位置，而吴印咸出生在郝巷。郝巷在城内大街与现在的公园路之间，位于老邮政局西边。因为城市建设日新月异，小小的沭城早已被高楼大厦占据，吴印咸的出生地郝巷两侧已经建起了现代化小区，在原址重建吴印咸故居已经不可能，而戴砖井巷是县城所剩不多的未被开发的区域，都是老旧民居，这里也就成为重建吴印咸故居的最好的选址。

也许，沭阳在吴印咸的脑海里已经模糊，但是，沭阳却没有忘记这位摄影大师。从2018年开始，沭阳地方政府与中国摄影报社联合举办“吴印咸摄影双年展”，每两年举办一次，以双年展的形式来纪念、缅怀这位自沭阳走出去的历史文化名人。沭阳人民这么纪念、缅怀他，吴印咸若是泉下有知，我想，他一定是欣慰的。

如今，重建的吴印咸故居，静静地隐藏在繁华的县城中心地带一隅，成为一处亮丽的历史文化风景。

沭阳，没有忘记吴印咸！

故园

GU YUAN

第二辑

故人，故园，故土

百年古栗林

一

神奇的土地生活着一群群淳朴的人们，神奇的土地也孕育着一个个神奇的故事。

江苏省沭阳县这片古老而神奇的土地，孕育了一个个传奇的人物和一个个神奇的故事：传奇女子虞姬，一个百转柔肠的弱女子，却做出了挥剑自刎之举，留下了霸王别姬的千古绝唱。“汉兵已略地，四面楚歌声。君王意气尽，贱妾何聊生。”歌声中透出虞姬多少无奈与悲壮！透过历史的帷幕，我仿佛看到那个愁云密布的夜晚，在凌乱的帷帐里，在昏黄的灯光下，美貌而柔弱的虞姬美目流转，愁肠百结，凄然泪下；一代名将胡琏，拒葡萄牙之敌于沿海，功勋卓著，名贯遐迩。历史的云烟，无法抹去大写的“人”字，胡琏，成为沭阳人的骄傲。而胡琏长子胡效才、孙子胡应嘉均为进士，在当地留下了“一门三进士”的佳话；一代帝师胡简敬，虽然贵为皇帝之师，看似声名显赫，位高权重，有享不尽的荣华富贵，却也身似浮萍，一生沉浮，最终落得个客死他乡的悲惨结局……

历史的星空下，这些历史人物如一颗颗熠熠发光的星星，留下了无数的故事传说，让我们仰慕不已，赞叹不已，而他们多舛的命运，也让人唏嘘不已，扼腕不已。有时候，我们也会为古人感到不平，也会为他们多舛的命运潸然泪下。

二

沭阳多栗树，栗树成林成为沭阳一道独特的风景，板栗也成为沭阳的地方特产。特别是沭阳颜集的大红袍板栗，外壳呈深红色，颜色特别鲜艳，粒大饱满，生食、炒食皆宜，闻名全国。

在沭阳，有很多古栗林。古栗林就像一位历史的见证者，在默默地守护着脚下的土地，也在默默地注视着在它面前殷勤劳作和川流不息的人们。2010 年，江苏省第三次文物普查发现了沭阳古栗林，也让人们发现了沭阳古栗林的美！

沭阳古栗林被列为江苏省十大考古发现之一，这让沭阳古栗林声名鹊起，很多游客争相到沭阳，就是为了一睹古栗林的风采。人们纷纷前往观瞻古栗林，而这自然也引起了文人骚客的注意和前往。与普通游客不同，文人骚客创作了一批咏颂古栗林的篇章，留下一篇篇优美的作品。沭阳女作家仲素梅创作的优秀散文《静静的古栗林》（发表于宿迁市文联主办的文艺季刊《楚苑》2012 年第四期），为古栗林赋予了历史的气息的同时，也赋予了其浓厚的人文气息。沭阳古栗林，它不仅仅是一座植物的园林，也是一座历史的园林，更是一座人文的园林。走进古栗林，你看到的不仅仅是沧桑的栗树，还有沧桑的历史，以及散发出来的熠熠生辉的璀璨文化。古栗林给人的美是让人震撼的，古栗林给人的沧桑是令人震惊的，古栗林给人的人文气息是让人回味的。一棵棵古老的栗树，犹如一部部史书，记录着岁月的沧桑和历史的变迁，古栗林是一部生活史、文明史和人文史。透过它，我们能够看到我们的先人在这里劳作、生活和繁衍。

沭阳的古栗林，主要分布在新河、颜集两镇。新河周圈、山荡等村，颜集堰下、花堰等村均有古栗林存在。其中尤以山荡规模最大，周圈古栗林最为出名，而新河古栗林的名声大噪，离不开一个历史人物，他就是顺治十二年乙未科进士胡简敬。查看百度百科，是这样介绍胡简敬的：胡简敬（1631—1695），字又弓，江苏省淮安府沭阳县人。顺治八年举人，顺治十二年乙未科进士。历任翰林院庶吉士、国子监司业、翰林院侍读学士、内阁学士兼礼部侍郎、吏部侍郎等职。康熙十二年，与沭阳知县张奇抱合力重修《沭阳县志》，历时10个月县志杀青。康熙二十九年因故被革职治罪，发配河南汝阳。胡简敬勤于笔耕，诗文俱佳，著作有《二十一史通论》《太极图说》《朱陆异同赋》《题覆赎锾疏》《南征纪盛诗》《长白山赋》等6种，另有大量诗词散文。由此我们可以得知，胡简敬是一位官员，也是一位文人，也许用“文官”来表述更为恰当。

三

沭阳女作家仲素梅在《静静的古栗林》一文里称胡简敬是古

栗林的主人。我初读这篇散文，就被作家优美的文笔吸引，继而为古栗林的沧桑所震撼，也为古栗林的主人多舛的命运感到担忧和不平。胡简敬是康熙帝的老师，然而，却因自己的族人作恶被以“一门济恶”“阖县之人遭其毒害”为由革职发配，让人唏嘘。应该说，这不是胡简敬教育的失败，而是社会制度的必然。封建帝制的专横，荼毒了国人几千年。君叫臣死，臣不得不死；父叫子亡，子不得不亡。在这种愚昧、严厉的封建礼制下，纵使胡简敬才高八斗、权倾一方又能如何？就像作家仲素梅所说，这些大臣们不过是皇帝的一枚枚棋子，棋子是无法掌握自己的命运的，棋子的命运掌握在下棋人的手里，无论动与不动，棋子最终都无法摆脱被“吃”掉的命运！

胡简敬是新河古栗林的主人，这引起了我的注意，也引起了我的疑问。胡简敬身为康熙皇帝的老师，确实声名显赫，但新河古栗林的主人，真的是胡简敬吗？带着这个疑问，我再一次拜访了新河古栗林，希望通过古栗林的一景一物，一草一木，能够找到它当年的主人，希望从一棵棵古栗树的身上，看到它当年主人的身影！

四

这是一个隆冬的早晨，阳光透过宇宙中的尘埃，照亮了沭阳大地。历史的星空下，人们依然忙碌，不过，古栗林换了主人，他们是如此年轻，如此富有朝气，如此具有开拓精神。在他们的建设下，脚下的土地变成了聚宝盆，土地上生长的花木变成了摇钱树，沭阳人用自己的劳动和智慧，走上了一条通向小康的富裕路。在他们的建设下，沭阳被称为花乡，可以说是全国闻名。

城区的道路上车辆穿梭，车水马龙。城区并没有上雾，可是，当我准备去古栗林后，车子还没出城区，四周的雾便渐渐聚集起来，车没有开出多远，雾就越来越大，直到能见度不到30米。为了安全起见，很多车辆打开了雾灯和双跳灯。雾色中，看到红点在不停地跳动。车行到新沂河大桥，雾气更重了，我们只好缓慢行驶。

车子渐渐驶离新沂河大桥，然后折向通往新河古栗林的道路。但是前行不久，我发现竟然此路不通，原来，前方在造桥。无奈，只能折返，另寻通途。渐渐地，眼前的雾气变得淡了许多，视野也变得开阔了不少。不久，我就看到了一块巨大的匾牌竖立在前方，“山荡人民欢迎您”几个大字告诉我，我已经来到了新河镇的山荡村，在这里，我即将见到我所期待的山荡古栗林。车子折进村间道路，很快就来到了山荡古栗林。下了车，眼前的美景让我顿感震惊：整个古栗林笼罩在一层薄雾里，一棵棵古栗树散布在薄雾中，若隐若现，犹如仙境一般。一棵棵古栗树，就像一位位饱学的老人，在低头沉思，它们似乎都沉浸在对过去岁月的回忆中。我不忍惊动它们，怕惊扰它们的沉思遐想。

古栗林是安静的，此刻，除了这些历经岁月捶打磨砺的古栗树，就是我这个莽撞的擅入者，还有飘来飘去的薄雾。穿过古栗林，穿过薄雾，整个林子的上方透着白，林子上空变得明亮，但林子中间仍然雾气缭绕，而林子的下面，古栗树的面前，有一个人在静静地观赏着这一人间美景，这就是我。我走近一棵古栗树，用手轻轻地触摸古栗树粗糙的皮，它们宛如老农的手，粗糙而又宽实，那一刻，我觉得古栗树就像生活在这里的农人，劳动和岁月的磨砺，让古栗树变得粗糙、敦厚而又安宁。

据介绍，山荡古栗林占地500亩，内有百年古栗树1340棵，这些古栗树苍劲古朴，宛若蛟虬。我再回望眼前的古栗林，一棵棵古栗树真的如一条条苍龙，有的张牙舞爪，有的作势腾飞，有的凌空飞舞，有的低首俯冲，就像群龙聚集，万龙齐舞，静静的古栗林瞬间变成了一幅美丽的动态图。我简直被眼前奇异的景象惊呆了！我见过古栗林春天的美，在春雨的滋润下，绽发出嫩绿的叶芽；我看过古栗林夏天的美，绿叶如伞，笼罩着整个园林；我欣赏过古栗林秋天的美，秋叶如金，金黄的栗树叶将整个大地都染成了金黄色；我也感受过古栗林冬天的美，枝叶落尽的古栗树尽显沧桑。但是，在雾中看古栗林，还是第一次，没想到它是那么朦胧，那么美丽，那么摄人心魄，那么让人震撼！

五

山荡村的由来，故事很简单，因为古时候这里分别住着冯、段、徐三户人家，三户人家中间相距较远，中间空旷地带被称为“荡”，故被人称为“三家荡”，简称“三荡”。因为三荡有水无山，从风水上来说是一种缺憾，为了弥补这个缺憾，改名“三荡”为“山荡”，这样有山有水，宜居宜生。在这里，我也看到当地介绍说胡简敬是山荡村人，由此，我在想，山荡古栗林，他的主人也许是胡简敬吧？不过，山荡古栗林并没有标注每棵树的栽植日期。记得周圈古栗林，每一棵古栗树都挂上了沭阳县人民政府制作的文物保护铭牌，上面标注了每棵树的栽植时间。为了弄清究竟，我驱车前往周圈古栗林。

周圈古栗林离山荡古栗林并不远，也就是几分钟的车程。循着乡间小道，缓缓驶入周圈古栗林，我们见到了最负盛名的周圈古栗林。每一棵古栗树上，都挂着地方政府制作的文物保护铭牌。我上前查看，发现最早的古栗栽植于1896年，较晚的则栽植于1899年。周圈古栗林碑文记载，最早的古栗树有360年的历史，然而，我寻遍整个古栗林，也没有找到标记具有360年历史的古栗树。也许，它们就像我们人类一样，也有生老病死，也有繁衍更替，老一辈的古栗树，早已走到了生命的尽头，完成了自己的历史使命，淹没于历史的烟云中了吧？

根据沭阳地方政府颁发的文物铭牌记载，这些古栗树到2009年被江苏省考古发现时，也就是110岁，最大的也就是113岁。再看胡简敬，生于明崇祯四年，也就是1631年，卒于康熙三十四年，也就是1695年。一说卒于1699年。我眼前的古栗林，最早的也栽植于他离世二百余年后，由此可见，这些古栗树，与胡简敬的关系似乎不大。那么，是否是胡简敬开创了古栗林，后人又进行了补植？按照古栗林铭牌记载，最早的栗树有360年的历史，我们再把时间的年轮从2009年推到360年前，回到1649年，那时候的胡简敬只有十八岁，还是弱冠之年，尚未功成名就，他做古栗林的主人，似乎尚嫌年轻。根据《沭阳县志》记载：胡简敬二十岁中举人，是顺治十二年也就是1655年中进士。中进士的时候胡简敬时年二十四岁，中进士后，胡简敬即被钦选为庶吉士，庶吉士是翰林院官员，为皇帝近臣，负责起草诏书，有为皇帝讲解经籍等责。由此看来，胡简敬中举后即离开生他养他的故土，远赴京城做官。那么，是不是他在离开故土之前，开辟了古栗林呢？我从《沭阳县志》中找不到答案。不过，也许是胡简敬在中了进士，进京做官以后，财大气粗，在老家购置了大量的田产，又栽植了古栗林？这也并非不可能。因为根据《沭阳县志》记载，该县周集乡的小胡庄村，就是胡简敬的一个庄园。当年，胡简敬回乡，发现这里土地肥沃，风景优美，于是就在这里购田置产，建设庄园。胡简敬安排下人为他打理庄园，偶尔，也会到这里居住几日。因为庄园的主人是胡简敬，所以，这里就被人们称为小胡庄，其村名一直沿用至今。今天，小胡庄还有很多胡姓人家，他们也是胡简敬的后人。

六

胡简敬进入官场后，一直顺风顺水，他在做官期间，曾经回到故土。康熙十年，即1671年冬，胡简敬的父亲胡国祥病故，胡简敬回乡奔丧。按照古人的礼节，胡简敬应该为父亲守孝三年。这三年胡简敬蛰居新河老家，一边潜心读书，一边侍弄花草。先人胡琏留下的胡家花园，每天都能看到胡简敬的身影。就这样，胡简敬过了三年悠然自得的田园生活。如果胡简敬一直这样蛰居于乡村，也许，他就不会遭遇后来的一连串厄运，就不会受到官场舞弊的牵连，也不会发生族人作恶从而受牵连导致自己遭遇革职发配这样的结局。

在胡简敬等蛰居田园的三年，胡简敬做了一件大事，也是名留青史的事，这就是主持重修了《沭阳县志》。康熙十二年春，沭阳来了一位新知县张奇抱，这是一位年轻有为的知县。张奇抱到任后，自然首先拜访了胡简敬这位京城要员。张奇抱看到胡简敬整日弄花修草，闲适得不行，生怕这位胡翰林闲坏了，于是就建议胡简敬主持重修《沭阳县志》。胡简敬自从归乡料理完父亲的后事后，就无所事事，也正闲得无聊透顶。于是欣然应允，利用闲暇时间，搜集整理典籍资料。

在胡简敬等的辛勤努力下，历时 10 个月，《沭阳县志》即杀青，作为京城要员，自然，知县张奇抱请胡简敬为《重修沭阳县志》作序，胡简敬欣然应允提笔，该序至今仍记载于《沭阳县志》。

相比在宫廷的尔虞我诈，那三年的光阴，其实应该是胡简敬内心最为平静的时候，也是胡简敬生活最为闲适最为惬意的时候。远离了官场的纷争，远离了权力的诱惑，没有权欲也就没有贪欲。如果胡简敬就此辞官，他从此也就能像陶渊明那样，过上“采菊东篱下，悠然见南山”的闲适生活。在乡间村野终老一生，未尝不是人生的一种选择。然而，胡简敬毕竟也是一个凡人，对于权力的追崇无法避免。而身在官场的胡简敬，也身不由己。

修完《沭阳县志》后，胡简敬守孝三年期满，又重新踏上了赶赴京城之路。胡简敬这一去，风平浪静地过了十年，随后，进入了他人生和在官场的低谷。康熙二十八年，因保举淮扬道高成美出任广西按察使，惹得康熙不满，胡简敬受到牵连，被贬为太常寺少卿。从此，胡简敬就撞上了霉运，直至被革职罢官，发配开荒，最终客死他乡。据《沭阳县志》记载，康熙二十八年，乡民周廷鉴与简敬族人闹事，周进京告御状，指控简敬一门支持家族占田诬良，霸占民人妻女，致死人命。

也不知道这个周乡民得了哪位高人的神助，一介草民进京告御状竟然成功了。康熙看到状词后勃然大怒，命两江总督傅拉塔负责查处。傅拉塔查处的结果是“胡简敬父子兄弟，一门济恶，霸占民人妻女田产、诬良为盗等事，俱系情实”。康熙帝闻奏龙颜大怒，斥责“胡简敬等一门济恶”“应于彼处正法治罪”。

此事《清实录》是这样记载的：刑部等衙门议覆、江南江西总督傅拉塔疏言：臣察审沭阳县民周廷鉴叩阍，告太常寺少卿胡简敬父子兄弟，一门济恶。霸占民人妻女田产、诬良为盗等事，俱系情实。胡简敬应革职、徒三年。胡旭、胡敷世，俱应绞。胡简尤等，俱拟杖徒。巡抚洪之杰，奉上命交审事件不速行审讯，反收胡简敬诉词，明系徇情。应降三级调用。上（康熙）曰：“朕早夜孜孜、勤思治理。日与在廷诸臣讲求。无非爱养民生、恐其颠连无告，以致失所。若绅衿土豪倚势横行。凌虐小民。藐法纵恣、毫无顾忌。穷黎受害，何所底止。胡简敬等一门济恶。霸占民人妻女田产。诬告盗情、致毙人命。阖县之人，遭其毒害。种种恶迹，昭然有据。督抚不行举发。科道漫无纠参。无非畏其势力，瞻徇情面。今已告发审实、若不严加处分，立置重典，何以为直隶各省不法绅衿、积恶豪强之戒。胡简敬等，应于彼处正法治罪。巡抚洪之杰，为地方大吏。平日既不能体察纠参。及经告发，又不速行审治、迁延徇庇，殊负委任。应革职。著九卿詹事科道，会同议奏。”

随后，胡简敬被革职治罪，发配至河南汝宁府汝阳县（今汝南）开荒。庇护胡简敬的同僚也受到了惩处，革职的革职，查办的查办，治罪的治罪。

七

沭阳新河的胡氏一族无疑为自己姓胡而感到荣耀。历史上，新河胡氏曾经出过“一门三进士”，明弘治十八年（1505年）出了进士胡琏，后来其长子胡效才、孙子胡应嘉均成为进士，胡氏一门可以说是人才辈出。及至胡简敬，胡氏又出了一位进士，而且，胡简敬在京城做官，为康熙皇帝老师，可谓是位高权重。这让胡氏一族倍感荣耀的同时，也私心膨胀。胡简敬的一些族人，就依靠胡简敬这棵大树，横行乡里，为非作歹，干下了“霸占民人妻女田产，逼死人命、诬良为盗”等勾当，结果民怨沸腾，最终，一介草民周廷鉴进京告御状，最终扳倒了胡简敬这棵参天大树。胡简敬这棵大树倒了，沭阳新河胡氏一族也就失去了庇护。封建社会对犯有重罪者，有灭门九族之例，因此，胡简敬被治罪后，沭阳胡氏一族人心惶惶，生怕受到牵连。据相关资料记载：在康熙二十八年，“沭阳胡氏合族鼎沸，人人有覆巢之危！”正可谓“一人得道，鸡犬升天；一人失道，鸡犬不宁”。习惯了狐假虎威、昔日横行乡里的胡氏族人，终于自尝苦果。

康熙幼年即得到胡简敬勤奋好学治学作风的熏陶，对胡简敬也是尊重有加，虽然胡氏一族“一门济恶”，但是，胡简敬远在京城，对此可能并不知情，即使知情，大不了也是犯了“管教不严”之过，可是降职革职，发配开荒，惩罚显然重了些。康熙为何对胡简敬不留情面？网上有人撰文称，康熙登基执政后，经常和大臣们写诗作赋，很是卖弄。许多大臣对皇帝的诗词歌赋只有溢美赞叹之词，哪敢提出半点不同意见？时间久了，康熙认为自己不仅是一个杰出的政治家，同样也是一个文采无与伦比的才子，藐视群臣的傲态时时显露出来。只有胡简敬在场的时候，经常会指出康熙诗词中的瑕疵和不足之处。于是康熙认为胡简敬是存心和自己过不去，甚至有拆台的意思，心中暗暗产生了芥蒂。而乡民周廷鉴告御状，正好给了康熙帝报复惩处胡简敬的理由。这种说法不可信，康熙也算是一代明君了，胡简敬并没有威胁到他的帝位，若是如此，康熙未免太小肚鸡肠了，成不了一代明君。相比之下，胡简敬的失势，沭阳女作家仲素梅的分析有一定道理，作者在文章中这样写道："在康熙的眼里，每一个大臣都会恃宠而骄，在权位上待得久了，都有擅权的嫌疑，最好的办法，就是让他们互相碾压，而由他来掌握火候。"也就是说，康熙是一位善于以毒攻毒之人，他乐于坐山观虎斗。作为最高权力统治者，他拥有绝对的权力，康熙有权力也有能力将群臣玩弄于股掌之间。

康熙皇帝是一个戒备心理特别重的皇帝，在年幼的时候，就接受了祖母孝庄太皇太后的教育：越是忠心的人，越要杀掉，因为这才能树立起皇帝的权威。而树立权威的皇帝，一定还要竭尽全力维护自己的权威，甚至是不择手段。康熙为了坐稳自己的天下，对自己的大臣怀有戒备心理，应该说这不奇怪。可以说，历史上每一个皇帝都是如此，朱元璋"炮打功臣楼"就是典型的案例。作为皇帝手下的大臣，虽然位高权重，风光一时，但是，他们的命运，其实都掌握在皇帝的手里。

鹬蚌相争，渔翁得利。大臣们的相互攻讦、争斗，正好为康熙提供了除去权力障碍的机会。康熙利用平三藩的索额图除掉了专权的鳌拜，又利用大臣明珠制约了索额图，明珠得宠后，康熙又授意刑部尚书徐乾学拟写奏章，交给人称“铁面御史”的郭琇，除掉了明珠，然后，又利用明珠的外甥傅拉塔除掉了徐乾学，顺带着除掉了胡简敬这个忠心耿耿的大臣。在宫廷斗争中，胡简敬既是“躺枪”，又是既定的靶子，对于康熙来说，即使此时不除，彼时也是要除掉的，因为这样皇帝才有权威，才有安全感！

官场就如一部棋盘，每一个大臣都是棋子，而下棋的人，就是皇帝。康熙真是一个优秀的棋手，他运筹帷幄，对棋盘一目了然，对棋子更是运用自如，哪一颗棋子要是威胁到自己，或者不听话，就立马除掉它。忠诚老实的胡简敬不幸“躺枪”，不过，这也与他老家族人的胡作非为有很大的关系。假如不是老家的族人为非作歹，祸害乡邻，那么，何至于民怨沸腾？何至于闹出进京告御状的大事？何至于授人以柄，给人口实？另外，古时候别说告御状，就是越级告状也是面临着很大风险的，告状的人有的面临肉体刑责的痛苦，有的冒着生命的危险，如果不是比窦娥还冤，如果不是胡氏一族横行乡里，想必那个周乡民也不会冒着生命的危险进京告御状的。胡简敬无法掌握自己的命运，他的命运，一半掌握在康熙皇帝的手里，另一半，也掌握在自己的族人手里。对于胡简敬来说，这是多么悲哀的事！其实，我们每一个人又何尝不是如此？很多时候，我们自己掌握不了自己的命运，所能做的，就是凡事看淡一点儿，让自己过得开心一点儿，活得潇洒一点儿。

八

古老的古栗林，同样也掌握不了自己的命运。号称具有 360 年历史的古栗林，已然不见了 360 年前的古栗树，它们都已经作古。周圈古栗林园林碑记记载，周圈古栗林是按照易经八卦来种植的，它具有防御、庇护村民的功能。而事实上，古栗林连自己都保护不了，又何谈庇护村民？古栗林历经干旱、地震、洪灾、战乱，多次毁灭，在人们的庇护下，又多次重生。庇护古栗林的，是脚下的土地，以及土地上生活的人们。如此一想，我心里释然，心里揣着的疑问也就此迎刃而解，古栗林的主人，是一直守候在它们身边的人们。

此时，薄雾已经散尽，晴朗的天空下，人们依然忙碌。所不同的是，这块土地上的人们，早已告别了刀耕火种的生产方式，生活发生了翻天覆地的变化，家家建起了楼房，户户购置了汽车，现代化的生产、交通、生活工具，让今天的人们过得远比古人幸福。我想，即使是当年在京城里的胡简敬，生活也未必比今天的老百姓好。看到后人们如此幸福，我想，客死他乡的胡简敬也应该瞑目了！

我怀着恋恋不舍的心情离开了古栗林，回望古栗林，它虽然沧桑，但也依然年轻！

历史的星空下，人们依然忙碌。

百年袁公藤

一

对于紫藤，我一直是心怀敬畏的。虽然紫藤是一株植物，但在我心底，我却一直认为它是龙的化身，是植物的图腾。紫藤状如蛟龙，常常攀缘大树盘旋而上，犹如盘旋腾空的巨龙，气势磅礴，说明紫藤生来就不是一般的植物，它是植物之龙。因为看起来像是一条错综盘旋的巨龙，因此，紫藤备受人们的喜爱。在江苏沭阳，很多地方都栽植有紫藤。最负盛名的，恐怕就是沭阳中学校园内的那条紫藤长廊了。在沭阳中学校园内，有一条紫藤走廊，一排走廊架上，紫藤相互缠绕，组成了一个错综交缠的盘龙走廊。夏天，人们从这条紫藤长廊走过去，神清气爽，心旷神怡。冬天，紫藤苍劲洒脱，古拙灵动，紫藤高贵的气质撼人心扉。

在龙文化的国度里，龙是中国人的精神图腾，数千年来，一直受到人们的顶礼膜拜。对于龙，人们是敬畏、崇拜的。而紫藤恰是最能代表龙的植物，无论是神与形，都与传说中的龙相似。

清朝黄岳渊、黄德邻所著《花经》一书是这样描述紫藤的："紫藤缘木而上，条蔓纤结，与树连理，瞻彼屈曲蜿蜒之伏，有若蛟龙出没于波涛间。"一句"瞻彼屈曲蜿蜒之伏，有若蛟龙出没于波涛间"，将紫藤状若蛟龙的形象描绘得淋漓尽致，跃然纸上。

二

在江苏省沭阳县，提到紫藤，绕不过一个历史人物，他就是清朝乾隆年间进士袁枚。

袁枚（1716—1798），浙江钱塘（今浙江杭州）人，字子才，号简斋，晚年自号仓山居士、随园主人、随园老人。袁枚是清代诗人、散文家、文学评论家。袁枚中进士后，被授翰林院庶吉士。

乾隆八年（1743年），袁枚在任沭阳县令时，亲手栽下了一株槐树和一株紫藤。历经两百余年风雨，槐树与紫藤长势茂盛，因此，这棵槐树被称为"袁公槐"，紫藤被称为"袁公藤"。然而，让人遗憾的是，由于保护不力，那棵高大的槐树因为病虫害，再加上环境变得恶劣，在2004年，生命终于走到了尽头。

我一直认为，"袁公槐"的死亡，固然有衰老的原因，但是，更多的因素还是人为的。这棵具有两百多年寿命的槐树，历经了风霜雪雨的磨砺，历经岁月的沧桑，早已老态龙钟。槐树粗大的枝干，早在二十多年前，就出现了病虫害，躯干上出现了多个虫蛀的树洞。1996年，我曾经参拜了"袁公槐"和"袁公藤"，那时候，"袁公槐"和"袁公藤"相互依偎着，立在一座青砖青瓦的大礼堂前面。我见到“袁公槐”和“袁公藤”时，槐树静静地屹立着，紫藤缠绕着槐树，盘旋而上，一直探向天空。

槐树是辛苦和刚强的，二百多年来，他一直甘愿做紫藤的陪护，甘愿让紫藤依偎在自己的怀抱里，呵护、照顾着紫藤，为紫藤遮风蔽雨，让紫藤免受风雨的侵袭。槐树一直充满柔情，默默地守护着紫藤，让紫藤免受霜雪的欺压，槐树任劳任怨，默默地为紫藤做着这一切，从来没有对身边心爱的紫藤叫一声苦。我想，紫藤的枝繁叶茂，应该得益于槐树的精心呵护，紫藤应该感谢槐树宽大的胸怀和强大的躯干，应该感谢槐树对自己的柔情蜜意和疼爱有加。

我忽然觉得，紫藤和槐树就像一对相依为命的恋人。他们从年轻时的缠绵，到年老时的相互依赖，相互照顾，紫藤和槐树见证了岁月的沧桑，见证了历史的变迁，更见证了属于他们的爱情。

心里忽然就湿润起来，爱情是美好的，对于人类来说，能够找到一个与自己肝胆相照、相互依恋、不离不弃的爱人，是一件幸福的事，对于植物来说，又何尝不是？紫藤和槐树就这样相依相伴，历经风霜雨雪一路走来，让人们心生敬意，惊叹不已！

三

2004 年，沭阳县政府为推进城市化进程，决定将原县政府大院土地使用权出让给浙江海宁开发商，将原政府大院开发成住宅小区。因为政府大院的这棵紫藤，所以，这个小区就取名“紫藤花园”。从此，当年袁公手植的这棵紫藤，就由官府流落到了民间。

然而，现代小区的开发，却恶化了紫藤和槐树的周边环境，对植物来说，这是致命性的。再加上疏于管护，槐树和紫藤的生命岌岌可危。自从政府大院开发成小区后，紫藤和槐树的长势就开始渐渐衰颓。到了2004年年底，槐树因为不堪周围恶劣环境的熏烤，枝叶渐渐枯萎。然而，没有人注意到槐树的苟延残喘，最终，在人们的熟视无睹中，槐树渐渐枯亡。虽然紫藤对气候和土壤的适应性强，耐寒耐水湿，即使是瘠薄土壤，它也能顽强生长，但是，紫藤是攀缘缠绕性大藤本植物，失去了攀附物，对于紫藤来说才是致命性的打击。槐树的死亡，让紫藤失去了攀附，昔日枝繁叶茂的紫藤，也一下子颓废了。失去了槐树这个亲人，对紫藤的打击是巨大的。

忽然就想起了紫藤，想起了这棵被称为“袁公藤”的紫藤，陪伴她一生的槐树死了，她的心里不难过不悲伤吗？紫藤与槐树，就像一对相依为命的恋人，相互缠绵，相互依恋，可是如今，槐树已经离开了这个世界，留下了孤独的紫藤，我想，紫藤一定是痛苦的。失去了依附，失去了槐树荫庇的紫藤，还能无所顾忌地恣意生长吗？还能独自开心地活着吗？我想，紫藤的内心一定是孤独的，精神一定是倦怠的，她不会再像过去那样，恣意向人们展示自己的美丽。于是，就想去看看这棵孤独的紫藤。

这是一个冬日的夜晚，我想去看看紫藤，看看这棵“未亡树”。

我所住的小区距离紫藤花园并不远，仅仅一河之隔，相距也就几百米的距离，步行几分钟即可到达。我是以虔诚的心态去看望紫藤的，作为一棵“未亡树”，她还有多少寿命？我想，她自己也许都不知道。掌握自己的命运的，不是紫藤，而是我们人类。槐树被我们扼杀了，我们还会扼杀他的遗孀吗？

天上有月亮，夜晚的城市灯光闪烁，一派繁华景象。进入紫藤花园小区，很快就找到了紫藤。夜色下，我循着小径走过去，紫藤被一排栅栏包围着。硕壮的根系支撑起整个藤蔓，虽然槐树已经枯亡消失，但是，因为得到了槐树几百年的支撑依托，紫藤自身柔软的藤蔓也变得刚劲起来，粗大的藤枝互相缠绕，交缠盘旋而上，一直伸向天空。空中有几截尚未腐朽掉的槐树枯枝，因为被紫藤紧紧拥抱着而没有从空中跌落下来。紫藤紧紧地拥抱着槐树的残躯，似乎是不忍心槐树的离去。就像一对伴侣，即使另一半死亡，又怎么能舍得对方离去?!

因为失去了支撑，紫藤不可避免地下落。为了保持紫藤盘旋向上的姿势，人们在紫藤四周建起了围栏，然后用支架将空中老槐树的残躯支撑起来，防止紫藤坠落。低处的紫藤，则顺着栏杆生长，只是，围栏太矮，根本就无法满足紫藤的凌云之志。然而，龙入浅滩遭虾戏，失去了槐树支撑的紫藤，只能顺势而长。紫藤分为两支，一支向东北方向上空延伸，一支向东南方向生长。可能当初的槐树，其枝干也是向着这两个方向生长的，于是紫藤就追随着槐树的枝干，向空中生长。现在，昔日紧密依靠的槐树，已经魂销魄散，只剩下几段枯朽的残枝，还被紫藤紧紧地拥抱着。我不由得悲从心生，为死去的槐树，也为眼前无助的紫藤！

四

我们将历史的年轮倒回到乾隆四年，即1739年，二十四岁的袁枚中了进士，入翰林院。乾隆五年，即1740年，袁枚师从大学士史贻直学习满文，乾隆七年，袁枚满文考试不及格，被外放到江南任县令。1743年，袁枚从江浦县令调任沭阳县令，那时候正是乾隆盛世时期，全国一派繁荣。然而，乾隆盛世的这种恩泽似乎没有惠及沭阳百姓。袁枚初到沭阳，看到的是水、旱、蝗、瘟疫四害横行，百姓饿殍遍野，怨声载道。袁枚上任途中，到处可以遇见逃荒的人们，人们衣衫褴褛，相互搀扶，结伴蹒跚而行，这些逃难的民众，不知道从哪里来，更不知道又要到哪里去。袁枚看着眼前的一幕幕，不由悲从心起，戚由面生。想到自己即将主宰的一方土地，竟然是如此荒凉，民众竟然如此穷困，袁枚感到身上的担子似有千钧。面对此情此景，袁枚写了一首《苦灾行》，描述了沭阳的灾情惨象：

沭阳八年灾，往岁尤为酷。我适莅此邦，一望徒陵谷。田庐化为沼，春燕巢林木。泛滥有鱼头，澎亨无豕腹。百死犹可忍，饿死苦不速。野狗衔髑髅，骨瘦亦无肉。自恨作父母，不愿生耳目。赖有皇帝仁，施粮更煮粥。

饥口三十万，鸿恩无不沐。望此一月赈，早作千回卜。携筐及老幼，守候合宗族。恩爱如夫妻，争粮相搏逐。夺取未到怀，担起还愁覆。有赈尚如此，无赈作何局！为一校算之，恍然眉欲蹙。小口米七升，大口斗五六。

将度期月余，日食无一掬。国帑已千万，再加苦不足。纾国更纾民，束手难营度。宁死不为寇，犹赖皇恩渥。岂无冒滥讥，终为百姓福。只期今岁麦，得雨早成熟。千疮百孔间，元气稍周续。旱魃竟为灾，秋阳永相暴。

春禾山下焦，夏麦土中缩。闻雷妒彼县，望云生我屋。水去旱复至，阴阳太惨毒。父母杀子孙，胡不悔生育？万物本天地，胡为穷杀戮？人心尚悔祸，天道应剥复。下吏或当诛，百姓有何恶。取我瓣香来，朝夕向天祝。

上念尧舜仁，下念父老哭。急命行雨龙，及早施霡霂。虽已无麦禾，犹可救稑穜。贫家何所言？雨水即雨谷。富家何所言？得雨如得玉。永志喜雨亭，稽首谢天禄。

据《沭阳县志》记载，为了救沭阳民众于水深火热之中，到任后的袁枚毅然开仓济民，减免老百姓的赋税，以暂时缓解民众的窘困。袁枚的善举得到了沭阳老百姓的拥护和爱戴。袁枚还带领全县人民治理水患，针对境内六塘河和沭河常年水灾泛滥的现实，袁枚率领民众修筑堤坝，筑成了有名的六塘子堰，疏浚前山河（即前沭河）并加筑子堰。从此，六塘河和沭河被驯服，河水不再泛滥，沭阳水患得到了有效遏制。随后，袁枚又采取多种抗灾措施，恢复和发展农业生产，很快让沭阳人民安顿下来，人民的生活渐渐有了起色。

五

官方在紫藤前立碑记载：据史载，乾隆八年至十年（1743—

1745 年），清代著名诗人袁枚任沭阳县令期间，为印证府邸龙脉之说，他随官员到沭阳西乡新挑河畔，在翰林院编修胡简敬家的祖传花园里，挑了紫藤、槐苗各一株，亲植府苑之中，倍加爱护，并留下诗句："谁言作令少公余，沭地真堪奉板舆。四季种花官荷锸，六房如水吏抄书。"

袁枚亲手栽植了紫藤是否是为了印证府衙的龙脉，我们姑且不去考究，但是，一句"四季种花官荷锸"，道出了袁枚喜爱花草的事实。袁枚喜爱插花、植藤、栽梅，袁枚爱植紫藤，是受到明代文学家、书法家和军事家徐渭的影响。徐渭喜爱紫藤，号称青藤老人、青藤道士、青藤居士。徐渭多才多艺，在诗文、戏剧、书画等各方面都独树一帜，他也是中国"青藤画派"之鼻祖。而袁枚与同时代的画家郑板桥交好，受到徐渭影响，郑板桥也非常喜欢紫藤，为此曾经刻有"青藤门下走狗"印章。袁枚与郑板桥均十分喜爱紫藤，相近的习性让二人成为好友，或者说，二人成为好友，让二人的习性相近。

乾隆九年春，袁枚到沭阳西乡新挑河进行考察，途经顺治年间进士、翰林院编修胡简敬留下的"胡氏花园"，袁枚慕名前去瞻仰。胡氏花园经翰林院编修胡简敬打理，花园内花木品种繁多，草木茂盛，特别是"卧牛望月"柏桩，历经百年风霜，仍然生长葳蕤，袁枚见了大为喜爱。在胡氏花园，袁枚看到了他喜爱的紫藤，他精心挑选了一株紫藤及一株槐树苗，吩咐手下小心带好。回到县衙，袁枚选好地址，亲手栽下了槐树和紫藤。从此，袁枚经常为紫藤与槐树浇水，每天看着紫藤与槐树生长。眼看着槐树和紫藤健康茁壮成长，袁枚的内心高兴极了。

闲暇时，袁枚经常会来到槐树下读书，吟诗作赋。袁枚曾写诗忆咏紫藤：

朱藤花压读书堂，分得桐荫半亩凉。
新制玻璃窗六扇，关窗依旧明月霜。

袁枚栽下紫藤的时候，不知道是否如现在的碑文所说的那样，是为了印证府衙的龙脉之象。但是，袁枚栽下紫藤，一定是有自己的想法的，一定是有自己的理想和精神寄托的。紫藤虽然形如蛟龙，但是，若是没有高大树木可以攀附，纵使是胸怀苍穹的巨龙，也无法腾空起飞。紫藤与槐树，紫藤显然代表着名贵，槐树则比较普通平凡，但是离开槐树，紫藤失去了攀附，就不能正常生长，更不可能恣意飞腾。也许，袁枚是将紫藤比喻成为官员贵族，将槐树看成是普通百姓，寓意官民相互依偎，相互共生？或者，袁枚是为了表达自己的凌云之志，希望能够像紫藤一样，依附于民众，来实现自己的政治抱负？

不过，袁枚的仕途并不顺利，虽然政绩显著，但怎奈那时候的官场用人并非看你政绩如何，而是看你是否关系到位，是否朝中有人。俗话说“朝中有人好做官”，朝中无人的袁枚，其仕途自然十分渺茫。乾隆十二年，即 1747 年，因为袁枚执政成绩显著，两江总督尹继善举荐袁枚担任高邮知州，但是尹继善的举荐却被吏部驳回，这让袁枚再受打击。因为擢升无望，让袁枚倍感失望和灰心，对官场以及自己的仕途彻底失去了信心。

六

在植物中，紫藤无疑是飘逸的。李白有诗云："紫藤挂云木，花蔓宜阳春。密叶隐歌鸟，香风留美人。"生动地刻画出了紫藤优美飘逸的姿态。而"袁公藤"的主人袁枚，则更为飘逸洒脱。

乾隆十七年（1752年），对官场和仕途彻底失去信心的袁枚辞官归隐江宁，"入山志定"，居于"随园"。从此，袁枚便自号随园主人，及至晚年，又自号随园老人。袁枚辞官一是"不甘为大官作奴"，二是想专心诗文写作。袁枚辞官归隐后，便侍花弄草，游山玩水，写诗作文，留下了诸多篇章，成就了袁枚在文坛的地位，成为乾隆、嘉庆时期代表诗人之一。

辞官后的袁枚，潜心写作，为文自成一家，创作了大量的诗文，名噪一时，与纪晓岚齐名，时称"南袁北纪"。袁枚主张写诗要直抒胸臆，写出自己的个性，认为"自三百篇至今日，凡诗之传者，都是性灵，不关堆垛"。袁枚主张"性灵"和"学识"结合起来，以性情、天分和学历作为创作基本，以"真、新、活"为创作追求。因为倡导"性灵说"，袁枚又与大诗人赵翼、蒋士铨被合称为"乾隆三大家"。

潜心诗文的袁枚还广收弟子，教授他们写诗作文的方法。袁枚挣脱封建礼教的束缚，不惧世人的流言蜚语，收纳了二十多名女性为弟子。其中吴江才女严蕊珠，因为仰慕袁枚的学识，想拜袁枚为师学习诗文。为了能够到袁枚门下就读，严蕊珠"典耳环为束脩，授业门下"。所谓的"束脩"就是"拜师费"。十八岁的严蕊珠终于如愿以偿，成为袁枚门下弟子。严蕊珠曾对袁枚说："先生之诗专主性灵，运化成语，驱使百家，人习而不察，譬如盐在水中，食者但知盐味，不见有盐也。然非读破完卷且细心者，不能指其出处。"袁枚在《随园诗话补遗》中说："余女弟子虽二十余人，而如蕊珠之博雅，金纤纤之领解，席佩兰之推尊本朝第一：皆闺中之三大知己也。"

古人备受孔孟礼教的熏陶，重视科举之途，"两耳不闻窗外事，一心只读圣贤书"是古代读书人的真实写照，读书人一旦及第，就可飞黄腾达，古代很少有主动辞官的。而袁枚却敢于吃螃蟹，在他三十三岁那年，以照顾母亲为由，辞去了正处级的县令之职。袁枚辞官后，高呼"陶潜归去来兮"，可见对于他来说是"辞官一身轻"。辞去官职的袁枚，虽然没有官俸，但是，依靠自己的才气及声名威望，袁枚的生活过得非常富裕，成为文人中的一代富豪。袁枚的收入主要有三，一是润笔费，二是售卖自己的著作，三是善于投资理财。袁枚的润笔费主要来自为人写传记和墓志铭。袁枚在《小仓山房尺牍》中说："子孙欲展孝思，大辇金币，来求吾文。"其时，一些富户为了求得袁枚撰写的一篇墓志铭，不惜一掷千金。除此以外，袁枚还为人题跋作序，收取润笔费。扬州有个富贾，曾以二千金的价格请袁枚题跋，袁枚仅书"乾隆五十七年某月某日随园袁某印可时年七十有七"，共计二十二字，可谓是一字千金，由此也可见袁枚名声之响，润笔费之高。

袁枚是当时的文坛领袖，著有《小仓山房文集》《随园诗话》《随园诗话补遗》《子不语》《续子不语》等著作，袁枚出售自己的著作获取收入，一时“洛阳纸贵”。由于袁枚名重一时，一些达官贵人也纷纷争相交结袁枚，并赠以各种厚礼。袁枚还广置田产，租赁给村人耕种，自己收取租金。在袁枚八十二岁去世时，留下了“田产万余，余银二万”，袁枚将其托付给自己的学生经营。文人向来被世人视为穷酸，但是，袁枚作为一个文人，却将自己修炼成了一代富豪，可见袁枚不但在官场上具有相当的执政能力，在商业经营上，其能力也是毫不逊色。

写诗作文、收受弟子、养花种草、游山玩水成为袁枚辞官后的主要生活，这让袁枚过得飘逸潇洒，其逍遥自在一点儿也不逊色于东晋隐士陶渊明。也许，当初袁枚在沭阳县衙大院内植下紫藤的时候，就注定了他飘逸洒脱的一生！

袁枚辞去公务员之举，在当时无疑是惊世骇俗的，即使是当今，一般人也没有这样的勇气，很少听说现在哪个县委书记、县长辞官不做，回家写诗作文，修身养性的。也很少听说哪个县委书记、县长辞职下海经商的。

袁枚在沭阳，清正廉洁，秉公执法，勤勉任事，善于判案，深受百姓爱戴。乾隆十年，袁枚离任沭阳时，沭阳百姓夹道送行，攀车饯酒，洒泪话别。面对这一情景，袁枚感慨万千，清代著名词人蒋敦复的《随园轶事》记载了这一场景，袁枚问乡民：“吾有何德何能，而能令诸父老依依不舍如此？”答曰：“公无他，小大之狱，无十日留，两年之中，鲜有人受诉讼累者。人民感戴，职是故耳。”袁枚在沭阳，处理了很多案件，大小官司，没有拖到十天之后才判决的，袁枚的勤勉任事和秉公执法，赢得了民心。

七

袁枚去了，槐树去了，但，紫藤还在，这是命中注定还是天意使然？

紫藤以顽强的生命力，仍然将自己的飘逸风姿展现在世人面前。只是，今天的紫藤，失去了槐树作为依靠，已经无法再像过去那样旺盛生长，无法再像过去那样恣意腾飞。国槐枯亡，紫藤也跟着枯枝压顶，叶黄根腐，在一片废墟与杂草中变得奄奄一息。为了避免紫藤的死亡，政府派人对紫藤进行了挽救，彻底清理了紫藤周边的建筑垃圾和没膝杂草，更换了紫藤根部的土壤，换上了来自耕作层的黄砂壤土，增施了氮磷钾复合肥，补充了紫藤生长必需的营养物质，这样改善了紫藤的周边生长环境。同时，园艺师还清理了枯藤死枝，剪去了病虫枝、徒长枝，减少了紫藤的营养损失。因为紫藤是藤蔓植物，需要依靠攀附物支撑，所以，人们又为失去槐树依靠的紫藤搭建了永久性的钢木结构支架，为紫藤提供攀附支撑，这让紫藤恢复了一点儿元气。每年夏天，紫藤发芽吐绿，成为当地一景。

然而，我总觉得，紫藤就是植物中的苍龙，大地是它的根本，天空才是它翱翔的天地。它应该腾空而起，盘旋飞舞。而现在，被现代钢铁围栏紧紧围困住的紫藤，就像一条被囚禁的巨龙，无法舒展自己的身体。紫藤的命运，就像当年它的主人袁枚一样。袁枚当年想施展自己的才华，来实现自己的政治抱负，但是，却被官场生态无形地囚禁着，无法得到擢升，自然也就无法施展自己的才华，实现自己的政治抱负。长眠于九泉的袁枚，当年想施展自己抱负的袁枚，当年有所寄托的袁枚，一定不希望自己所栽植的紫藤被如此囚禁。可是，就像当年袁枚身在官场却无法主宰自己的命运一样，作为植物的紫藤，又能改变自己的命运吗……

百年教育世庄

一

在苏北平原，大大小小的河流奔流在苍茫辽阔的大地上，它们星罗棋布，棋盘交织，纵横交错。河水从历史的源头直泻而下，奔流不息，前冲后突，左右撞击着河岸，拍打着河床。泥沙随着河水翻腾，它们或被河水带走，或慢慢沉淀、淤积，就像生活，经过岁月的慢慢沉淀，就变成了历史！

河流两岸，树木繁茂，草木旺盛，一片葱茏，给我们的世界带来了勃勃生机。这些河流，孕育了两岸的生灵，这里的植物安静地生长着，吸收着日月的精华；这里的动物自由地活动着，经历着风霜雨雪的考验；这里的人们忽而忙碌，忽而安逸，他们享受着生活的恬静与美好。

二

一条河流从沂蒙山奔腾而下，穿过齐鲁大地，及至苏北平原，奔腾的河水逐渐变得缓慢，这条河就是沂河。沂河源出沂源田庄水库，流经山东淄博、临沂，至江苏省邳州后入新沂河。新沂河是一条中华人民共和国成立后人工开挖的河，历史上黄河侵泗夺淮后，新沂河两岸60余万公顷耕地成为洪水走廊，洪涝灾害严重，人们深受其害。1949年，政府着手开辟新沂河，北起徐州邳州，流经新沂、宿迁、沭阳、灌南、灌云等县市，于燕尾港入黄海。

新沂河是江苏省沭阳县境内非常重要的河流，承担着排灌泄洪的重任，新沂河建成后，发挥了应有的作用，从此，改变了沭阳“逢雨必涝”的局面。自新沂河建成后，沭阳再未发生类似历史上的洪涝灾害，新沂河，庇佑了两岸的人民。

在沭阳县新沂河北岸，一条与新沂河并行的河流从大地上缓缓流过，这条河就是新开河。新开河也是一条人工开挖的河道，是新沂河北岸支流。新开河北起羽山，全长32公里，其中沭阳境内26.4公里，流域面积809平方公里。新河镇的一些村落就布散在新开河两岸。

新河人杰地灵，风景宜人，不仅孕育了胡氏“一门三进士”的佳话，也孕育了古栗林这样的名胜风景，吸引了全国各地游人慕名前来拜访和观光。

用人杰地灵来形容新河镇，一点儿也不为过，这里不仅有胡氏“一门三进士”的辉煌，有风雨“举人圩”的鼎盛，还有闻名当地的“百年教育世庄”。它们就像一颗颗璀璨的明珠，镶嵌在苏北平原大地上，撒布在新河肥沃的土地上。它们散发出文化的气息，让这里的历史变得文明、厚重。新河的水孕育了一方人，新河的土地养育了一方人，他们书写了新河的人文历史，留下了璀璨的篇章。

数千年以来，古老文化精髓的积聚与沉淀，乡土文明与物质文明的浸润与滋养，使这片神奇的土地变得愈发厚重，更让生于斯、长于斯的当地人民形成了敦睦淳朴的性格品质，这种长期传承下来的人文基因，为当地安定祥和、富裕丰硕的生活氛围的形成奠定了先决条件。近年来，新河被评为“花木之乡”，花木蜚声国内，经过多年来的发展，目前，该镇已形成了苗木、盆景、鲜花、干花四大基地，成为闻名遐迩的花木基地。

三

十年树木，百年树人。这句话用在新河，是最适合不过的了。新河有声名远扬的“周圈花园”和古栗林，也有闻名遐迩的“举人圩”和“教育世庄”。育人与育树，在新河镇都得到了体现。

教育世庄位于新河镇南，新开河北。新开河从村庄的南面穿行而过，村庄则位于新开河的北岸。在村庄的东头，还有一条古老的大沙河依着村庄缓缓流过，两条河纵横交错，环抱着村庄，让村庄的风水变得非常独特。

新开河和大沙河的水滋润了这座小村庄，滋润了这里的土地，也滋润了村庄里的人们。

教育世庄真实的名字叫孙圩庄。村庄不大，庄东头狗叫，庄西头就能听到；庄南头鸡飞，庄北头就能看到。然而，就是这么一个小村庄，却培育了六十多位老师，这里的人家，有父子从教的，有父女从教的，有夫妻从教的，有兄弟从教的，有姐妹从教的，也有祖孙从教的。由于从事教育的人特别多，因此，孙圩庄被人们誉为教育世庄。1989 年 9 月，一座“教育世庄”的石碑在孙圩庄的西头被竖立起来，从此，孙圩庄的名字渐渐被淡化，取而代之的是“教育世庄”这个响亮的名字。

四

百十户人家，竟然出了六十多位教师，这种现象也引起了我的兴趣。是什么让孙圩庄的人们对教育如此重视，是什么让他们对教师这个职业如此青睐？又是什么，让一个小小的村庄，变成了远近闻名的“教育世庄”？这无疑值得探究。

孙圩庄的教育，要追溯到 19 世纪。而孙圩庄的教育，离不开两个人。这两个人，一个叫孙文元，一个叫孙文生。

19 世纪，孙圩庄出了一个叫孙文元（1866—1951）的先辈。民国十二年，即 1923 年，孙文元积极响应民国政府提出的“废除私塾，兴办洋学”的新文化思想，自筹资金创办了沭阳西乡“新河第一小学”，这也是新河乡历史上的第一所小学校。开设语文、算术两门主课，地理、历史、自然三门副课，在当时引起了轰动。

无疑，孙文元在孙圩庄播下了一颗教育的种子。这颗种子在孙文元的精心培育下，发芽和破土而出。然后，经过数辈孙氏后人的精心呵护，慢慢茁壮成长。

新河第一小学接纳、吸收西乡的孩子就近入学就读。在那个年代，孙文元的举动可以说是惊世骇俗了，用沭阳人的话来说是干了一件大事。这件大事，不仅让孙文元成为当地教育界前辈，为孙文元带来了荣誉，也为孙圩庄带来了荣耀。这所学校，为后来的教育世庄奠定了基础。孙文元因此也被称为教育世庄第一代人。

另一个人叫孙文生（1862—1920），与孙文元是同时代的人。孙文生多次考秀才，怎奈却屡遭挫折，屡考不中。在屡考屡败中，孙文生断了考秀才的念头。但是，不甘心科考失败的孙文生，萌生了教育下一代的想法，创办了私塾，吸收周边子弟前来就读。很多农家子弟接受了孙文生的私塾教育，这奠定了孙文生同为教育世庄第一代人的地位。

五

孙文元热衷教育，潜心办学，据说是受到了一河之隔的胡氏家族的影响。

在新河镇胡氏一族中，最先让胡氏一族引为自豪的荣耀人物莫过居于“白鲤沟东”（即老沙河东）的胡琏。

胡琏（1469—1543，一说卒于1542年），字重器，别号南津，是新河镇人。胡琏于弘治乙卯（1495年）科中举人，乙丑（1505年）科中进士，曾任南京刑部右侍郎，后调闽广二省兵备道。胡琏在闽广兵备道任内，战功卓著，闻名遐迩，因平佛郎机牙有功，升授按察司布政司，晋中丞副都御史巡抚浙江、福建沿海，后调刑部左侍郎，嘉靖十六年（1537年），嘉靖帝擢胡琏为户部右侍郎兼都察院佥都御史总督云贵二省粮饷。

可以说，胡琏是一个功名显赫的大官，为胡氏一族带来了无尽的荣耀。然而，胡琏身为朝廷要员，却在政声日高之际，毅然告老返乡，“自创文章教秀才”，回到出生地教书育人，胡琏这种急流勇退的做法，保住了自己创下的成果，也让自己在官场上得到了善始善终。而在胡琏的良好教育和影响下，山荡胡氏人才辈出。胡琏长子胡效才，文才出众，才思缜密，是正德丙子（1516年）科举人，丁丑（1517年）科进士，后被授河南道御史，擢升真定府知府；次子胡效忠，是正德乙卯（1519年）科举人，后授顺天府治中，擢升京府通判；三子胡效谟，荫袭云南瀓江府知府，胡效谟勤于政事，精通水利，著有《复闸旧制》，资料丰赡，颇多创见，为时人推重；效才之子胡应征，是嘉靖丁未（1545年）科举人；效忠之子胡应嘉，以耿直敢言而著称，是嘉靖壬子（1552年）科举人，丙辰（1556年）科进士，后授江西宜春县知县，擢升吏科给事中，二迁都给事中。

在胡琏的精心教育下，其后代人才辈出，终于造就了胡氏“一门三进士”的佳话。

可以说，胡琏为培育下一代做出了巨大的贡献。而胡琏最有名的学生，则非吴承恩莫属。吴承恩是明朝著名文学家，其所著的《西游记》是我国古代四大名著之一，而一部《西游记》，则奠定了吴承恩的文学地位。

胡琏荫及乡里、泽被子孙的做法，在当地影响深远，被孙文元认为是“大义之举”，在孙文元的内心产生了冲击与震撼。最终，孙文元选择了创办学校，潜心教育事业。

我想，明朝进士胡琏固然对孙圩庄人产生了重大影响，但是，因为年代久远，人们对胡琏的认识可能停留在传说中，真正对孙圩庄人产生影响的，应该是胡氏的另一个大人物，也就是一河之隔的山荡村出生的胡简敬。胡简敬，生于 1631 年，卒于 1699 年。是清顺治十二年进士。中进士的时候，胡简敬时年才二十四岁。而通过读书，胡简敬一家出了“三举人一进士”，这显然让乡亲们眼热。中进士举人，意味着从此告别泥饭碗，端上金饭碗，官运亨通，这无疑是光宗耀祖的事情，这也是当地人梦寐以求的。

虽然胡简敬没有胡琏对国家社会做出的贡献大，但是在当地较之胡琏的影响却更大。胡简敬中进士，延续了胡氏家族的辉煌，也让胡氏家族成为当地人膜拜的对象。相比胡琏，胡简敬的飞黄腾达，对孙圩庄的人触动也更大。因为，胡简敬身为朝臣，离他们相距也不过二百余年，从时间上来说并不太遥远，而胡简敬的后人，与教育世庄的先辈，属于一个时代的人，胡氏的荣耀与辉煌，不可避免地刺激与影响了当地人，所以，人们对于胡简敬的印象，应该更为深刻。

六

而与孙圩村也是一河之隔的沙河村“举人圩”，对孙圩村也产生了巨大的影响。

在清道光年间，沙河村出了一个文举人，这个举人叫仲承武。据《沭阳县志》记载，仲承武中举后历任江浦县教谕、宿迁县训导、萧县教谕等职。而当年，仲承武所在的村庄，人们为了预防盗贼，就在村庄四周筑圩，以保护人身及财产安全。因为出了仲承武这个举人，这里后来就被人们称为“举人圩”。无疑，在封建社会，只要是中了举人，就意味着做官，跳出了农门，不但是光宗耀祖的事，也被当地人引以为豪。“举人圩”一度成为权力与荣耀的符号，影响着沙河村的人们，也影响着只有一河之隔的孙圩村的人们。

封建社会流行着这样一种观念，就是“万般皆下品，唯有读书高”，人们认为，什么阶层都不及读书人高贵，这种简朴的认知，让读书成为人们的主流选择。

在教育世庄，这种思想也占据着一定的位置。“只有读书才能翻身，才能走向外界，走向城里去。只要许可，必教子孙读书学习。”这种简单的认识，一直印记在人们脑海中。正是在这种思想指导下，这里的人们不管如何贫穷，不管生活如何艰难，他们都千方百计把孩子送进学校，让孩子读书。因为在他们简单淳朴的认知世界里，已认定“只有读书才能翻身”，才能过上好日子。而这种认识在那个年代非常普遍，这也是那个时代的真实写照。在封建社会，除此，好像别无他路。

教育改变认知，知识改变命运。为了改变自己的生活，改变自己的命运，孙圩庄的人们崇尚读书，因为读书才是唯一的出路。正是在这种认识下，孙圩庄的人们开始重视教育，开始办学，他们在培育子女上，迈出了坚决而踏实的一步，这也为孙圩庄后来成为教育世庄埋下了一颗种子。

时至今日，在教育的熏陶下，孙圩庄人们的思想渐渐上了一个层次，“知书识礼、诚信守法是世代人都必须有的传统美德”，这成为孙圩庄人新的认识。在这种思想教育下，人们从当初的注重物质上的拥有，开始注重精神层面上的追求。知书达理、尊老爱幼成为孙圩庄人的良好素养，家庭和谐、邻里和睦相处成为这里的一种良好风气。不得不说，这是教育熏陶的结果。在长期的教育和思想灌输下，知书达理、尊老爱幼、团结友爱成为这里的人们所遵守的信条。

七

著名学者、教育家、曾任北京大学校长的蔡元培先生曾经说过，“要有良好的社会，必先有良好的个人，要有良好的个人，就要先有良好的教育。”由此可见，教育对人、对社会的重要性。只有拥有良好的教育，才能提高人的学识与素质，继而才能让人发挥出应有的才智，最终促进社会的发展。而教育，并非一蹴而就，而是需要长期引导、学习与积累。而教育启蒙，就显得非常重要。

如果说，孙文元与孙文生开启了孙圩庄教育的一扇窗，那么，其后辈孙禹昌（1903—1977）则将这扇窗扩成了一扇门，他传承和延续了第一代人热衷教育的做法，巩固了第一代人的教育成果。

在孙文元的影响下，后辈孙禹昌也喜欢上了教书这一行。随着孙文元年事渐高，年轻的孙禹昌接过了孙文元的教育接力棒，接办花园寺小学。后来，孙禹昌一直坚守在自己的教育岗位上，长期从事教书工作。

“少年智则国智，少年富则国富，少年强则国强，少年独立则国独立，少年自由则国自由，少年进步则国进步，少年胜于欧洲，则国胜于欧洲，少年雄于地球，则国雄于地球。”这是著名教育家梁启超先生在《少年中国说》里的一段文字，梁启超先生说国家是否强盛，取决于青少年是否强盛。而青少年是否强盛，则主要取决于是否受到良好的教育。显然，教育对青少年的重要性是无须讳言的。

有“圣人”之称的孔子，也非常重视教育，他把教育和人口、财富作为立国的三大要素。孔子认为，知识和道德都是要靠学习培养出来的。现在，我们也一直倡导教育应该从小抓起，教育好下一代成为古往今来人们的共识！

历史的年轮转到孙禹昌这一代，已经是民国时期，西方教育与东洋文化已经开始了对我国的入侵，这对国人产生了巨大的影响。西方列强国家军事的发达、经济的富裕、人民生活的安康，无疑对国人产生了震动。在那个时代，很多热血青年漂洋过海，东渡日本留学，也有的不远万里，翻山越海，到欧美各国寻找知识的种子。

孙圩庄的人们，或多或少受到这种先进思想的影响，他们也开始走上了教育振兴的道路。孙禹昌接办花园寺小学，1949 年后，他调到新沂中学任教，先后做过新沂中学教务主任、副校长。而与孙禹昌同时代从事教育工作的还有孙才帮、孙佃昌、孙大昌等，他们均是学校教师。除了直接从事教育工作的，还有从事医疗和兽医的孙才为、孙仲昌。孙才为是兽医，带教学徒，后担任庙头、新河畜牧站站长，孙仲昌则历任淮阴医院、镇江二院业务院长。这些人，组成了教育世庄的教育第二方阵，成为教育世庄的第二代人。因为人数较多，他们对下一代的影响比之第一代人要广，也深远得多。教育世庄的第二代人，为孙圩庄以后成为教育世庄奠定了坚实的基础。在他们的影响下，孙圩庄的第三代人从事教育的更多，达到了 14 人。孙圩庄的教育因子，正在逐倍放大，及至第四代，从事教育的人数更是成倍增长，达到了 33 人。

第一代人孙文元与孙文生种下的教育种子，在孙圩庄人的浇灌、培育下，从当初的嫩芽，到今天的茁壮成长，一棵幼苗，逐渐成长为大树。而在这棵大树的荫顾下，孙圩庄人的身心得到了滋润，灵魂得到了洗涤，思想得到了净化。他们，视教育为镇庄之宝。

八

1989 年春节期间，孙圩庄有人发起组织了一个“三提倡活动”团拜会，即提倡庄邻之间敬老爱幼，提倡妯娌之间勤俭持家，提倡青少年学生勤奋学习，在庄子上引起了轰动。从事教育的工作者们萌生了将自己所在的村庄打造成教育世庄的想法，并产生了为教育世庄树碑的愿望。

庄子上从事教育的孙如春、孙如道以及孙如华、孙如达等开始筹办“教育世庄”立碑之事。这件工作得到了乡政府、村委会以及新河中学、新河小学的大力支持，到1989年8月，筹备工作基本就绪，万事俱备只欠东风，最后就差一个碑文及立碑仪式了。孙如道邀请沭阳中学德高望重的老教师张勇卫东撰写碑文内容，邀请书法家姜华先生题写正面碑文，由沭阳书法名人单兰坡抄写碑文，得到了他们的全力支持。

1989年教师节前夕，孙圩庄举行了隆重的立碑仪式，新河乡党委、乡政府，新河中学、新河中心小学，以及村委会领导均参加了立碑仪式。在立碑仪式上，村民主动燃放鞭炮表示庆贺。从此，孙圩庄被冠上了“教育世庄”的名号，成为实至名归的教育世庄。

九

教育世庄的碑文，详细阐述了孙圩庄变成教育世庄的过程：

十年树木，百年树人，千年大计，教育为本，庄有孙姓，是理恪守，四代执教，挥袂生风，曾祖一辈，名讳文生，私塾伊始，追踪孔圣，族曾文元，新小开宗，比及祖辈，更兼四公，大昌禹昌，持盈守成，才为佃昌，树大根深，三代四代，从教如云，二十一人，当代园丁，承前启后，时雨春风，披肝沥胆，心织笔耕，胸怀祖国，眼观锦程，新苗茁壮，堪慰平生，立碑铭志，抱诚守真，为人师表，子子孙孙。

从教育世庄的碑文中，我们可以研读出孙圩庄从事教育的开端，碑文阐述了孙圩庄历代人热衷教育的过程与发展，将他们的名字铭刻上了碑文，供后人瞻仰和铭记。孙文元、孙文生、孙禹昌、孙大昌、孙佃昌、孙才为……这些名字成为孙圩庄的教育符号，铭记在每个孙圩庄人的心里。

教育世庄从立碑至今，已经过去了三十多个年头，孙圩庄又发生了很多新的变化，从事教育的人数量激增，从当初碑文中所说的“三代四代，从教如云，二十一人”，到今天，孙圩庄的三代四代人，从事教书工作的已经达到了 47 人，不仅如此，第五代从事教师的也有 20 人，甚至还出现了第六代青年教师，她就是幼儿教师孙迪，她也是教育世庄最年轻的教育工作者。

教育世庄有个插曲，1989 年 9 月，“教育世庄”之碑因建房被拆毁，孙圩庄的教育工作者当然不甘心“教育世庄”的消失。他们于 2002 年 9 月，又重新立了“教育世庄”碑。有人说，在拆迁面前，“教育世庄”也躲不过去！也有人说，“教育世庄”也需要更新换代。确实，“教育世庄”正在代代相传，而且一代更比一代多，一代更比一代强！

十

孙圩庄之所以能成为教育世庄，不仅仅是因为从事教育的工作者人数众多，更重要的是，长期以来对教育的追崇，让这里形成了尊师重教的良好风尚。在孙圩庄，人们以教师职业为荣，以从事教师职业为追求。历史遗留下来的良好的教育风气，变成了一种财富，让这里的人们精神变得十分富有。

有时候我也会想，也许，是那个年代人们就业渠道狭窄，人们没有其他的选择让孙圩庄的人们更多地选择了教师这个职业。而现在，人们的就业渠道增多，就业途径广泛，孙圩庄的人们有了更多的就业选择，对于教师这个职业，或许不会再像过去那样痴迷。这从教育世庄虽然出现了第六代教师，但到目前为止只有一个人可以看出，孙圩庄人对教师这个职业，似乎不再像过去那样痴迷。也许，从此以后，孙圩庄选择教师这个职业的人会减少，不知道孙圩庄的人会不会因此而感到遗憾？但我又想，即便如此，也无法抹去教育世庄曾经的荣耀与辉煌，无法抹去教育世庄在历史上发挥的作用，无法抹去人们对教育世庄的钦佩与崇敬之情。教育世庄就像一座丰碑，早已矗立在孙圩庄人们的心中，人们不会忘记，这个荣耀百年的教育世庄！

是的，人们不会忘记，这个荣耀百年的教育世庄！

油菜花海

沃田桑景晚，平野菜花春。

这是唐代诗人温庭筠描写乡村的诗句，诗歌描绘了乡村美丽富饶、油菜花枝繁叶茂的喜人景象。油菜花，乡间普通的植物，却成为历朝历代诗人咏颂的对象。可见，美无处不在。只要善于发现，我们就能发现美，就能享受诗一样的生活。

和所有的花一样，一株油菜花，也有它独特的风采。它可以独自傲立于田野，可以在田间地头，也可以在家前屋后自顾自地绽放，自顾自地展示自己的美，自顾自地散发出自己的芳香。一株油菜花可以吸引蜜蜂，可以吸引蝴蝶，也可能会引起一个人的注意，但是，它却无法吸引众人的目光，因为它实在太渺小，太孤单，即使它拼尽全力展示自己的美，也无法引起人们足够的重视。但是，当油菜花形成规模的时候，形成了蔚为壮观的油菜花海的时候，就成了人们竞相追逐的对象，油菜花海也就成了旅游景点。这是让人始料不及的，估计也是当年那些面对油菜花由衷地发出赞叹的大诗人们所没有想到的。

沭阳油菜花海是江苏省沭阳县近年新建的一个自然旅游景点，它的出现，弥补了沭阳旅游业的一项空白，让横穿整个沭阳的新沂河淌，成为一道靓丽的风景线。从此，新沂河不再是泄洪通道的代名词，而是成为景观风光带，成为旅游、观赏的好去处。

位于沭阳境内的新沂河是一条人工开挖的河，是一条排涝河，主要为上游的骆马湖泄洪，分流从山东境内进入江苏的洪峰。新沂河于1949年冬天开挖，它是在原来的沭河的河道基础上进行拓宽、深挖、延伸，经过数年的开挖及维护，最终形成了今天的新沂河。新沂河的建成，提高了骆马湖的泄洪能力，彻底解决了沭阳数千年来备受水患侵扰的困局，从此，沭阳终于摘掉了“洪水走廊”的帽子。

新沂河的开挖，占用了大量的农田，搬迁了大量的村庄。当年，新沂河沿线农民顾全大局，舍小家为大家，牺牲自己，搬离家园，为新沂河开挖而牺牲了自己的栖身之地。这些搬迁的农民，成为新时期最可爱的人。

油菜花海就是在新沂河非河道区域种植了大片的油菜，等到油菜花开时，金黄色的花朵，一望无边，就像大海一样，形成了黄色、壮观的海洋。

中国有四大油菜花海，它们分别在江苏的兴化、安徽的宏村、广西的阳朔和云南的罗平，这四大油菜花海全国闻名，每到油菜花开的季节，就吸引了全国各地的游客纷纷前往观赏。每年春季，到油菜花海看油菜花成为很多游客的一种选择，看油菜花也成为旅行社每年吸引游客的旅游攻略之一。

谁能想到，乡间小小的油菜，田野常见的油菜花，竟然变成了人们竞相观赏的对象，成为一道美丽的风景？可见，只要肯动心思，只要肯动脑筋，农村也可以因地制宜，就地取材，打造成为旅游景点。

沭阳的油菜花海规模虽然不及四大油菜花海那么大，花海布局也没有四大油菜花海那么有型，但是，却有后来居上的气势。它依据新沂河自然形成的地形，充分利用沂河淌的滩地来种植油菜，东西绵延数公里，就像新沂河的水，自然、纯粹，又有气势。

沭阳的油菜花海位于扎下镇王庄和分水村境内新沂河段，这个景点也是沭阳重点民生实事工程之一，一期种植面积约5000亩，是宿迁市境内最大的油菜花基地。在这里，新沂河与淮沭新河交汇，形成了纵横交叉河道，这里既有丰富的水资源，又有可资利用的河滩地。在这里种植油菜花海，可以说是因地制宜，让沂河淌的滩地得到了充分的利用。而沂河淌丰富的土地资源，为油菜花海形成规模提供了充足的土地支撑。

沭阳的油菜花海，规模还可以继续扩大，向东向西都有很大的拓展空间，特别是新沂河大桥和新沂河铁路桥附近，是观赏油菜花的绝佳位置，因此，也是种植油菜的绝佳地段。再向东，则可以延伸到京沪高速新沂河大桥和新205国道新沂河大桥，如此，沭阳油菜花海就可以绵延数十公里，规模绝对不输四大油菜花海，景色也可以与四大油菜花海相媲美。

油菜花海基地建成的第一年，就吸引了地方和周边众多游客前来观赏。

记得第一年油菜花开的季节，前往油菜花海观赏油菜花的游客人潮如涌，油菜花海人头攒动，在通往新沂河油菜花海的路上，车辆络绎不绝，形成了蔚为壮观的观赏车队。由于乡村道路较为狭窄，车辆前拥后堵，一时间寸步难行，有时候车辆堵塞达数公里，让人感叹之中又发出些许抱怨，如果路能够再宽一些，人能够少一些，就不会堵塞了。

第一次见到油菜花海，我就被它的壮观所震撼，站在新沂河大堤上，极目远眺，黄色的油菜花海从眼前一直绵延到远方，整个新沂河淌，除了清清的河水，就是黄色的油菜花，沂河淌就这样被河水和油菜花所占领，成为它们的领地。

油菜花的黄是让人惊艳的，我的目光所及之处，都被黄色所占领，整个沂河淌，除了黄色，还是黄色，黄色，成为这里的主宰；油菜花的香是沁人肺腑的，金黄色的油菜花随风摇曳，一阵风吹来，整个油菜花随风起伏，一波又一波，一浪又一浪，一阵又一阵，油菜花随风起舞，油菜花的香也随风四溢，一阵阵沁人心脾，让人神清气爽，心旷神怡；油菜花海的规模是让人惊叹的，从西到东，绵延不绝，黄色的油菜花就像河水一样从远方绵延而来，铺天盖地，整个沂河淌都被黄色所覆盖。

在油菜花海，油菜花散发出的芳香，吸引了蜜蜂和蝴蝶，嗡嗡的蜂鸣，翩翩的蝶舞，金黄的油菜花，可谓是有声有色，有形有趣，让人心生欢喜，忍俊不禁。花香混合着泥土的芬芳，蜜蜂环绕着油菜花，蝴蝶伴随着如潮的游人，整个沂河淌犹如一幅动静结合的风景画。这里天与地交接，水与岸交错，蜜蜂与油菜花交缠，蝴蝶与风起舞，人与周边的景色浑然一体，如梦似幻，油菜花海，演绎了一曲人与自然和谐相处的浑然天成之歌。

第一期的油菜花海从245国道新沂河大桥一直绵延到老205国道新沂河大桥，绵延十多公里。这段沂河淌，因为靠近城区，因此，每年都会吸引大量的市民到沂河淌踏青、观光。油菜花海选择建在这个区域，可以说利用了天然的地理优势，以及固有的游客，在崇尚自然、追求本真、热爱旅游的今天，油菜花海的建成可谓是占尽了天时、地利、人和。

春天，油菜花开时节，整个沂河淌都陷入了黄色之中，形成了蔚为壮观的油菜花海，人在油菜花中穿行，如入人间仙境一般，真是美的享受。临近盛夏，油菜花落，一株株油菜结出了丰满的籽实，油菜花变成了硕果累累的油菜籽，绿油油的一片，充实了沂河淌，点缀了大地，成为另一种风景。这些硕果累累的油菜，虽然不及油菜花海那么美丽、惊艳，却也颇为壮观，让人惊叹。

油菜是农民喜爱种植的农作物，也是经济作物，它的籽实可以用来榨油，我们平时所吃的菜籽油就是用油菜的籽实压榨或者浸出的。菜籽油也是很有营养的食用油，它远比大豆油和玉米油富有营养。人体对菜籽油的吸收率也很高，可达99%，因此它所含的营养成分能很好地被机体吸收。而油菜花的嫩茎及叶，也可以当作蔬菜食用，可见，幼时的油菜，由于鲜嫩，是可以当作蔬菜的。

以前农民种植油菜，当然不是为了观赏油菜花的金黄，而是为了油菜的籽实，它们为农民提供了实实在在的食用油，可以让农民换来钞票，从而提高自己的生活质量。那时候的油菜，虽然种植规模也不小，但是，因为没有成片种植，因此，油菜花开的季节，我们很难看到像油菜花海这般规模的油菜花，难以让人产生惊艳和震撼之感。如今，人们种植油菜花，不仅是为了它的籽实能变成食用油，更多的是为了观赏。油菜花的规模种植，既形成了油菜花海，又形成了油菜经济，成为带动一方致富的蹊径。在不经意间，小小的油菜花具有了经济和旅游的属性，成为人们争相观赏的对象，这应该是得益于社会经济的发展。近年来，随着社会经济的发展，人们的生活水平越来越高，对外交流也越来越多。人们在物质追求得到满足以后，开始了文化精神方面的追求。读书、娱乐、旅游成为很多人的爱好。特别是旅游，既可以领略大自然的美好风光，也可以开阔视野，陶冶人们的情操。人们在旅游中精神世界不断得到充实，阅历不断得到丰富。在对大自然鬼斧神工的惊叹中，人们愈加热爱自己的生活，也愈加热爱祖国的大好河山。通过旅游，人们开阔了眼界，在欣赏大千世界的人文景观的同时，充实了自己的内心世界，让自己的精神世界上了一个层次。

对于油菜花，古人纷纷写诗进行咏赞，最著名的是宋代诗人杨万里的《宿新市徐公店》，诗歌这样写道："篱落疏疏一径深，树头花落未成阴。儿童急走追黄蝶，飞入菜花无处寻。"这首诗就像一幅画一样，描绘出了乡村的美丽图景。在这首诗里，呈现在人们眼前的是乡村田园的幽静：篱笆错落，小路幽深，有一位或者数位儿童在追逐捕捉黄色的蝴蝶，但是，狡猾的蝴蝶飞入了黄色的油菜花里，让儿童一下子失去了追逐的目标而无处追寻。这首诗可谓是动静结合，写出了乡村的幽静和美丽，以及田园生活的美好。生活在这里的人们，真的犹如生活在世外桃源之中，这里的生活宁静而又幸福，这里的农民满足而又与世无争。

宋代诗人范成大也写了类似的诗歌《四时田园杂兴》：“梅子金黄杏子肥，麦花雪白菜花稀。日长篱落无人过，唯有蜻蜓蛱蝶飞。”范成大笔下描写了梅子、杏子、麦子、油菜花等植物，寂静无人的村庄上空，那么多的蜻蜓蝴蝶在飞舞。

唐代诗人刘禹锡的《再游玄都观》则描写了另一番风光和另一种心情，他在诗中写道：“百亩庭中半是苔，桃花净尽菜花开。种桃道士归何处，前度刘郎今又来。”

公元805年，也就是贞元二十一年、永贞元年，刘禹锡因为参加王叔文的政治革新失败，被朝廷贬为朗州司马，到了公元815年，也就是元和十年，朝廷才想起重新起用他。这首诗，就是他从朗州回到长安时所写。经历了人生大起大落的刘禹锡，面对长期无人打扫长满了青苔的居所，可谓是心潮澎湃，百感交集，于是写下了这首诗。

在所有歌咏油菜花的诗歌中，明代诗人王守仁可谓是直抒胸臆，点“花”成金，他在《和董萝石菜花韵》一诗中写道：“油菜花开满地金，鹁鸠声里又春深。”在诗人的笔下，油菜花开意味着满地黄金，农民需要靠种植油菜来养活自己，对于农民来说，油菜就是金钱，油菜就是自己的命根子。

如今，随着生活水平的提高，可供人们选择的食用油种类众多，营养丰富，比如玉米油、橄榄油、稻谷油、葵花籽油等，菜籽油不再是人们比较单一的选择了，农民种植油菜也有所减少，很多地方看不到油菜了。如今，油菜已经实现了华丽转身，规模种植成为旅游的看点。在这种背景下，各地相继涌现出了特色不一的油菜花海，江苏兴化的油菜花海以美丽乡村、和谐自然为主题，利用地理资源，让潺潺的溪水流过古老的村落，让金黄的油菜花再度成为乡村的主角；安徽宏村的油菜花海，让古老的徽州山水流淌着花瓣的清香，人们在欣赏徽州古老山水中，又能享受到现代花海的美丽；广西阳朔的油菜花海以桂林山水为衬托，形成了有山有水有人家的油菜花海记忆，这些镜头值得珍藏，美的瞬间，值得记忆；云南罗平的油菜花海则利用一望无际的田野，让一望无际的花海带给人们美的震撼；沭阳的油菜花海，则利用了新沂河天然形成的滩地，结合清清的河水，让人们在探究河流的生命征途中，感受到农作物油菜花的美丽与惊艳。

沭阳的油菜花海，具有其他油菜花海无法企及的优势，这就是新长铁路以及老 250 国道新沂河大桥、245 省道新沂河大桥等三座大桥纵跨新沂河，南来北往的旅客坐在汽车或者火车里，透过车窗就可以欣赏到油菜花海的美景，这何尝不是另一种观赏体验？而南来北往的旅客，也必然会将沭阳油菜花海的美名，传播得更远更广。而油菜花海若是能够扩大规模，向东发展，则还可以延伸到京沪高速和新 205 国道，让京沪高速和新 205 国道上来来往往的人们，也领略到油菜花海的风采。到那时，沭阳的油菜花海规模将会实现量的提升和质的飞跃，油菜花海将会变得更加让人感到震撼，变得更加有看头！

然而，沭阳的油菜花海，因为规模种植经验不足，导致发生了意外的小小的插曲。沭阳油菜花海在第一年取得成功后，种植者信心满满，但是，因为缺乏种植经验，播种后使用大型旋耕机进行翻耕，结果土地被深耕，导致种子深落，最终造成出苗不齐。等到发现后，进行了补种，结果又因为当年沭阳天气严寒，导致种子无法及时出苗。等到油菜花开的季节，人们慕名再次前往沂河淌欣赏油菜花的时候，才发现去年规模浩荡的油菜花海，今年变得稀稀拉拉，哪里有去年的规模和壮观？哪里还有心中向往的油菜花海？人们可以说是乘兴而来，败兴而归。

正在人们议论和感叹油菜花海的失败时，又有新的惊喜出现：在前期的油菜花和其他地方的油菜花已经败落之后，去年补种的油菜开始绽放了，规模及密度虽然不及去年，但是，也可以称得上是油菜花海了。花开二度，在无意中，我们在同一个季节两次欣赏到油菜花，这是始料不及的，这也算是另一种收获吧？

虽然第二年的油菜花海种植成为一个败笔，但是，吃一堑长一智，我们相信，在以后的油菜规模种植中，种植者会吸取经验教训，改进种植方式，让规模种植的油菜年年开花，成为真正的油菜花海。

故土

GU TU

第二辑

故人，故园，故土

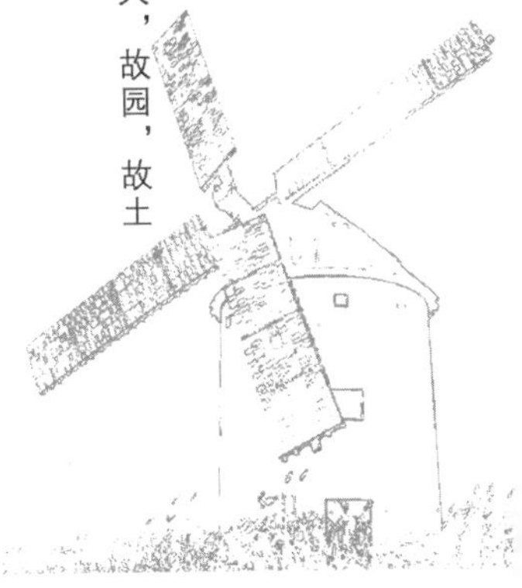

嬴得青山老姓韩

野草闲花白昼寒，无双国士旧登坛。

让他隆准功人狗，嬴得青山老姓韩。

这是清代江苏省沭阳县人徐子容写的一首题为《韩山》的诗，诗中“无双国士旧登坛”写了韩信登上韩山一事，“嬴得青山老姓韩”则写到了韩山是因韩信而得名。

沭阳韩山，海拔不过70米，方圆不过10顷地，坐落在沭阳县东北部，距离沭阳县城20多公里。

这是一座名副其实的小山，虽然以历史名人韩信命名，然而，很遗憾的是，很多人根本就不知道它。即便是沭阳本地人，很多人也不知道沭阳还有一座山。知道的，也是很不以为然：哦，韩山啊？就是一个小土墩。既然本地人都不知道韩山，那么，周边市县的人们，就更不知道沭阳有山了。但是，随着地方政府对韩山公园的打造，以及韩山公园的正式开园，韩山一下子名声大噪起来。现在，不仅沭阳本地人都知道韩山，就连周边邻近的市县，也有很多游客慕名而来，只为一睹韩山的风采。仿佛一夜之间，韩山就有了山的伟岸，山的生机，山的灵气。

韩山，终于一夜成名！

一

在很多人的眼里，韩山根本就不是山，而只能算是一个小土墩。这无疑让韩山显得自卑、落寞。不过没办法，俗话说，人的名树的影。作为山来说，自然要以挺拔俊秀和风景壮丽来吸引人。比如泰山，以巍峨陡峻、气势磅礴著称，被尊为五岳之首；衡山以林木苍郁、景色幽秀著称，享有“五岳独秀”的美名；恒山以山势陡峭、沟谷深邃著称，是道教圣地；华山以山势险峻、高耸陡峭著称，“自古华山一条路”，登临犹比上天难；嵩山以山峰雄险、山石奇秀著称，是中华佛教禅宗圣地。这些山，都有自己的特点，所以举世闻名。一座山，如果没有仙人在此，那么，当然是越高越有知名度。比如，举世闻名的珠穆朗玛峰，常年被厚厚的积雪覆盖，很难看到它美丽的身形。珠穆朗玛峰除了积雪以外，什么都看不到，但是，却不妨碍它被全世界的人所知晓。相比这些名山大山，韩山高不过几十米，方圆不过 10 顷，如此小的山，真的称不上是山，甚至连它们的一个小山头也算不上。在那些大山名山面前，韩山不过相当于是它们的一块石头而已。没办法，谁叫自己生得不高大、长得不挺拔，而是一副低矮的模样呢？

不过，虽然韩山生得矮小，但是，却也是有点名气的，因为，它与汉代著名的军事家韩信扯上了关系。俗话说，山不在高，有仙则名；水不在深，有龙则灵。在自然界的景或者物中，凡是与名人扯上关系的，一般都会名声大噪。著名的有：湖南岳阳的岳阳楼，因为宋代大诗人范仲淹的《岳阳楼记》而闻名，范仲淹的一句“先天下之忧而忧，后天下之乐而乐”体现了多少爱国志士的家国情怀；山西永济的鹳雀楼，因为盛唐诗人王之涣创作的一首《登鹳雀楼》而闻名，一句“欲穷千里目，更上一层楼”让鹳雀楼跟着举世闻名；安徽滁州的醉翁亭，因为宋代大诗人欧阳修的一篇《醉翁亭记》而闻名，一句“醉翁之意不在酒，在乎山水之间也”，千百年来醉倒了多少人；江西南昌的滕王阁，因为唐代诗人王勃的一篇《滕王阁序》而闻名，一句“落霞与孤鹜齐飞，秋水共长天一色”让滕王阁成为南昌的地标；浙江绍兴的兰亭，因为晋代大书法家王羲之与友人谢安、孙绰等名流聚会于此，王羲之汇集各人的诗文编成集子，并写了一篇著名的《兰亭集序》，随后，兰亭这个古朴典雅的园子虽然不大，却为中外游人所瞩目。

在这些因人因诗而闻名的景物中，尤其以湖北武汉的黄鹤楼更为著名，可以说是大名鼎鼎，因为有更多的文人雅士，为黄鹤楼写诗作赋，那些流芳百世的诗句，也让黄鹤楼跟着千古流芳。崔颢、贾岛、李白、杜甫、陆游等诗人均有以《黄鹤楼》为题的诗歌，其中尤以崔颢的《黄鹤楼》最为著名：“昔人已乘黄鹤去，此地空余黄鹤楼。黄鹤一去不复返，白云千载空悠悠。晴川历历汉阳树，芳草萋萋鹦鹉洲。日暮乡关何处是，烟波江上使人愁。”崔颢的这首《黄鹤楼》，以景怀人，触景生情，让人唏嘘不已。崔颢的题诗甚至震住了其他诗人，有“诗仙”之称的李白，就被崔颢的题诗“吓到了”。有一天李白也来到了黄鹤楼，乘兴登上黄鹤楼之后，他极目远眺汉阳城、鹦鹉洲，一时诗兴大发，欲作诗一首。但是当看到崔颢这首浑然天成的题诗后，李白钦慕不已，大为折服，叹道：“眼前有景道不得，崔颢题诗在上头。”惊叹崔颢题诗的李白，竟然搁笔而去。后来，元朝人辛文房在《唐才子传》里记载了李白登黄鹤楼本欲赋诗，因见崔颢此作为之敛手之事。

“眼前有景道不得，崔颢题诗在上头”，一方面显示了李白的恭谦，另一方面也可见崔颢写诗的功力。不过李白虽然“眼前有景道不得”，但是，他的另一首涉及黄鹤楼的诗同样流芳千古，这就是著名的《黄鹤楼送孟浩然之广陵》：“故人西辞黄鹤楼，烟花三月下扬州。孤帆远影碧空尽，唯见长江天际流。”诗歌虽短，但却意境深长，同样千古流传。一代领袖毛泽东，也写了一阕《菩萨蛮·黄鹤楼》：“茫茫九派流中国，沉沉一线穿南北。烟雨莽苍苍，龟蛇锁大江。黄鹤知何去？剩有游人处。把酒酹滔滔，心潮逐浪高！”伟人自有伟人的情怀，“烟雨莽苍苍，龟蛇锁大江”，多么大气磅礴！“把酒酹滔滔，心潮逐浪高”，则显示了诗人宏伟的志向！

韩山虽不及五岳之挺拔俊秀，也不及岳阳楼、黄鹤楼等具有的文化内涵，但是，因为它与有“兵仙”之称的汉代名将韩信扯上了关系，也由此更名为韩山，这就让韩山跟着变得有名气起来。韩山韩山，韩信之山！与岳阳楼、黄鹤楼、醉翁亭等比起来，韩山虽然少了文雅之气，但是却多了威武之气势。韩山虽小，但是却“赢得青山老姓韩”，这个韩，就是韩信，一代名将，可是有“兵仙”之称的。

在沭阳，古时有三座山，分别是韩山、万山、孤山，其中韩山为最大。不过这个最大，也是相比万山和孤山而言的，这三座山，都属于小山，有的到了今天，已经消失了。比如孤山，早已夷为平地，而万山如今也只剩下了一个高墩，早已看不到山的地貌和轮廓，只有韩山，虽然不大，但是，多少还是有点高度的。在韩山上，你可以看见陡峭的岩石，证明这是一座如假包换的山。

韩山之小，不仅是外形小，就连对其文字描述，也都显得十分稀少。1997版《沭阳县志》在地貌一章介绍里，并没有为韩山专门设立一个章节，而只是在“残丘岗地”章节里对韩山作了介绍：“韩山东西长约400米，南北宽约250米，由前震旦系变质岩组成。丘顶平坦，为耐风化的石英岩，海拔65.9米，边坡较陡，周围为第四系冲积层围限，相对高度60米左右。”这是《沭阳县志》对韩山的记载描述，可谓惜墨如金。《沭阳县志》对韩山的“小老弟”万山也进行了描述：“万山低矮，面积较小，亦为前震旦系变质岩组成，真高15.9米，相对高度11.5米。”相比之下，作为老大的韩山，还是多了些版面。而沭阳当地人所说的孤山，《沭阳县志》则是只字未提，从文献资料的角度来说，这不能不说是一个遗憾。即便孤山已经消失，我认为，作为史料的县志，也应为孤山书上一笔。而孤山，名气似乎也不低，在清代的“沭阳八景”中，就有孤山。清代沭阳八景分别是：紫阳夕照、沭水渔舟、塔山樵唱、陈屯晚渡、下埠春潮、孤山白云、金湖落雁、招德晓钟。所幸的是，我在《沭阳县志》对韩山镇的介绍中，看到了对孤山一笔带过的文字："孤山陡峭，古时有白云缭绕，清代誉为'沭阳八景'之一'孤山白云'，现已无此壮观。"由此可见，孤山虽小，但是因为陡峭，想必也是十分壮观的，而孤山白云能够成为一景，应该是有其道理的，想必那时候孤山的景色，也是非常壮美的。至少，在白云缭绕时，孤山是十分壮观美丽的，可惜，这些早已成为历史。孤山的消失，让韩山倒是显得孤独起来，似乎，孤山这个名字，用在韩山的身上，倒是挺合适的，因为，在沭阳，只有它这一座山，即便在宿迁市，也是独此一座。宿迁虽然有嶂山，后改名为三台山，但是，那并不是真正意义上的山，而只是名字里有山。

虽然万山和孤山现在已经不在沭阳的地图上，但是，它们仍然有迹可循。在 1673 年和 1895 年的《沭阳县志》地图上，我们都可以清楚地看到这三座山，在 1673 年版地图上，孤山在韩山的北方，万山则在韩山西方偏北的位置。在 1895 年的地图上，万山和孤山则均在韩山的西北方向。这种地理位置的错移，与古人的地理认知以及古时的勘测设备和技术有关。古时候没有勘测地理的设备，只能靠眼看甚至耳听，然后凭记忆绘图，自然会产生偏差，而且这种偏差还会很大，甚至会大得离谱。哪里像现在，地图的精度可以精确到几米范围。

从 1673 年和 1895 年到现在，也就是三百多年和一百多年的时间，但是，就在这短短的几百年之间，孤山和万山消失了，只剩下韩山，这真应了"斗转星移，沧海桑田"那句话。地形地貌，可是会随着时间的逐渐流逝而悄然改变的，这种变化，常常发生在我们不经意间，等到我们发现时，眼前的景物已经面目全非，而我们，只能依靠记忆来回忆过去的一景一物，一草一木。

二

韩山古称武都山，不过，无论是叫武都山还是叫韩山，名字都不是它的专属。

在地球上，有无数座山。作为一座山，能够拥有独属自己的名字，无疑显示了自己的地位与尊贵。比如泰山、华山、衡山、恒山、嵩山、燕山、太行山、武夷山、武当山、黄山，等等，它们都有独一无二的名字，没有人和它们争抢，因为它们都有自己的特点。比如泰山巍峨雄伟，华山险峻如壁，衡山幽深秀丽，恒山雄浑奇异，嵩山陡峭深邃，燕山和太行山绵延千里，武夷山和黄山风景秀美。相比这些名山，很多小山就不同了，它们不但小，就连名字都不专属，很多小山有重名，就像人与人重名，让人不知道谁跟谁，这无疑是非常尴尬的。比如，典型的是云台山，湖南安化、贵州施秉、山东莱芜、四川阆中、江西贵溪、江苏连云港境内都有云台山，据说全国有 19 座云台山。全国叫“凤凰山”的山有 72 座，广东深圳、潮州、广州、珠海都有凤凰山，山东烟台、沂源、青岛、济南、微山、济宁、宁阳也都有自己的凤凰山。相比之下，武都山和韩山都有重名，简直就是小巫见大巫了。

韩山原名武都山，韩山的更名，是因为汉代著名将领韩信在此讲武而得名。也有传说是韩信曾带兵驻扎于此，后人为纪念他，在山上建庙勒石，所以才更名为韩山的。不过这个传说并无典籍记载，因此并不可信。

我们先来说说武都山。百度武都山，显示另有5座：一座在今四川省成都市旧城西北隅，又名武担山；一座在今四川省绵竹县西北，又名古紫岩山；一座在今陕西省西凤县东南；一座在今甘肃省陇南市武都区西；一座在今甘肃省舟曲县西十里。加上沭阳这座武都山，全国一共有6座名字叫武都山的山。如果不加上地域标志，谁知道武都山是哪座山？

武都山有6座，韩山也有不少。韩山有4座：一座在江苏省沭阳县东北五十里；一座在江西省鄱阳县北，后因为明淮王葬于此，所以改名为安山；一座在广东省潮州市东一里，又名东山、双旌山。因为顶有三峰形似笔架，又名笔架山；还有一座在广东省梅州丰顺县。在这4座韩山中，江苏沭阳与江西波阳的这2座山与汉代名将韩信有关，其余的2座山则与唐代文学家韩愈有关。由此可见，山因人而得名的不在少数。而正是因为山因人而得名，所以重名也就变得非常正常。

因韩愈而得名的韩山，宋代诗人杨万里有诗曰："老大韩家十八郎，犹将云锦制衣裳。至今南斗无精彩，只放文星一点光。"这首诗是写广东潮州韩山的。沭阳韩山，因为地理孤僻而鲜有名人问津，所以，也就没有名人为其写诗作赋。不过，沭阳韩山依然赢得了本地文人雅士的目光，对于韩山，沭阳乡人为其赋诗的不少，除了本文开头的那首《韩山》，清代沭阳邑人胡樵汉也曾写下《韩山》一诗："苍茫何处读碑文，欲问遗踪只白云。到底英雄名不死，至今山姓属将军。"再次说明韩山是因韩信而得名。清代另一位沭阳邑人张炫在《秋日韩山即事》里则描写了那时候韩山的荒芜与寂寥："郭北秋峰冷，凌空望眼迷。荒榛盘雉兔，古庙锁蒿藜。地阔人烟少，山长鸟道低。夕阳催客下，野火燎东西。"你看，那时候的韩山周边是地阔人烟少，并不像现在，早已成为繁华的乡镇。

韩山从古时的地阔人烟少，到变成现在的繁华小镇，见证了社会的发展。经济的发展，人口的增加，让韩山逐渐变得繁华起来。不过，虽然镇区繁华了，但是，韩山本身却并没有多大变化，一度成为被人遗忘的角落。所以，尽管名字里有山，但是却并没有给人留下山的印象，而只是一个地名符号而已。

韩山引起人们的注意，是从打造景区开始的。在韩山公园还没有建设的时候，虽然周边繁华，但是韩山依然是落寞得无人问津。直到当地政府决心将韩山打造成为沭阳的一个自然景点，并付诸行动，韩山才开始变得有生气起来。不过，韩山的打造，也是一波三折，建建停停，直到 2020 年 5 月，才正式建成并开园。这让韩山成为绝佳的自然景点，也是沭阳县唯一一个根据自然地理地貌而打造建成的景区。建成后的韩山公园建有朝晖台、菖蒲园、观瀑轩、情园、喊泉、栈道喷雾等景点，虽然韩山山体不大，但是，设计者依据山体特点，根据因地制宜、合理利用的原则对公园进行设计、打造，使韩山变得不再单薄、平凡，而是变得曲径通幽，有了山的勃勃生机。

沭阳虽然有两千多年的建县历史，历史上也有名人虞姬，以及沈括、袁枚这样的客籍名人，但是，却因为缺少历史文化古迹而显得缺乏历史文化的厚重。因为缺少景区，沭阳在文化旅游方面，曾经一度显得单薄，根本就没有外地游客到沭阳旅游，这无疑也让沭阳缺少知名度，不为国人所知。为了增加历史厚重感和文化内涵，近年来，沭阳地方政府开始景区建设，积极打造景点，增加历史文化内涵与厚重感，吸引周边游客前来参观旅游。比如，近年来投入巨资打造了苏北花卉、周圈古栗林、山荡古栗林、周圈花园、吴印咸故居、虞姬生态园、梦溪生态园、南山公园、西郊森林公园、沂河淌油菜花海等景区景点。在这些新建设的景区景点中，我觉得，更大的手笔就是打造韩山公园。沭阳以天然的韩山为依托，着力建设韩山公园，利用地理优势，以山水生态景观为基础，主打韩信军事文化和矿山宕口景观特色，韩山公园融文化旅游、山地体验、生态科普、游憩健身、游艺娱乐等功能为一体，是一座开放式城市综合性山体公园，为本地和周边群众提供了休闲度假观光的好去处。

韩山公园北门入口处建有韩信点将台，高大的台基之上建有秦汉风格的门阙和殿堂，梁柱斗拱粗大，门窗直棂，红黑两色，古朴豪放。点将台的两侧，建有鼓楼，敲响大鼓，就可以召唤三军，排兵布阵。当然，这只是人们的一种想象，韩信是否在山上点过将，尚有待考究。

从点将台穿过，就是上山的石径，走在石径上，风迎面吹来，有阵阵山风的气息。五月的山风，带着它的热情，迎面扑来，有点闷闷的、热热的，让人们有点受不了它的过分热情。好在韩山不大，无须多费周折，很快就到了山顶，虽然没有一览众山小的感觉，却也显得登高望远。登上山顶后，山顶的风夹带着一丝凉爽，触摸肌肤，让人感觉非常舒适。

三

“野草闲花白昼寒，无双国士旧登坛。让他隆准功人狗，赢得青山老姓韩。”“苍茫何处读碑文，欲问遗踪只白云。到底英雄名不死，至今山姓属将军。”这些地方文人的诗句，均描述了韩山是因为韩信而得名的传说。

韩信起先是一个默默无闻的市井之徒，曾经遭受胯下之辱，接受过漂母的施舍，进入军中后，无论是在项羽军队，还是刘邦那里，也都迟迟没有得到重用，直到遇到了萧何，韩信才算遇到了贵人。在萧何的帮助下，韩信被刘邦拜为将军，英雄才有了用武之地，军事才华才逐渐显现，最终，韩信帮助刘邦平定了天下。如果说韩信是一匹千里马，那么萧何无疑就是伯乐，是萧何识得了韩信这匹千里马，并让他有了驰骋疆场的机会。如果没有萧何，也许韩信的军事才能就此埋没也未可知。而若如此，刘邦与项羽到底谁能夺得江山也要打个问号。不过，历史没有假设，韩信遇到了萧何，萧何向刘邦推荐了韩信，刘邦重用了韩信，韩信发挥了特有的军事才能，最终帮助刘邦夺取了天下，这也许是天意吧！

刘邦夺取天下，韩信功不可没。对于韩信，刘邦给他的评价是“战无不胜”，说的是韩信打仗没有不取得胜利的。而萧何对韩信则给予了“国士无双”的评价，萧何在向刘邦推荐韩信时说他是一国中独一无二的人才。而在韩信的戎马生涯中，取得了很多胜利，很多典故都来源于韩信，比如十面埋伏、背水一战、拔旗易帜、置之死地而后生、“明修栈道，暗度陈仓”等。

韩信战功卓著，勋冠三杰，但是也功高震主。最重要的是，韩信不知道自保，时常吹嘘自己的功劳和才能，从而为他埋下了祸端，最终鸟尽弓藏，兔死狗烹，韩信避免不了被诛杀的命运。对此，历史学家司马迁给韩信的评价是“伐功矜能”，说韩信自高自大，恃才傲物，威胁到刘邦的帝位和统治，这是刘邦所不能容忍的。韩信被吕后诛杀时，才三十五岁，可以说正是人生的巅峰时期。可惜一代名将，却死于一个妇人之手，确实让人扼腕、叹息。

让人引以为豪的卓著战功，最终却成为韩信之累，最终害死了他。韩信的一生虽然短暂，但是也经历了从市井之徒到从军再到成为将军、王侯的过程，这是韩信的辉煌之处。历史，必须为韩信浓墨书写一笔。沭阳韩山是因韩信而得名，那么，这是否是史实呢？历史上是否有记载呢？韩山因韩信而得名，答案是有历史记载的。宋代《太平寰宇记》卷 22 海州一章中，有对沭阳县的介绍，《太平寰宇记》还专门介绍了韩山：“韩山，在县东北五十里。按州旧记：‘韩信为楚王讲武之所也’。”这是《太平寰宇记》对韩山的记述，文字极少。但是，这却明确记载了韩山是因为韩信而得名。

《太平寰宇记》是宋代著名的地理总志，是我国非常重要的地理历史典籍。“韩信为楚王讲武之所也”，原始记录是海州旧记记载的，《太平寰宇记》只是作了转载记录。海州位于现在的连云港市，沭阳古属海州，地理位置相邻，沭阳的风土人情，包括方言语系都与连云港相似。

历史文献，是我们考究历史的资料。《太平寰宇记》很明确地记载了“韩信为楚王讲武之所也”，说明韩信确实在韩山讲过武，而且很明确的是，是韩信被封为楚王的时候在韩山讲武，这就将时间的范围又缩小了很多。

公元前 202 年 10 月，韩信被刘邦封为齐王。但是，当年 12 月，项羽兵败自刎后，刘邦至定陶，即驰入韩信军中，收夺了他的兵权。刘邦平定天下后，改封韩信为楚王。汉六年，也就是公元前 201 年，有人告韩信谋反。刘邦用陈平的计策，说天子要出外巡视会见诸侯，在陈地擒拿了韩信，不过刘邦回到洛阳后竟然又赦免了韩信的罪过，改封他为淮阴侯。也就是说，韩信被刘邦封为齐王，也就是短短的几个月时间，就被刘邦改封为楚王，而再到韩信被降为淮阴侯，韩信为楚王也就是一年的时间，即公元前 201 年。在这段时间内，被改封为楚王的韩信，都下邳，即今江苏邳州市东。邳州市距离沭阳也就是不到 100 公里的距离，韩信前往沭阳韩山讲武，也就成为可能。

我们由此推断，韩信到韩山讲武，应该发生在公元前 201 年这一年。

公元前 201 年，发生了哪些大事？

公元前 201 年，最大的事件是汉朝建立。这一年，在韩信的帮助下，刘邦剿灭了项羽，随即刘邦平定了天下，确立了汉朝政权。但是当年 10 月，就有人上书告楚王韩信谋反。刘邦采用陈平的计谋捕获韩信，后又因大赦天下而豁免韩信的死罪，将韩信降为淮阴侯。韩信被降为淮阴侯之后，于公元前 196 年被吕后诛杀，殁年三十五岁。韩信做淮阴侯，也不过五年时间。

我们来回顾一下韩信的一生：公元前231年，韩信出生，公元前209年7月，陈涉等在大泽乡起义，项梁、项羽斩会稽（今浙江绍兴）郡守，举兵响应，韩信投奔项梁。公元前208年9月，项梁与秦军大战于定陶，兵败身死，韩信追随项羽，因得不到重用后改投刘邦。公元前205年，刘邦拜韩信为大将。公元前202年10月，刘邦被迫封韩信为齐王，两个月后，韩信兵权被夺。公元前201年初，韩信被刘邦改封为楚王。公元前201年年底，韩信被降为淮阴侯。公元前196年，韩信被吕后害死。

韩信的一生是辉煌的，但也是短暂的。除了投奔项梁前，韩信无所事事外，从军后，特别是被刘邦拜为将军后，韩信基本厮杀在战场上。能够到韩山讲武，对于韩信来说是非常难得的事。大概也只有在被改封楚王和降为淮阴侯后，韩信才能有空闲出游。

韩信的人生巅峰当然是协助刘邦与项羽对决，正是在与项羽的对决中，韩信创造了一个又一个辉煌。但是项羽被剿灭后，韩信的兵权也随即被刘邦剥夺，并由齐王改封为楚王，从此，韩信从巅峰开始下落。韩信被封为楚王，其实是刘邦对韩信的一种惩罚，说明刘邦不放心韩信。被改封为楚王的韩信显然是失落的，此时的韩信又能做什么呢？只能消遣打发时光，此时，讲武也许是排解压力和烦恼的一种方式。

而讲武，显然要有合适的气候，天气太寒冷不行，太炎热也不行，所以，我们假想韩信讲武是在秋天，因为按照民间习俗，秋高气爽，适合登高。韩山虽然不高，但是，大小也算是一座山。公元前201年秋的某一天，韩信带着他的随从，骑马驱车前往沭阳，来到武都山脚下，看到这里地势较高，乃是兵家必争之地。遂吩咐随从停马停车。韩信来到武都山南面的山脚下，这里有一座小村庄，村庄里的人知道是大名鼎鼎的韩信来到了本地，是又惊又喜，在族长的带领下，大家纷纷出迎，跪拜韩信。村里的青壮年，更是对韩信仰慕不已，他们希望能追随韩信，并纷纷请教韩信，希望韩信能给自己指明一条人生的路。

在武都山脚下的这座小村庄里，韩信根据自己戎马生涯中积累的军事经验，向这里的年轻人传授排兵布阵之法，讲述了用兵之道。末了，韩信还将自己编著的兵法三篇送给村里的族长，嘱咐村人练兵习武，强身健体，保护自己的家园。

韩信离开武都山不久，就被人诬告谋反，结果被刘邦贬为淮阴侯，而韩信再也没有重回韩山。后来，人们为了纪念韩信，就将武都山改名为韩山。韩信死后，人们在韩山的南麓建了一座楚王庙，用来祭奠韩信。楚王庙里供奉着韩信像。据当地老人讲，楚王庙虽然后来破落了，但是庙的遗迹一直都在，所以，当地上了年纪的老人都还对韩山南麓的楚王庙有印象。可惜，时至今日，韩山上的楚王庙早已了无踪迹，而是变成了一个美丽的传说。现在，人们只能依靠想象，想象山上有一座纪念韩信的楚王庙，庙里立着韩信的塑像。也许，有一天，人们会复原楚王庙吧？而有了楚王庙的韩山，也就意味着成为真正的韩山。

四

人们怀念和纪念韩信，是缘于他卓著的军事才能。可能韩信自己也不知道，自己当初的那一次偶然出行，会给当地村民留下那么深刻的印象；韩信不知道，自己的一次偶然的为村人讲武，竟然会改变一座山的名字；韩信也不知道，村人会在山上为自己建庙供奉自己；韩信更不知道，他会因此给后人留下一笔宝贵的精神财富。如果没有韩信，也就没有韩山，也就没有韩山上的楚王庙，当然也就没有今天的韩山和韩山公园。

在地方政府的打造下，韩山公园已经成为一座原生态的自然地理公园，这里有山有水，有湖有园，随着公园的继续建设，以后还会有瀑有泉。虽然目前公园内建有喊泉，但是这不是真正意义上的泉水，而是现代喷泉。现代喷泉与自然泉水，可是有着天壤之别。一种是人工制造的泉水，一种则是自然流水，两者的意境不可同日而语。

在韩山公园，在点将台，你可以击鼓鸣金，感受古战场军人的意气风发与豪迈；在朝晖台，你可以一览无余地眺望东方红日冉冉升起；在揽胜亭，你可以居高临下尽览韩山四周的美景；在菖蒲园，你可以看到秀颀挺拔的菖蒲；在栈道，你可以看到美轮美奂的栈道喷雾美景；在喊泉，你可以扯上一嗓子，泉水就会随着你的声音喷涌而上，声音越高越持久，泉水也就喷得越高越持久；在情园，你可以看到一对对新人前来拍摄婚纱照的幸福温馨场景。不过，有点遗憾的是在观瀑轩，我们还看不到瀑布，这让观瀑轩变得有名无实。不过，随着韩山公园的继续建设，我想，山顶观瀑的这一天应该快了。等到瀑布从山顶飞流直下的那一刻，观瀑轩也就会变成真正的观瀑轩，而不是像现在这样徒有虚名。

韩山的美，不仅美在风景，空气也是清新的，满山的树木花草，让韩山变成了一个纯天然的氧吧。走在石径上，我们可以极目远望，看山四周的风景。我们也可以自由呼吸，呼吸山上的新鲜空气。山风徐来，有山的味道！韩山虽小，毕竟它是一座山啊！

韩山是一块宝地，这并非妄言。韩山的价值，在于山体蕴藏着丰富的蓝晶石。1983 年年初，江苏省地质勘探队在韩山周围发现了蓝晶石。蓝晶石是高强度的耐火材料，是军工、冶金、玻璃、陶瓷以及其他铸造工业的必需品。目前，我国只有新疆的乌鲁木齐、河北的魏鲁、山西的繁峙、河南的南阳隐山与沭阳韩山等 5 处有蓝晶石矿藏，唯有沭阳韩山储量最大，质量较好。1985 年 7 月，经国家轻工部批准，当地对韩山蓝晶石矿进行开发。而正是蓝晶石的开采，对韩山山体造成了巨大的破坏，也让本就不高的韩山，变得更矮了。现在的菖蒲园和喊泉，都是山体被开采破坏留下的遗迹。

我一直认为，蓝晶石矿的开采，是对韩山最大的破坏，也让韩山伤痕累累。这种伤害，远比韩山的籍籍无名还要可悲。有谁知道，落寞无名的韩山遭遇过如此大的伤害，有谁知道韩山的遍体鳞伤呢？蓝晶石矿废弃后，韩山从当初的喧嚣一下子跌入了寂寞之中，从当初开矿时的炙手可热变得无人问津了。韩山沉寂了，沉寂得都不像一座山，沉寂得让本地人都不知道沭阳竟然还有这样一座山。

随着社会经济的发展，旅游业开始兴起，旅游业成为很多地方的经济支柱，如何开发旅游景区成为各地都在思考的问题。在这种形势下，不论是官方还是民间，都有将韩山打造成景区的呼声，将韩山打造成为沭阳的一个自然景区已经迫在眉睫。正是在这种民意的呼吁下，地方政府也意识到了韩山的旅游价值，开始着手对韩山进行打造，通过几年来的努力，韩山公园初具规模，最终于2020年5月建成开园。

其实，韩山公园的修建，我认为不仅仅是打造一处景区这么简单，人们也算是用另一种方式在纪念韩信吧！

悠悠新沂河

一

在苏北寂寞宁静的乡村岁月里，我无数次聆听到一个词：新沂河！

新沂河，这是一条什么样的河？蜿蜒逶迤，波涛汹涌？平静安宁，辽远壮阔？然而，这些词汇，都不足以用来形容它。因为新沂河不仅仅是一条河流，它更是一个名字，是一片平原，是一座村庄，是一座蕴含生活气息和人生哲理的生活宝藏。

新沂河的胸怀深处，就是沂河淌。鱼儿在这里遨游，鹅鸭在这里觅食，牛羊在这里吃草，飞鸟在这里栖息，渔船在这里荡漾，还有悠闲的人们，在这里垂钓，爱恋的人儿，在这里谈情说爱……

确切地说，沂河淌应该是新沂河淌。因为，在新沂河诞生后，沂河在我们那个地方就渐渐消失了。沂河老了，它也逃脱不了岁月的磨砺捶打，逃脱不了新旧更替的自然规律。现在，那条流经苏北千年的沂河，在苏北早已不见了，取而代之的是新沂河。然而，新沂河是沂河的涅槃重生，它不仅是沂河的更替，更是沂河的延续。沂河虽然消失了，但是它的灵魂没有消失，它的影响没有消失，它的生命没有消失，它以新沂河的名义，重新出现在人们的面前，出现在苏北的版图上。

大自然就是这样奇妙，一个事物消失，总会有另一个事物来代替它。就像我们人类，老一辈的人渐渐老去、离世，总会有新的生命陆续诞生、来到这个世界，然后再慢慢成长，直到最后再老去、离开。这个世界并没有因为那些老去的人离开而变得寂寞，人口也没有因此减少，因为总会有新鲜的血液来补充，有新人加入这个世界，完成了人类的繁衍和更替。

新沂河淌，我们还是叫它沂河淌吧，好听，易记，最重要的是，听起来无比亲切。沂河淌，充满着乡村的气息，充满着泥土的气息，也充满着灵性，因为，它一直滋养着它胸怀里的生灵，还有两岸的人们。

说起沂河淌，沭阳人就像听到亲人的名字一样，那种熟悉，那种亲切，那种情感，是难以言表的。听到“沂河淌”这个词，就会让人精神为之一振，就会让人有一种畅所欲言的感觉。河水满满，人们对新沂河的感情也满满！新沂河两岸的人们，对沂河淌，是怀有感情的。因为它是那么熟悉，那么亲切，它养育了沿岸的生灵。

就像我们的亲人一样，新沂河早已融入我们的生活中，融入我们的亲情中，融入我们的血液中，它，就像家乡的一草一木，就像家乡的一物一人，让人怀念，让人期待，让人依恋。新沂河，早已成为我们家乡的一员。

新沂河是一条人工开凿的河道，这从它的身形上也可以看出。天然的河流因为河水冲击力以及两岸阻力的不同，流向会发生改变，从而变得蜿蜒逶迤。所以，天然的河道一般都是弯曲的。但是，新沂河却基本保持一条直线，从西到东，一直到汇入大海，它都保持着自己笔直的身姿，这也是人们在它的身上刻下的印记。新沂河呈直线流动，这主要是人为的因素导致的，因为，新沂河是人工开凿的。而直线的新沂河，它可以加快洪水的流速，让泄洪速度更快。洪水的快速排泄，也意味着洪水滞留时间减少，从而让威胁也随之减少。从这个角度来说，直线的新沂河更加科学。

新沂河的河床以及两岸的土壤不为河水的诱惑所动，保持着相当的韧劲和耐力，虽然历经岁月的沧桑，但是，新沂河的身形一直没有改变，它依然保持着当初的直线，坚定地向着大海的方向延伸。新沂河的主要功能是泄洪，承担着疏泄上游雨水的重任。每到雨季，上游山东等地洪水泛滥，新沂河就进入了它最繁忙的时候。上游的雨水和山泉汇聚，流入老沂河，再涌入新沂河，波涛汹涌的洪水从上游直泻而下，汇成一股洪流。那声势，那场景，简直与滔滔的黄河不相上下。

不过，更多的时候，新沂河是断流的，因为毕竟它的主要功能是泄洪。当雨季过后，河水消退，新沂河就显露出它的胸膛，露出它的心扉，接纳庄稼，接纳百草，接纳鹅鸭，接纳牛羊。沂河淌的胸怀是博大的，它接纳一切生灵。正是沂河淌的宽容与博大，让沂河淌变得绿意丛生，生机勃勃。

二

虽然沂河在沭阳已经消失，但是提到新沂河，提到沂河淌，还是绕不开沂河。

沂河古称沂水，古代为泗水支流，黄河夺淮、夺泗入海后，沂水成为黄河支流。明万历三十二年（1604 年），新开运河航道，沂水为新开运河所截，无法入黄河，因而改道南流，汇入骆马湖。明崇祯年间（1628—1644 年），为保运河河道和宿迁城的安全，宿迁、沭阳开挖拦马河（后名六塘河），引骆马湖水东注黄海。清康熙二十四年（1685 年），又挑挖六塘河，使沂河水东至灌河口入海。以后经多次治理，至中华人民共和国成立后，1949 年 10 月开挖新沂河，仍保持由灌河口入海。

沂河发源于山东沂蒙山地区，流经山东沂源、沂水、沂南、兰陵、郯城，至江苏省邳州入新沂河，抵连云港灌云燕尾港入黄海。沂河全长 574 公里，流域面积 17325 平方公里，集水面积 4892 平方公里，河面最宽达 1540 米。“沂”之名称，由来已久，《水经》《说文》《郡国志》《地理志》《山东考古录》《太平寰宇记》诸书都有记载。《尚书・禹贡》中就有“淮沂其乂，蒙羽其艺”的记载，说明大禹就曾对该河进行过治理。汉郑玄云：“沂河源出沂山。”这里的沂山泛指沂蒙山区。

沂河之源素有三源、四源、五源之说，其中五源分别是：一条发源于土门镇鲁山南麓流经沂源县驻地南麻县城的螳螂河；一条发源于徐家庄乡龙子峪村西南小黑山北麓的徐家庄河；一条发源于大张庄乡老松山北麓的大张庄河；一条发源于大张庄乡张家旁峪南山的南岩河（又称仁里庄河）；一条发源于大张庄乡狼窝山北麓的高村河（又称田庄河）。五源相汇于田庄水库，《清史稿》载“经龙洞山而合”，水库以下称沂河。由此可见，田庄水库其实才是沂河的源头。历史上，沂河几经变迁，在下游多次形成水患，让沿岸生灵涂炭，百姓苦不堪言。

沭阳境内河道纵横，古时境内有项硕湖、桑墟湖、青伊湖等湖泊，沂河和沭河属于两条较大的河流。由于地势低洼，沭阳历朝历代均备受水患困扰，因此，历史上素有“洪水走廊”之称。宋朝著名科学家沈括在任沭阳主簿时，就带领沭阳人民对境内的沭河和沂河水患进行治理，沈括指挥民众清理沭河和沂河淤泥，修筑了两河大堤，另外对沭河和沂河的支流河道也进行疏通，提高了沭河和沂河两条河流的行洪能力。此事在《宋史·沈括传》有记载：“括字存中，以父任为沭阳主簿。县依沭水，乃职方氏所书‘浸曰沂、沭者’故迹漫为污泽，括新其二坊，括疏水为百渠九堰，得上田七千余顷。”翻译成白话文这段话的意思就是：沈括，字存中，钱塘人，因为父荫得官为沭阳主簿。沭阳县靠着沭水、沂水，早先的河道淤塞积漫为停滞不流的污泽，沈括重新修筑二堤，疏浚水流为一百条水渠九个水坝，用来分导和节制沭水、沂水的主流和支流，得到上等好田七千顷。

沈括不仅疏浚了沭河和沂河及其支流河道，还因此而获得七千顷良田，可谓是一举两得。从明朝开始，沭阳境内的沂河改道六塘河，引骆马湖水东至灌河口入海。及至清朝，著名文学家袁枚担任沭阳县令，又对境内的沭河、六塘河水患进行了治理。乾隆八年（1743年），袁枚到任后，就考虑着手治理水患。为了筹措治水资金，袁枚带头捐出自己的官俸，并号召县内乡绅捐款。同时，袁枚从国库领取内帑银4800两，用于疏浚河道。在袁枚的带领下，沭阳官民经过日夜奋战，终于将北六塘河及前沭河河道挖深挖宽，利于河道快速泄洪，并在境内的北六塘河及前沭河筑起了子堰，有效阻拦上涨的河水，一定程度上减少了河水上涨时溃堤的危险。后人为了纪念袁枚，将北六塘河和前沭河子堰称为“袁公堰”。

1949年10月开始，江苏开挖新沂河，沂河从山东进入江苏后汇入新沂河。称谓也发生了变化。沂河在山东称为沂河，到了江苏，就被称为新沂河了。由于骆马湖的分隔，新沂河也被分为两段，一段是骆马湖上游的新沂河，从邳州到骆马湖，人们习惯将其称为老沂河，骆马湖下游至入海口，人们将其称为新沂河。新沂河不仅是沂河的延续，也是沭河的延续。沭河自山东进入江苏新沂境内，由新沂至沭阳两县交界处汇入新沂河。因此，骆马湖下游的新沂河，其实也是沂河和沭河的共同延续。

新沂河是一条古老而又年轻的河，它流经苏北大地，经久不息，滋养了沿岸的庄稼和生灵。沂河更名为新沂河后，其实并没有改变它的血统，无论是沂河还是新沂河，它一直都是沭阳人民心中的河！

三

“一桥飞驾南北，天堑变通途”，这是开国领袖毛泽东主席当年盛赞武汉长江大桥的词句。同样，这句词也可以用来形容新沂河上的新沂河大桥。

新沂河的开挖，途经的地方影响最大的当数沭阳。新沂河开挖后，将沭阳大地一分为二。新沂河隔开了原本在一起的村庄，形成了河南河北隔河相望的现状。而到了下游，新沂河则成为灌云和灌南的分界河，所以对灌云和灌南两个县的影响并不大。

沭阳的地形，与江苏省会南京颇有相似之处，长江将南京一分为二，江南江北隔江相望。而新沂河也将沭阳一分为二，沂河南北两岸人民也隔河相望。不过，新沂河大桥的建成通车，改变了沭阳开挖新沂河后两岸人民隔河相望的窘境。

新沂河大桥于 1967 年 5 月始建，1969 年 6 月竣工，桥长 1269. 26 米，总宽 8. 5 米，桥面行车道 7 米，两边人行道宽 0. 75 米，共 39 孔，每孔跨径 30 米。由于经济不断发展，车流量和客流量大大增加，新沂河大桥已远远不能适应社会发展的需要，1988 年，国家交通部批准对新沂河大桥扩建增宽，新建新沂河大桥复线桥。新建的新沂河大桥在沂河大桥西侧 3 米处，为双柱式墩台、预应力简支梁桥，全长 1259. 2 米，于 1991 年 12 月 30 日建成通车。新的新沂河大桥的建成，极大缓解了沭阳县境内的交通压力。然而，随着社会经济的发展，即便新沂河上建了并列的两座大桥，仍然无法满足人们的通行，大桥就像咽喉一样，扼住了交通，扼住了车流，经常造成堵车。2017 年，地方政府再度规划，在新的新沂河大桥的西侧，再加架一座与东侧老桥一样宽的新桥，这样一来，在新沂河上，就出现了三座桥并列的奇观！

以前，在沭阳境内的新沂河上，只有一座新沂河大桥可走，后来，逐渐增加了京沪高速公路新沂河大桥、245 省道新沂河大桥、潼阳悦来线新沂河大桥、新 205 国道新沂河大桥，在沭阳境内的新沂河上，已经有 7 座公路大桥，再加上新长铁路特大桥，新沂河上共有 8 座大桥。这些桥梁的建成，极大方便了当地交通，对新沂河两岸群众的交流以及促进经济发展，做出了难以替代的巨大贡献。

过去，新沂河将沭阳县版图一分为二，新沂河像一条巨龙横亘在沭阳大地上，又像一把利刃，将沭阳大地分割开，南北两岸的群众交流非常困难。在新沂河上只有老新沂河大桥一座桥梁的时候，两岸的人们交往，要么绕几十里路从新沂河大桥通过，要么走沂河淌的小路，再从水漫桥通过。沂河淌的小路弯弯曲曲，虽然河两岸的直线距离只有 3 里路，但是，从沂河淌走却要绕道十几里。即使选择最近的沂河淌渡口通过，也要绕很远的路，然后再由渡船慢悠悠地将南北的群众摆渡过去。

随着新沂河的开挖，那些原居民搬离了自己的家园，有的搬到了河南岸，有的搬到了河北岸，有的甚至是一家人，也因为河的分隔而一分两地。因为有新沂河的阻隔，他们的交流变得极其困难。

俗话说隔河千里路，而新沂河本身的宽度就有近 3 里路，沂河淌的小路弯弯曲曲，人们往往要绕很远的路，才能渡过新沂河。那时候，两岸的距离是那么遥远而又漫长。

自从新沂河上的 7 座公路大桥建成后，两岸群众交流便利多了，吴集、韩山、高墟等东北一带乡镇的群众，从新 205 国道新沂河大桥就能到达县城。扎下、贤官、桑墟等西北一带乡镇的群众，从老新沂河大桥或者京沪高速公路新沂河大桥就可以到达县城。新沂河北岸的潼阳、颜集、新河和新沂河南岸的悦来、耿圩、陇集等乡镇的交流，可以经过潼悦线新沂河大桥来完成。可以说，两岸群众基本实现了“无缝对接”，这一切，当然得益于那些已经建成的 7 座公路桥梁。

当年，一代伟人毛泽东在长江游泳，目睹了正在建设的武汉长江大桥，深有感触。后来，毛泽东写了一首《水调歌头》，对武汉长江大桥进行了赞美，词曰：“一桥飞架南北，天堑变通途。”其实，新沂河与长江是何等相似！1969 年 6 月，沭阳境内的新沂河大桥建成后，何尝不是“一桥飞架南北，天堑变通途”！而今，沭阳县境内的新沂河上有 7 座桥梁，这已经是“七桥飞架南北，天堑变通途”了！桥梁的增多，便利了交通，方便了两岸群众的交往。

四

沂河和沭河这两条重要的河流，在沭阳大地上缓缓流过了几千年，它们随着岁月的变迁，以及水系的改变，变成了沭阳大地上的恶魔，它们在沭阳大地上疯狂肆虐，洪水横流，祸害着两岸人民。每逢大雨或者上游泄洪，沭阳就变成一片泽国，让沭阳人民流离失所。

1949 年冬天，苏北著名的“导沂工程”开始，在苏北行署的领导下，当地群众投入到新沂河挖掘中，共有 25 万民工投入到“导沂工程”中。在此期间，涌现出了一批劳动模范，最著名的就是“王大锹”。“王大锹”本名王兆山，是闻名苏北的“导沂工程”特等功臣，他的力气特别大，使用的铁锹也特别大，他挖一锹泥块就有二三十斤重，是其他人的好几倍。因为他的铁锹大，挖的泥块重，所以大家都叫他“王大锹”。当年，在他的带动下，参与“导沂工程”的25万民工开展劳动竞赛，涌现出了沭阳“王大筐”、邳睢（今新沂市）“王十方”、宿迁“董大挑”等模范人物。

在参与“导沂工程”的沭阳的五万多民工中，也涌现出了一大批劳动模范，据《沭阳县志》记载，1950年9月，“导沂工程”司令部表彰了一批劳动模范，尤庆兰（女）和王兆山被评为特等劳动模范，赵大叉、杨学忠、史同宝被评为一等劳动模范。1950年9月，“王大锹”出席了全国劳模大会，并被选为主席团成员，受到了毛泽东主席的接见。毛泽东主席、宋庆龄副主席还与“王大锹”握手、合影。

新沂河从1949年10月开挖，到1951年初步竣工，短短数月间，一条崭新的河流出现在沭阳大地，它从上游的宿迁，一直延伸到下游的灌南、灌云，经过灌云境内入海。

新沂河的开挖，为沂、沭、泗流域洪水打开了入海通道，结束了逢雨必涝的局面，沭阳经常遭受水灾的历史从此得以改写。显然，新沂河造福了沿岸群众，特别是处于下游的沭阳、灌南、灌云等地的人民，摆脱了“逢雨必涝，逢水必淹”的窘境。新沂河开挖后，经过了两次洪水考验，一次是1974年夏天，新沂河泄洪量达到每秒5760立方米，创下了新沂河开挖后历史纪录。还有一次是2019年夏天，新沂河泄洪量虽然没有达到最大值，但是，却达到历史最高水位，沭阳水位 11.3 米，比 1974 年 10.76 米高出 0.54 米，超过警戒水位 2.3 米。为了减轻新沂河泄洪压力，省水利厅协调上游骆马湖嶂山闸进行泄洪调节，减轻了新沂河泄洪压力。两次大流量高水位泄洪，新沂河安然无恙，事实证明了当初“导沂工程”的决策是正确的，也证明了新沂河堤防质量是坚固的。不过，俗话说洪水无情，新沂河的每次行洪，都会让沿岸群众高度紧张，当地政府也会安排干群对新沂河大堤进行值守，特别是 2019 年夏天新沂河出现高水位泄洪，当地政府协调了常州、无锡、扬州等地的消防战士对新沂河大堤进行增援。如果不是开挖新沂河，可以想见，两次大流量泄洪，必将让沭阳及其下游地区被淹的历史重现，“洪水走廊”将一直是当地人的噩梦。新沂河的开挖，终于让当地的百姓松了一口气，他们终于远离了水患，终于过上了安居乐业的日子，这一切，得益于当年的“导沂工程”。

新沂河，突出在一个“新”字上。它的新，是人们将以前那条桀骜不驯的沂河，驯化管教成了一个听话的老老实实的河流；它的新，是苏北人民开天辟地，在古老的土地上挖掘出来的一条新河道；它的新，是让那条河水泛滥、危害沿岸群众的罪恶的河，变成了俯首听命、造福两岸人民群众的河，所以，称新沂河是合适的，是名副其实的，是恰如其分的！

新沂河是一条泄洪河道，它从山东发源，进入宿迁骆马湖，所以，对于沭阳的新沂河来说，骆马湖就是自己的源头。开挖新沂河的主要目的是让上游的洪水能够安全地通过，保证沿岸村庄和群众生命财产的安全。新沂河沭城段约有 1.5 公里宽，但是，并不是它只有1.5公里宽的河面。新沂河内，南北各有一条河道，这两条河道常年河水清澈，川流不息。河里鱼虾丰富，河面鸟鸭成群，新沂河以它的新面貌，构成了一幅美丽的新图景。除了这两条河道，就是新沂河淌，平时，河淌没有河水流淌，只有在汛期上游泄洪时，它才有洪水经过。

我们还是来说说沂河淌吧，说说新沂河身下的土地，说说这条横卧在沭阳大地几千年的河流。不过，当它被冠以“新沂河”称谓的时候，说明它已经变得年轻，它不再以沂河的身份出现，而是以崭新的面容出现在人们的眼前，这说明，沂河完成了一次脱胎换骨，它不再是以前的沂河，而是成为一条新的河流！

今天，新沂河是沭阳境内最大的河流，平时，没有泄洪时，沂河淌的土地是裸露的，此时，它和河淌外的农田没有什么区别。秋天，当地的农民在沂河淌里种上麦子，等到第二年汛期来临之前，麦子刚好成熟。所以，沂河淌可以保证一季麦子的收成。收割完麦子，上游地势高的地方，人们还可以继续种植玉米、大豆等农作物，但是，地势低或者下游的地方就没办法种植庄稼了，因为夏季汛期来临，沂河淌行洪，河水就会把河淌淹没。

然而，就是这一季的庄稼，就将沂河淌点缀得犹如一条玉锦，为沂河淌带去了生命的颜色。生长的麦子将沂河淌染成一条绿色的玉带，铺在沭阳大地上，从东到西，一望无垠。青青的麦子随着沂河淌向海的方向延伸，一直延伸到大海，犹如一条绿色的巨龙向大海奔去。除了麦子，沂河淌里生长的草木，让沂河淌变得生机勃勃。有植物的地方，就有动物。有植物的地方就有生机，有动物的地方就有生气，沂河淌以宽阔的胸怀，接纳了植物和动物。

绿色是生命的颜色，它象征着青春，象征着活力，象征着生机，象征着生命。如果没有绿色，这个世界将会多么单调多么枯燥？如果没有绿色，沂河淌将会变得多么黯淡多么荒凉？估计只剩下淤积的泥沙，还有混浊的洪水。好在这个担心是多余的，沂河淌并没有像我们担心的那样单调，那样荒芜。除了清清的河水，还有青青的麦子，青青的草，还有飞翔的苍鹭、灰鹤、红嘴鸥、绿头鸭和奔跑的兔子，以及在地上慢慢爬动的昆虫，它们构成了沂河淌特有的风景。春天，附近的人们可以去沂河淌挖野菜，荠菜、马齿苋、蒲公英，这些，都是大自然给予沂河淌的馈赠，而一转身，沂河淌就将大自然的馈赠转献给人们。

五

新沂河最有内容的部分，也是最精彩的部分，当然是沭阳境内另一条重要的河流淮沭新河与新沂河交汇部分的河段。淮沭新河和新沂河一样，也是一条人工河道，它南从淮阴，经洪泽湖引淮河水，经沭阳北上连云港入海，淮沭新河全线长 196 公里。

淮沭新河与新沂河相交，新沂河是一条东西走向的河流，而淮沭新河是一条南北走向的河流，淮沭新河引淮河水北上，其上游是洪泽湖。淮沭新河的水汇入新沂河后，要维持河水北上，必须建造节制闸来控制水位，于是，在淮沭新河与新沂河交汇处附近，就有很多的节制闸，比较出名的有沭阳闸、南偏弘闸、北偏弘闸、沭新闸等。

悠悠的淮沭新河通过沭阳闸将洪泽湖的水引入新沂河，与新沂河交汇，再经过新沂河北上。经过新沂河分割后，淮沭新河一分为二，当地人习惯将新沂河上游的淮沭新河称为淮沭河，将新沂河下游的淮沭新河称为沭新河。

在距离新沂河不远的淮沭河上，有一座著名的水位调制闸——沭阳闸。沭阳闸于1958年8月16日动工兴建，1959年10月竣工，是调节淮沭河和新沂河水位，服务于灌溉、航行、供水的节制闸。沭阳闸建有节制闸25孔，每孔净宽10米，闸总长288.15米，最西边一孔为通航孔，可通1000吨船队。

沭阳闸主要用来调节淮沭河和新沂河水位，平时，根据水位进行调整，打开或者关闭闸门。当上游淮河水位上涨，洪泽湖泄洪压力较大时，可以通过淮沭河将洪泽湖水向北分流，经过新沂河入海。当上游水位下降，则可以将新沂河水南引。而当新沂河行洪时，沭阳闸关闭，防止新沂河河水向淮沭河倒灌。

在淮沭河与新沂河交汇处新沂河下游，有控制水位的南偏弘闸和北偏弘闸，它们控制着淮沭河汇入新沂河的水位，阻止淮沭河水通过新沂河入海，让淮沭河水能够顺利地通过沭新闸进入沭新河，然后经过下游的蔷薇河等河流进入连云港，直至入海。因为南偏弘闸有九个闸孔，因此当地群众习惯将其称为九孔闸。九孔闸还有一个功能，就是利用水位落差进行发电，所以，人们经常在很远的距离，就能听到九孔闸发电机组运行的声音。沭阳九孔闸发电机组发出的电能，已经接入国家电网，进行上网销售。你看，新沂河的水还能发电为人民造福呢！

沭阳九孔闸是节制闸，是为了控制新沂河的水位而设。如今，这个地方已经成为沭阳的一个风景区，每天都有大量的游客到九孔闸附近游览，欣赏美丽的新沂河风景，还有很多游泳爱好者在这里游泳，以及很多钓鱼爱好者在这里垂钓。

在九孔闸上游西北方，则有沭新闸，沭新闸是新沂河水系重要的节制闸，它位于扎下镇明庄村境内，因此当地人喜欢称其为明庄闸。明庄闸是非常重要的节制闸，它分船闸和水闸两部分。水闸负责控制淮沭新河的水位，当上游水位降低或者升高时，根据水位情况关闭或者放开闸门，以保证下游河道灌溉、通航。船闸负责调节过往船只通行。明庄闸在沭阳桑墟水坡改建为船闸之前，是沭阳唯一一座船闸，它承担着输送过往商船的作用，从连云港到宿迁、淮安大运河的来往商船，需要从明庄闸经过。因为船闸的上下游有巨大的水位落差，商船无法直接通过，所以，需要用船闸来调控上下游的水位。当上游有商船需要通过船闸时，打开上游节制闸，等待闸内水位与上游平衡时，商船进入船闸，这时候，上游节制闸关闭，然后打开下游的节制闸，等到闸内的水位与下游平衡时，商船即可驶出船闸，进入下游河道正常通行。反之，当下游有商船经过船闸时，下游的节制闸打开，待闸内的水位与闸外的水位平衡时，商船进入船闸，然后，关闭下游船闸，再打开上游船闸，等待闸内水位与上游水位平衡时，商船驶出船闸，进入上游河道正常通行。

在新沂河北岸，还有一个控制农业用水的节制闸，叫沂北闸，它与明庄闸一样位于扎下镇明庄村境内，它主要负责调节沂河北片的农业用水。当农田需要灌溉时，打开沂北闸，河水经过沂北小河进入沂河北地区广袤的农田，灌溉滋养上万亩农田庄稼，为沭阳农业生产做出了巨大的贡献。小时候，沂北闸有用罾网捕鱼的，人们将罾网架设在闸下游，湍急的河水从罾网里经过，人们以逸待劳，隔一段时间就摇起罾网，每次都会有很多收获。但是现在，沂北闸已经不见了当年的捕鱼人，罾网也早已不见了，仿佛河水也变得安静起来。

是淮沭河让新沂河变得充实起来，人们到淮沭河与新沂河相交处游玩、垂钓，欣赏两河风景，感受大自然的绮丽。在这里，商船来来往往，河水波光粼粼，游人穿梭如织。

一个时期，水运是国家的运输命脉，承担着货物的流转，促进了经济的发展。后来，随着汽车、火车等陆上运输的兴起，水运开始慢慢衰落，但是，水运仍然具有自己的特殊优势，而新沂河和淮沭河，是沭阳水运的重要河道，其重要作用是显而易见的。

六

新沂河的水慢慢地流着，新沂河的风悠悠地刮着，沂河淌内的植物靠着沂河水的滋润，生长茂盛，沂河淌内的动物依靠着茂盛的植物，自由自在地生活。新沂河的开挖，改变了老沂河以往洪水咆哮给人民造成深重灾难的面孔，它开始变得安静和温顺起来。

现在，通过南北偏弘闸，河水不声不响地向东流淌，就像一位文静的姑娘。其实，沂河淌的性格应该是粗犷、苍茫的，它能接受风，接受雨，它能容纳动物和野草，它能容纳水草和庄稼。而在没有行洪的日子，沂河淌其实是干燥的，是青筋暴露的，是沟壑纵横的，没有河水的滋润，河淌也会龟裂，一条条缝隙，犹如千万条江河。看着沟壑纵横的沂河淌，仿佛就能看到久远的江河史，仿佛就能听到河水流淌的声音，这声音来自远方，来自亘古，来自岁月的深处。

在沂河淌，低头可以看见那些寂寞的土地，黑土地和黄土地，被日光浸染的土地，被风雨侵蚀的土地，这土地一样的广袤，一样的肥沃，一样的让人感到亲切。沂河淌里有无数不知名的小草，它们与世无争，自顾自地生长，千万种植物在这里汇聚，让沂河淌变得欣欣向荣。它们随着岁月枯荣，一年又一年，不知疲倦地变换着。这里的植物期待着飞鸟的俯视，期待着食草动物的啃噬，当然，也期待着人们的欣赏与践踏。作为植物，葬身动物之腹才是最好的归宿，因为它们知道，只有献身动物，才能获得新生，才能让自己的生命得以传播和延续下去。在沂河淌，还有那些不安分的昆虫，它们来来回回，那么忙碌，仿佛在为自己的生计奔波。可是，这些小生命，它们和人类一样辛苦吗？它们会为一日三餐发愁吗？不会，因为沂河淌为它们提供了充足的食物，它们无须像人类那样奔波，就有享不尽的美味。沂河淌没有大型野生动物，估计兔子就是沂河淌最大的野生动物了，除了那些大型水鸟。当然，人们圈养的马、牛、羊等家畜也除外。

在沂河淌，有很多大型的水禽，它们或飞翔于沂河淌的上空，或凫在水面，或立于沂河淌的陆地上。它们或觅食，或嬉戏，或扑扇着翅膀，或梳理羽毛，它们是一群绅士，在享受着这悠闲的时光。它们的到来，让人们感到兴奋，让人们感到惊喜。有水鸟相伴，新沂河不寂寞！

新沂河是大地的一根血管，它最需要的是流动的血液，而水就是河流的血液。水，不但河离不开，植物离不开，动物离不开，万物都离不开。所以，尽管新沂河是排涝河，主要负责泄洪，但是它依然有自己的血液在日夜流淌。多年来，从来没有干涸过，因为它知道，水是生命之源，只有水才是自己生命的保证。失去了水，也就失去了生命，没有水的河流，就是死亡之河。新沂河，不是这样的河！不信，你看看清清的沂河水，看看青青的沂河淌，这里的生命，都得到了新沂河水的滋养，从古至今，没有改变，也不会改变！

沧桑古沭河

在江苏省沭阳县的历史上，沭河无疑是最著名的河流，因为沭阳因它而得名，由此可见，沭河在沭阳的地位和重要性。沭河，已经成为沭阳的地理标志。当然，因为沭河起源于山东，它的流域宽广，所以，沭河并不为沭阳独家所占，而是成为它流经地域的共同财富。在山东省，也有一个以沭河为名命名的县，它就是临沭县。和沭阳一样，沭河也是临沭县的地理标志，它和沭阳一样，享受着沭河的馈赠。所不同的是，临沭县的沭河，依然保持着它的雄姿，而在沭阳，沭河则发生了翻天覆地的变化。在历史的岁月中，沭河曾经大发淫威，让沿岸的人民深受其害。而为了制服这条水魔，人们对沭河进行治理，围堵、拓宽、改道，给人们带来灾难的沭河，本身也经历了重重磨难。到今天，沭阳境内已经不见了昔日的沭河，很多人不知其踪，甚至怀疑，沭河流经沭阳吗？沭阳还有沭河吗？

斗转星移，沧海桑田。我们不得不承认，这个世界，一直在变化中，也许，正应了那句“运动才是生命之源”的老话。

随着岁月的变迁，在沭阳享誉一时的沭河，不知道在什么时候，竟然消失了，如今，在沭阳的地图上，你根本就找不到沭河这条河流。而在1997版《沭阳县志》关于河流一节中，也没有沭河的介绍。这不能不让人好奇，曾经流经沭阳大地，曾经滋养了沭阳人民，又曾经给沭阳人民带来深重灾难的沭河，到哪里去了？没有沭河的沭阳，还能叫沭阳吗？

一

沭阳地处江苏北部，沂沭泗水下游，沭阳自西汉建县，至今已有两千多年历史。

沭阳在周朝时，隶属于青州，春秋时期属于鲁国，战国时期，沭阳属于楚国，西汉初期（公元前202年前后），沭阳属于韩信封地，所以，境内有韩山，韩山因韩信而得名。沭阳不仅有韩山，还有韩信河，韩信河是前蔷薇河的支流，南至青伊湖乡滥洪村，经青伊湖农场入前蔷薇河。汉武帝时，开始设置厚丘县，隶属东海郡。南北朝时，宋文帝元嘉四年（427年）沭阳设置僮县，陈宣帝太建五年（573年），设置怀文县，至北周武帝建德七年（578年），怀文县改名沭阳县。怀文改名沭阳县，是因为境内有沭河，且县城处于沭河北岸而得名。由此可知，至少在公元578年前，沭河就进入沭阳境内。

而正是沭河的侵入，改变了沭阳。沭河，让沭阳大地变得多灾多难，让沭阳人民深受其害。

沭河古称沭水，发源于山东沂蒙山区，它和沂河近乎平行，从山东南下进入江苏境内。早期的沭河和沂河并不流经沭阳境内，而是进入泗水，后进入淮河入海。历史上，黄河多次夺泗入淮，导致淮河水系发生了巨大的变化，沭河和沂河相继改道，先后进入沭阳境内。

古代淮河水系，由独流入海的淮河干流以及许多支流组成。淮北支流主要是洪汝河、颍河、涡河、汴泗河、沂河、沭河等。其中支流水系变化最大的是泗水水系。古泗水源出蒙山，经曲阜、兖州、沛县至徐州东北角汇汴水，又在邳县的下邳汇沂水、沭水，在宿迁以南汇濉水，至淮阴与淮河汇流。由此可见，沭河开始并不流经沭阳。但是，历史上黄河多次入泗夺淮，导致泗水河床逐渐淤高。至明代后期，原入泗水的沂水严重受阻，被迫滞潴，逐渐形成了今天的宿迁骆马湖。后来，沭河和沂河滞潴后先后改道进入沭阳，从而成为沭阳两条最为重要的河流。

沭河发源于沂蒙山区南麓，流经山东、江苏两省。1949 年，山东、江苏两省对沭河进行整治，人工开凿新河道，经连云港北的临洪口入海。由此，沭河在临沭县大官庄分成了两条河流。至此，今天的沭河流经途径非常清晰，它在山东省临沭县形成了新、老两条沭河。新沭河经沂水、莒县、莒南、临沭、东海，至连云港。新沭河东流进入江苏省东海县后入石梁河水库，再向东至连云港与临洪河汇合，经临洪河进入海州湾。老沭河经沂水、莒县、莒南、临沭、郯城，至新沂邵店与沭阳颜集两镇交界处汇入新沂河。

也就是说，今天的沭阳境内，已经没有了沭河，沭河汇入新沂河后，已经被新沂河取而代之。一个因沭河而命名的古老的县治，却失去了它当初得名的河流，今天看来，沭阳这个地名，其实已经名不副实。

二

为了治理水患，1949年冬天，在当时的江苏省政府——苏北行署的主导下，苏北群众开挖新沂河，也就是著名的“导沂工程”。新沂河从1949年10月开挖，到1951年初步竣工，至此，一条崭新的河流出现在沭阳大地，它从上游的宿迁，一直延伸到下游的灌南、灌云，经过灌云境内入海。而新沂河的开挖，截断了沭河。在沭阳境内，不再有沭河以及沂河，而是出现了一条新的河流——新沂河。简而言之，新沂河成为沭河和沂河的合体。不仅是沭河，包括沂河都成为沭阳的历史。至此，曾经是沭阳主要河流的沂河和沭河，曾经为沭阳代言的沭河，在沭阳的版图上消失了。沭阳境内不再有沭河和沂河这两条河流，取而代之的是新沂河。

不过，尽管沭河在沭阳已经消失，但是，沭河毕竟流经沭阳千年，它在沭阳的土地上，还是留下了自己的印记。今天的沭阳，境内的一些河流和村庄，仍然留有沭河的痕迹，比如目前沭阳境内的第二大河流淮沭新河，就留有沭河的印记。淮沭新河和新沂河一样，也是一条人工河道，它南从淮阴，经洪泽湖引淮河水，经沭阳北上连云港入海。淮沭新河与新沂河相交，新沂河是一条东西走向的河流，而淮沭新河是一条南北走向的河流。悠悠的淮沭新河通过沭阳闸将洪泽湖的水引入新沂河，与新沂河交汇，再经过新沂河北上。经过新沂河分割后，淮沭新河一分为二，当地人习惯将新沂河南的淮沭新河称为淮沭河，将新沂河北的淮沭新河称为沭新河。你看，它们都有沭河的印记！

在沭阳，还有以沭河名字命名的村庄，比如原来的十字镇就有沭河村，它比沭阳的名字更直接。沭阳县城老县政府门前的那条河流就是沭河，又称内沭河或环城河，它也是沭河的遗存。

还是让我们看看历史上沭河在沭阳的走向。

历史上，在沭阳境内的沭河河道非常紊乱。沭阳历史上的沭河从宿迁入境后，蜿蜒向东，到沭阳县城西北扎下镇分水村分为两支。一支折向东北，一支折向东南。折向东北的沭河注入桑墟湖，后进入青伊湖；折向东南的，经沭阳县城，向南流向十字，后又分数路，其中一路折东与盐河汇合；一路向东汇入武障河。数路汇合后，经今响水县境内汇入灌河后入海。

也就是说，沭河进入沭阳后，分为两支，几经辗转后，分别从连云港和盐城入海。因为沭河分为两支，因此，沭阳境内就有了前沭河和后沭河之分。而扎下镇的分水村，就是因为沭河在此分流而得名。

不过，今天沭阳境内，这两条沭河也已不复存在，只有残存的沭河，已经无法让人想起当年的沭河是什么模样。根据沭河从分水分为两支的记载，今天的沭河流向应该是从扎下镇向东，流经龙庙、万匹、华冲进入古泊善后河，向东进入灌云后入海。根据《沭阳县志》记载，后沭河多次在龙庙镇溃坝造成水灾，所以，流经龙庙镇后进入古泊善后河的这条河流，应该是近代沭河的遗存。

而沭河在分为两支之前，在新河镇沙河村也有一条分支沙河。沙河分流沭河之水，向北经庙头进入桑墟后入桑墟湖，再向东入青伊湖。今天的沙河，经新河进入庙头镇后汇入沭新河，沭新河向北经过古泊善后河和蔷薇河分流，古泊善后河直接入海，蔷薇河汇入临洪河后入海州湾。

三

经过上述梳理，我们不难看出，沭河进入沭阳的路径。沭河早期由宿迁进入沭阳，近代则由新沂进入沭阳，后一直东流，至沭阳县城西北分为两支，一支由扎下镇分水村龙王庙西侧向东北，经龙庙、万匹、华冲镇，入古泊善后河，经湖东、高墟镇进入灌云境内直至入海。

这条沭河的分支名字叫后沭河。早期的后沭河入青伊湖，后向东入海。

另一支则由扎下镇分水村龙王庙西侧向东南，经沭阳县城老县政府门前继续向东南，至城区青少年广场向南，一直至今天的十字街道境内，后分为数支，其中一路折东分别经章集、马厂、李恒进入灌南，与盐河汇合；还有一支又向东接入武障河，数支河流经灌河汇合后入海。

这条沭河的分支名字叫前沭河。今天的前沭河的上游在县城西北被新沂河隔断，成为断头河。但沭阳县城除了内沭河，还有一条外沭河，就是位于深圳路北侧的那条河，其上游接淮沭河，让前沭河不至于干涸。

因为沭河经过县城，历史上沭阳县衙在沭河的北岸，水之北为阳，因此得名沭阳。

当然，这只是近代沭河的概貌。历史上的沭河曾经多次改道，而很多河道也都是沭河的分支。沭河和沂河在沭阳的总体情况是，沭河在北，沂河在南。

历史上的沭河和沂河并不经沭阳，两河从山东发源后，一直并行向南，入泗水和淮河入海，而泗水和淮河均不经沭阳境内。那么，什么时候，沭河和沂河进入沭阳的呢？查《沭阳县志》发现有此记载："北周武帝建德七年（578年），怀文县改名沭阳县。"也就是说，至少在公元578年，沭河就改道沭阳。而《沭阳县志》记载沭河进入沭阳，时间大概在公元520年至525年之间。《沭阳县志》载："北魏正光年间（520—525），齐王萧宝镇守徐州，立大（即大坝），遏沭水改道，进入沭境，并改称沭河。"由此可知，沭河在公元520年至525年间改道进入沭阳，这也是关于沭河的最早的记载。

而《沭阳县志》记载："梁武帝天监二年三月（503年），士民张高率500余人凿溪，引沭水灌田百余顷。"这是《沭阳县志》第一次提及沭河。但是，这只是村民为了解决农田灌溉问题而外引河水，这时候的沭河还没有进入沭阳。但是，为什么沭阳村民能够引沭河水进入沭阳呢？这要从沭阳古时的版图说起，古时候的沭河经过宿迁入泗水，而当时沭阳西、南与宿迁接壤，东、北与海州相接，东、南则分别与涟水和泗阳相邻。当时没有新沂，今天的新沂市时集镇包括踢球山都属于沭阳，今天的新沂市北沟镇塔山村，也属于沭阳领地。而沭河就在塔山村西侧不远，由此可以推断"士民张高率500余人凿溪，引沭水灌田百余顷"，他们所处位置应该是在今天的新沂境内。也就是说，那时候的沭河应该离沭阳县西界不远。

沭河进入沭阳境内以后，沭阳陷入了“洪水走廊”的梦魇。沭河改道沭阳后，沭阳就水灾频发。据《沭阳县志》记载：公元626年，大水，岁饥；公元636年，海州等28州县大水；公元726年7月3日，海潮暴涨，海州、沭阳被淹；公元858年，大水，岁饥；公元953年9月，大水，庄稼歉收……

除公元726年7月3日海潮暴涨应该是属于海啸导致的以外，其余都是河水泛滥成灾。虽然《沭阳县志》没有载明大水源自沭河，但是，自沭河进入沭阳境内后，沭阳水灾频发，据此可以推断，沭阳水灾应该与沭河有关，应该是沭河导致的。因为除了沭河，沭阳再没有大的河流。

沭阳水灾频发，到了宋朝，引起了政府的注意。公元948年，时任沭阳主簿的沈括，带领民众疏浚河道，《沭阳县志》记载沈括“修百渠九堰，得上田七千余顷”。然而，尽管如此，沭阳还是备受水灾之害，沈括“疏浚河道，修百渠九堰”后的1086年，沭阳再次遭遇大水，导致庄稼尽淹。1164年和1242年，沭阳再次遭遇大水，庄稼颗粒无收。最悲催的是1457年，当年，沭阳先是大旱，进入七月后，形势急转直下，淫雨霏霏，沭河决口，导致死人无数。到了明朝，《沭阳县志》记载的水灾多达20余次。

沭阳自沭河进入境内以后就水灾频发，后来，沂河又改道沭阳，更是加剧了沭阳的水患。沂河是清朝时期改道沭阳的，《沭阳县志》记载：雍正八年，即公元1730年，沭阳境内南北六塘河逐步修成行洪，沂河自此入境，贻害无穷。

如果说沭河进入沭阳后，是沭阳水患的开始，那么，沂河进入沭阳，则让沭阳水患进入了巅峰。

相比沭河，沂河进入沭阳境内则要晚得多，沭阳境内的沂河，是沭河的晚辈了。

沂河古称沂水，沂水发源于山东沂水县西北沂山西麓，历史上，沂水南流入泗水，汇淮河入海。黄河夺泗夺淮后，水系被打乱，淮河多次改道入江。因为水系被打乱，宿迁形成了骆马湖，导致沂水改道向东，进入泗阳、沭阳。据《沭阳县志》记载："清雍正八年（1730年），六塘河渐成，沂水由此入海，沂水入境自此始后开砂礓河，分泄总六塘河来水。"由此可见，沂河进入沭阳境内是1730年，而沭河早在520年至525年间就进入沭阳。

沂河进入沭阳境内，是通过六塘河辗转入海的。在沭阳境内，砂礓河、港河为沂、沭两河联络水道，相互交浸。沭河和沂河经这两条河连接后，于是就出现了这样的情景："沂涨，则由六塘河进入砂礓河，北流入沭河；沭涨，则倒灌砂礓河。两者俱涨，遂成漫溢之势。（《沭阳县志》）"也就是说，沭河和沂河，只有一条河涨水的时候，尚不构成重大危害。因为其中一条河消除了另一条河的水势，但是，一旦沭河和沂河同时涨水，对于沭阳人民来说就悲剧了，两河俱涨，导致河水一时无法下泄，结果就是漫堤，导致水灾。历史上，沭阳备受沭河和沂河的危害，以至于沭阳有"洪水走廊"之称。

沂河进入沭阳的1730年当年，就发生了特大水灾，沂、沭两水合流，导致沭阳大地被淹。1736年和1743年，清政府两次疏浚六塘河，加固河堤。其中 1743 年，是由著名文学家、时任知县袁枚率领民众疏浚的，袁枚不仅疏浚了六塘河，还修筑了前沭河子堰，提高了沭河和沂河的行洪能力。但是，尽管如此，仍然没能遏制水灾的发生。1743 年，沭阳境内水灾、旱灾、蝗灾、瘟疫横行，庄稼无收，饥民达 30 多万，饿死、病死民众不计其数。

四

自从沭河进入沭阳境内后，沭阳就水灾频发。沭河进入沭阳后，唐到宋有历史记载的重大水灾近 10 次，明朝达 20 多次。到了清朝，《沭阳县志》记载的水灾更是多达近 40 次。这还是被县志记载的较大的水灾，至于那些规模较小的水灾，则更是不计其数。沭阳的水灾，一直持续到民国时期：1916 年，后沭河决堤达 600 余米，沭阳成为一片泽国；1925 年，后沭河、分水沙河、北六塘河相继决口，沭阳全境一片汪洋；1932 年，沂河、沭河河水泛滥，沭阳十之八九良田被淹；1934 年，后沭河决口，受淹庄稼达 120 万亩；1935 年一年之内，沭阳遭遇五次大水灾……

因为年代久远，清朝以前有记载的水灾并不多，但是进入清朝以后，水灾记载明显增多，清朝和民国时期，是沭阳有记载的水灾最多的历史时期。

翻看沭阳的历史，就是一部水灾史，就是一部血泪史，沭阳人民深受水灾之害，而这一切，皆因沭河入境。所以，对于沭阳人民来说，沭河进入沭阳，给沭阳人民带来的并不是福音，而是灾害，多少民众流离失所，无家可归！后来沂河改道进入沭阳境内，更是加剧了这种危害局面，这种情况一直持续到中华人民共和国成立。

1949年，苏北行署决定对境内的沭河、沂河进行整治，启动了著名的“导沂工程”。“导沂工程”由沭阳、宿迁、灌云、邳州、睢宁等地民工组成，其中沭阳出动民工50000多人。

“导沂工程”就是拓宽原沭河河道，主要是从新沂邵店到沭阳县城段，上游则是新开挖河道，沭阳县城北沭河分支下游到入海口，也是新开挖河道。因为拓宽和新挖河道，需要动迁住户，仅沭阳就拆迁4370户。新沂河开挖后的1950年，就出现了较大行洪，沭阳西关水位一度达到9.64米。如果不是新沂河的开挖，对于沭阳人民来说，这无疑又是一场浩劫。

自从新沂河开挖后，沭阳境内的水患大为减少。沭河和沂河在人民的治理下，变得驯服了！

既然新沂河是在原沭河河道上拓宽的，为什么不叫沭河或者新沭河，而是叫新沂河呢？这还得从另一处沭河的治理说起。

为了治理沭河水患，几乎与“导沂工程”的同时，山东与江苏两省对沭河进行治理。“导沂工程”与“导沭工程”合称“治沂导沭工程”。山东省提出“治沂必先导沭，而后泗运，及沂沭泗分治，沂沭河分道入海”的治理方针，确定导沭以山东为主江苏为辅，整沂以江苏为主山东为辅。由此，在山东与江苏大地上“治沂导沭”同时开工。“导沭工程”是在临沭县大官庄向东另辟新沭河，进入江苏东海后注入石梁河水库，拓宽东海、赣榆两县交界的沙河故道，至连云港市的临洪口入海州湾。

山东、江苏两省境内新开辟的河道被称为新沭河，既然北方已经有了新沭河，那么，南方江苏境内开辟和拓宽的沭河河道，当然就不能再叫新沭河了，而两项工程合起来叫“治沂导沭”，因此，江苏境内开辟和拓宽的河道，就被命名为新沂河。加上它向西开辟至骆马湖，引流的是沂河的水，所以，称为新沂河也算是名副其实。

自从新沂河开挖后，沭河在沭阳境内就不叫沭河了，而是改称新沂河。而沂河进入沭阳是借道六塘河入海的。所以，在沭阳，实际上并不存在沂河。新沂河也不是在沂河河道上开挖的，而是拓宽原沭河河道和新开辟河道，新沂河开挖后，沭河和沂河在沭阳版图上就彻底消失了。

但是，沭河实际上还是存在的，只不过，它依附于新沂河而已。新沂河是泄洪河道，平时并没有河水流淌，但是，新沂河内部还有两条河道，一条位于南侧，主要排泄上游骆马湖新沂河来水。一条位于北侧，沭河注入后，就由此流过。所以，新沂河内北侧的河道，其实就是沭河。

新沂河内的这两条南北河道，也就是沭阳人常说的南偏洪和北偏洪。

新沂河开挖后，截断了境内南北走向的河道，导致河南河北大片地区排水去路被切断，为了保证农业生产，以及沂河堤的安全，政府又在新沂河南北各开挖一条河道，称为沂南河和沂北河，与新沂河平行入海。

五

新沂河的开挖，终结了沭河在沭阳的存在，也终结了沂河在沭阳的存在，取而代之的是新沂河。由此看来，新沂河，不仅仅是一条河道的名字，它其实是沭河和沂河的合体。而沭阳这座因沭河而得名的古老的县城，最终却失去了沭河。

沭河流经沭阳吗？沭河在哪里？相信很多人一脸迷惘，仿佛这条流经沭阳大地的河流根本就不存在一样，或者，根本就没有流经沭阳。但事实是，沭河真真切切地流经沭阳，历史上，它给沭阳大地带来的是灾难，给沭阳人民带来的是梦魇，它曾经让沭阳大地千疮百孔，庄稼无收，民不聊生。因此，沭阳人民对于沭河的感情，可以说是既爱又恨，人们对于沭河是惶恐和畏惧的，是厌恶和痛恨的。当河水泛滥成灾的那一刻，沭阳人民是多么痛苦，多么无助。

汇入新沂河的沭河，再也无法像过去那样大发淫威，在新沂河宽阔的怀抱里，沭河变得温驯，变得平静，变得无比的顺从。新沂河两岸的大堤，就像铜墙铁壁，保护着沿河两岸的人民，也监视着沭河和沂河这两条曾经给沭阳带来沉重灾难的河流。当沭河和沂河的上游水位上涨时，当骆马湖开始泄洪时，新沂河水浩浩荡荡地从远方奔来，又浩浩荡荡地奔赴远方而去，那时候的沭河和沂河，实现了真正的合体。而当洪水消退，新沂河又复归平静，河淌内的沭河依然是沭河，沂河依然是沂河，它们南北遥遥相望，分道而行，互不侵扰。新沂河就这样将沭河和沂河这两条河流整合成为一条河流，并改称新沂河。

所以，当你听到新沂河这个名字的时候，其实，它并不是一条河流，而是沭河和沂河的合称。而因为汇入了新沂河，所以，沭河此前的两条分支，就渐渐被人们遗忘，它们的名字也不再叫沭河，或者前沭河、后沭河，它们各自有了自己新的名字。古泊河、古泊善后河、柴米河……这些河道，都与沭河产生过密切联系。只是，随着沭河在沭阳的消失，它们与沭河也就断了联系。

沭河离开了沭阳吗？或者说沭阳失去了沭河吗？不，沭阳并没有失去沭河，沭河也没有离开沭阳。它们只是换了一种形式存在而已。

千百年来，沭河从沭阳大地流过，直到今天，它依然在沭阳大地流淌。只是，它已经不再叫沭河，而是叫新沂河。请记住，沭河经新沂河流向大海，新沂河就是沭河的代名词，确切地说，新沂河是沭河和沂河的代名词。所以，见到新沂河，你也就等于见到了沭河，见到了沂河！

沭阳的城门

江苏省沭阳县县城是一座古老的城市，但是，让人非常遗憾的是，沭阳基本没有什么历史遗存，这就让沭阳在历史文化底蕴方面变得“一穷二白”。

一个没有历史遗存的城市，即便历史再久远，也很难看出它的古老；一个没有文化遗迹的城市，即使经济再繁荣，也很难看出它的历史文化底蕴。沭阳就处于这样一种尴尬的境地：有历史却无历史遗存，有文化符号却缺少文化底蕴。

所幸的是，沭阳有虞姬、沈括、袁枚这样的历史名人，为沭阳的历史与文化底蕴增色不少。尽管虞姬的籍贯尚存争议，也尽管沈括、袁枚属于客籍，但是，这不影响沭阳为拥有他们而骄傲。这些历史名人，在沭阳的土地上留下了他们的名字，经过岁月的洗涤，深深地镌刻在人们的心中，而且，随着时间的远去，他们的名字却越发醒目、耀眼。

近年来，沭阳为了增加历史文化底蕴，对一些历史遗迹进行修复，比如吴印咸故居、胡家花园以及迎薰门的重建，增添了历史文化底色。在沭阳城区，古色古香的迎薰门拔地而起，让沭城蒙上了历史的颜色，多了一份历史的厚重感。吴印咸故居的建成，也让沭阳多了一份历史文化的底蕴，人们通过吴印咸故居，来了解这个摄影大师一生的光辉足迹；人们通过他的一幅幅摄影作品，来了解历史进程以及我们这个社会的发展变化。吴印咸，是生活和历史的忠实记录者。

重建的迎薰门位于北京路北首、原老县衙所在地、现紫藤花园小区前面。站在人民路向北望，远远就可以看到古色古香的迎薰门，及至南京路，迎薰门的轮廓就整个呈现在人们的眼前。通过迎薰门，人们仿佛看到当年的沭城应有的模样，也让今天的沭阳有了几分岁月的沧桑与历史的厚重。

古时修建城墙是为了防御，保护居民的生命和财产安全。因为城墙阻碍了交通，所以城门也就成了交通要隘，是城内外的人们进出城市的必经通道。到了现代，城门已经成为交通的一种障碍，束缚了交通，因此，很多地方为了交通便利而将城门拆除。没有拆除的城门，也基本失去了门户地位。四通八达的道路，让城墙和城门成为历史。现在重建迎薰门，肯定没有实际作用，只具有纪念和象征意义。换言之，重建的迎薰门，可供人们参观与怀念，根据迎薰门，人们可以体味历史，遥想当年沭城的模样。

古时为了防御，城市一般建有城墙，然后再用深沟环卫，称为护城河。

城市建有城墙，固然可以起到防御的作用，但是也带来了很多不便，城墙无疑阻碍了交通，让城里和城外的人出行不便。有围墙，就要有通道，因此，就设置城门作为城里城外交流的通道。古时的城门，一般都有四座，东西南北各设一座，这样就可以四通八达，利于交通。

沭阳是一个小县城，城市规模不大。古时的沭城，长不过1公里左右，宽不过500米，可谓是名副其实的弹丸之地。然而，麻雀虽小五脏俱全，作为县城，自然就要有县城的模样，城墙、护城河、城门一应俱全，一样不少。

沭城地形比较特别，不是长方形、方形，也不是圆形，而是属于椭圆形，其外形像船。沭阳地势低洼，水系众多，历史上经常发生水患，有“水乡”“泽国”之称。尽管沭城外形像船，但是却改变不了遭受水灾的事实，沭阳频频被淹，看来沭城这艘船也不怎么好使。

沭阳历史上水灾频发，这让主政者伤透了脑筋，在沭阳的主政者，勤政为民的，就治理水患；贪赃枉法的，就不顾百姓的死活。在沭阳的历史上，有记载的勤于治水的主政者有：宋朝的主簿沈括（1054年），修百渠九堰；明朝的知县王泰（1411年）疏浚前沭河，知县徐可达（1595年）疏浚沭河；清朝知县林桂馨（1670年）疏浚总沭河，知县袁枚（1743年）修筑北六塘河子堰和前沭河子堰，知县刘若雨（1783年）疏浚涟河，知县万叶封（1873年）开挖万公河，知县高振声（1900年）开挖新河，知县张恭彝（1904年）开挖沭阳与海州界河。

其中沈括是沭阳历史上有记载的首位治水者，而清朝知县万叶封开挖的万公河，在沭阳沂河北可以说是人尽皆知。

然而，这些治水都治得了一时，治不了一世。没过多久，沭阳就又复归频频遭遇水淹的尴尬境地。

为了保住沭城，明朝正德七年（1512年），知县易瓒开始修筑土城，形成了沭城的雏形。但是，不幸的是，因为连年饥荒，民不聊生，各地频发农民起义，当年，北方义军攻克沭阳，让刚刚修筑起来的沭城轮廓毁于一旦。到了1592年，知县徐可达开始用砖头修筑城墙，这也是真正意义上的城墙。与土墙墙壁相比可以说是天壤之别了。但遗憾的是，城墙修筑到一半的时候，黄河决口，沭阳成为泽国，城墙因此停建。

到了万历二十四年（1596年），知县杜从心建成砖城，并设置城门。因为沭城是船形，北面像船底，应该坚实，留门则有洞，有洞则漏水，落水则船沉，故不能留北门。

沭阳不能像其他城市那样设立东、南、西、北四门，而是设了东、南、西三门，为了与其他城市一致，就增设了一个小南门，这样，就凑够了四座城门。其中东门为承晖门，西门为宣义门，正南门为迎薰门，往东数十步小南门为聚奎门。

从此，沭城便正式具有了城市的模样。

根据县志记载，杜从心修建的城墙，“周八百四十丈，高十七尺三。城楼五，窝铺一，敌台一千七百九十七垛。”

明朝修建的城墙和城门，毁于一次大地震。据民国《沭阳县志》记载：“康熙七年地震，城南半圮，四围垛堞俱坠。”

据《沭阳县志》记载，到了乾隆三十一年（1766年），沭阳知县倪学洙主持修筑县城，海州同知邱麟阁、海州分司周汝、中河通判孟大任等协助。这一次，应该是规模最大的修城。得到了上级的大力支持与协助，这也应该是历史最近的县城。

但是，因为沭阳历史上水患频发，多灾多难，因此，县城也是备受水患之害。因为年代久远，加上记载不多，城墙毁于何时，城门毁于何时，今天的人们并不清楚。可以想见，城墙一般会毁于水灾、地震等自然灾害，以及人为的战火和破坏。

有记载的是聚奎门的毁坏。《沭阳县志》记载：“光绪十八年（1892 年），夏，大风暴雨，摧塌县城聚奎门。”可见小南门聚奎门于 1892 年被暴雨摧毁。承晖、宣义、迎薰三个正门如何，县志没有记载，估计也没有好结局。但《沭阳县志》记载：“（光绪）二十九年（1903 年），知县叶元鋆因迎薰门将倾，商同地方绅士拆去。”

至此，沭阳四个城门已经去了一半。剩下的还有承晖门和宣义门。

到了民国期间，承晖门仍然存在。1923 年，摄影大师吴印咸曾经拍摄过一张名为《晓市》的照片，背景为沭阳的东城门——承晖门，由此可见，彼时，承晖门仍然安然无恙。

至于城墙的消失，《沭阳县志》记载：1937 年，小校场到西门的城墙，被国民党县政府以备战为借口拆除。其他残存的城墙，《沭阳县志》记载则在 1958 年的时候被拆除。至此，沭阳的城墙彻底消失，随着岁月的流逝，消失在历史的云烟中。今天的人们，只能在记忆中找寻过去的城墙。

1987 年，沭阳县政府组织疏浚内沭河时，发现古城墙遗迹，以及关于城墙建设的石碑，碑文记载了城墙的建设情况，碑记曰：“此段新工计长八丈整，时任扬州府分府沭阳县上堂王梦龄监修，清道光十八年春立。绅士捐资重建。”

清道光十八年是 1838 年。按照一丈等于 3. 33 米计算，八丈合计 26. 64 米。也就是说，清道光十八年有地方绅士捐资重建的城墙为 26.64 米。笔者猜测，这段城墙应该是因为地震或者暴雨等自然原因损坏的，其余部分，应该相对完好。否则，地方绅士也不会就捐资重建 20 多米城墙。

这个发现，是沭阳城墙遗址的有力证据。这也说明，沭阳的城墙，是命运多舛的，自从明朝正德七年（1512 年），知县易瓒开始修筑土城，到 1592 年，知县徐可达开始用砖头修筑城墙，沭阳城墙就像穷人家的衣服，缝缝补补，在历朝历代的多次损坏和修建中，最终形成了规模，成为名副其实的城墙。再辅以四座城门，沭阳变成了一座真正的城。只是，因为地理位置的原因，沭阳地势低洼，每到雨季就成为泽国，加上客水过境，沭阳成为洪水走廊，历史上备受水患侵扰，可谓民不聊生。沭阳的城墙也备受摧残，多次损坏，多次重建，在修修补补中，成为历史的见证。

而有记载的最近的一次城墙和城门重建，则是光绪二十八年。据《沭阳县志》记载，光绪二十八年，知县高振声委托邑绅侯选、试用训导程学镌等募捐，重建城墙、承晖门楼和宣义门楼。光绪二十八年是 1902 年，是 20 世纪初，沭阳的城墙以及承晖门楼和宣义门楼一直都还存在。所以，在二十多年后，一代摄影大师吴印咸拍摄下了有名的摄影作品《晓市》，留下了承晖门的身影，从而让沭阳的城门在人们的心中成为不可磨灭的记忆，也为复原沭阳的城门提供了真实的参考。

沭阳发现古城墙遗迹后，县政府特意将这段古城墙遗迹保护下来，并对残缺部分用石块做了修补性保护，并刻有“整治沭河，此段复修”碑记。虽然发现的城墙残破不全，但是却意义重大，证明沭阳的城墙有址可考，有迹可循。沿着沭阳的古城墙，我们可以回望历史，想象沭城古时的繁华与沧桑，通过这段古城墙还可以复原古时的沭城概貌，为考古做出贡献。

古时的沭城并不大，东西长不过一公里多一点儿，南北距离更短。用现在的街道来看，古时的沭阳县城东起今天的上海路，南接沭河北岸（环城河），西到今天的柴沂路，北至今天的青岛路，周长4公里左右。可以说，古时的沭城是一个名副其实的弹丸之地，但是，经过发展，后来的沭城并不止这么大，除了城内，城外还有东关和西关。东关从东城门承晖门开始，到圩东河。西关从西城门宣义门开始，到今天的天津路。这就让沭阳城变得大了起来，所以当地有“东关到西关，十里不转弯”的说法，用来形容沭阳城之大。其实，这只不过是民间的一种夸张的说辞，事实上，沭阳城即便加上东关和西关，东西距离也没有十里之远。但因为古时缺少代步的交通工具，出行全靠两条腿步行，因为体能和心理原因，因此，在感觉和视觉上古人觉得沭阳城非常大。而除了东关和西关，沭阳城南边也有“附属领地”，沭河以南到南京路这一带，民居比较集中，这里古时有紫阳观，所以这一带以前有紫阳观巷的巷名。

沭阳还有南关，但是，古时并无南关的说法，南关是中华人民共和国成立后沭阳城规模扩大的结果。初期南关属于城郊，随着沭阳的城市规模不断扩张，今天的南关已经处于沭城的中心。古时的沭城则变成了城北。

沭城的东城门在今天的城内大街与上海路交会处，西城门在公园路与柴沂路交会处，迎薰门则在今天的文峰桥附近。今天修建的迎薰门，实际上西移了一百多米。而按照古时县衙的位置，也是不可能将城门直接修在衙门正门口的。根据县志记载，小南门聚奎门与正南门迎薰门距离稍远，而与东门承晖门则距离较近。据此可知，聚奎门在今天的紫阳观桥附近。

除了迎薰门，沭阳还规划建设另外两座城门——承晖门和宣义门。承晖门计划在原址建设，也就是上海路和无锡路（场内大街）交叉处，因为城区建设发展，此地周边都是商业和民居建筑，现有的空间比较小，因此，承晖门在此址建成后，这里将会变得更加狭窄。而宣义门在原址建设，就没有这方面的缺陷。因为宣义门附近民居虽然早已拆迁，但是这里尚未开发建设，目前还没有建筑，这就有利于西城门的规划与建设。可以说，在三座老城门重建中，只有西城门宣义门的重建收放自如。

沭阳四座城门，规划重建三座，也就是东门承晖门、西门宣义门和南门迎薰门，还有一座小南门聚奎门并无重建的计划，原因是其旧址周边已经被开发成名品虞姬城，旧址附近没有了空间，重建聚奎门也就无从谈起。假如沭河北岸没有被开发成为名品虞姬城，还是旧民居，那么，重建聚奎门也就不存在困难。

沭阳三座城门的重建，是为了提升沭阳的城市建设文化品位，让沭阳具有历史感、沧桑感和厚重感。在冷兵器时代，城墙和城门成为人们进行防御外敌入侵的一种设施，但是，也影响了人们的出行。而在那个年代，建设城墙和城门利大于弊，因此，利弊面前，人们选择了利。然而，随着社会的发展和进入热兵器时代，城墙已经失去了防御的功能，现代化军事武器的发展，让战争中的敌我双方不再面对面，空战、海战成为现代战争的主要形式。现代导弹远在千里之外就可以对敌发动进攻，城墙彻底失去了防御的功能，城墙也早已不再是城市建设的首选。因为城墙再也无法抵御现代军事战争的进攻，因此，再建城墙也就失去了防御的意义。而城墙不再，城门也就失去了存在的理由。现代保留下来的城墙和城门，多为象征和纪念意义。有的则是作为文物保护下来的。像北京天安门广场南边的正阳门以及再南一点儿的前门，都是只有门而没有墙。它们的存在，成为一种地域标志，也成为一种历史的见证。南京因为古城墙保存比较完整，一些古城门保留了历史原貌，像中华门、玄武门就因为有城墙的依托而显得更加沧桑和更加具有历史感。它们是历史的见证，虽然历经岁月的洗礼，经过风霜雨雪的侵袭和捶打，以及战火的摧残，但是，它们依然屹立于脚下的大地上，屹立在人们的眼前，成为古城南京一道靓丽的风景。

沭阳虽然具有两千多年的建县历史，但是，因为历史上处于沭河和沂河的下游，成为泄洪通道，因此备受水患侵扰之害，再加上受到战争的摧毁，境内并没有什么古建筑遗存。在历史古迹上，沭阳是一穷二白，虽然沭阳的城市建设发展日新月异，街道纵横，小区林立，但是，现代建筑遍布的沭城，看起来缺少历史的厚重感和文化底蕴，这就让沭阳变得缺少特色和品位。沭阳重建三座城门，就是为了弥补沭阳城市建设的不足。历史气息和文化底蕴是城市的灵魂，随着三座城门的建成，沭阳必将提升城市的历史文化品位，那时候的沭阳，将会变得更加美丽。

我们期待着那一天的早日到来！